Céleste

DU MÊME AUTEUR

ROMANS
Gilles de Raiz ou la Confession imaginaire, Le Seuil, 1989.
Le Pharaon qui n'avait pas d'ombre, Le Rocher, 1992.
La Palette du jeune Turner, Le Rocher, 1993.
Journal de l'Autre, Le Rocher, 1995.
Les Confins du jour, Le Rocher, 1996.
Léo, la nuit, Le Rocher, 1997.
Le Nègre et la Méduse, Le Rocher, 1999.

NOUVELLE
Le Briquet, Le Rocher, 1997.

ESSAIS
Hypnose et Graphologie, Le Rocher, 1993.
Gilles de Rais ignoble et chrétien, Opéra, 1995.
Catherine d'Alexandrie ou la Philosophie défaite par la foi, Le Rocher, 1998.

TEXTES POÉTIQUES
Le Prisonnier, Le Cygne, 1991.
Le Chagrin du zèbre, Le Rocher, 1998.
La Beauté, Le Rocher, 2000.
Le Rire de l'Arbre au milieu du Jardin, Le Rocher, 2000.

MARTINE LE COZ

Céleste

roman

ÉDITIONS DU
ROCHER
Jean-Paul Bertrand

© Éditions du Rocher, 2001.

ISBN 2 268 04027 5.

À François

*L'amour a vu l'aimé avant même que ne
le voie l'amant.*

*Atteignez d'abord et vous approcherez
ensuite.*

HENRI MICHAUX.

I

Avril 1832

Les oiseaux partaient. Ils s'amassèrent en bandes au-dessus de l'horizon, un instant soudés aux arbres et aux toits des maisons, et quittèrent d'un vol lourd le ciel de la ville. Une grêle troua le lointain, puis la ligne s'abattit de nouveau, grosse comme un grelin, sur les carcasses rectangulaires des bâtisses. Les cheminées pointaient à peine. Le long des rues qui filaient bon train jusqu'à l'épuisement de l'espace, les droites tenues en respect serraient les rangs, plaquées sur l'architecture oblique, aspirées par une même fatalité qui écrasait ensemble écoles, églises et théâtres. Un pont cherchait à enjamber la Seine ; il peinait dans la grisaille, le tablier pesant et les piles molles dans la brume, las de contenir la bourre humide qui lui tombait dessus. Mais la nuit venait. Elle allait avaler les reliefs de la ville et ses luttes géométriques. Elle coucherait Paris dans la salissure de son ciel mauvais.

Les maisons s'enfonçaient dans une sourde hostilité. C'était dans le corps de l'air. Ça s'accrochait aux volets, ça s'infiltrait dans les encoignures. Une méfiance épaisse. Une suspicion nourrie de rancune, qui se camouflait jusque sous les réverbères, dans la combinaison des ombres étirées et grotesques sous l'effet des lanternes à huile. Une peur sournoise qui plombait les jambes et trompait les prunelles. Les silhouettes des rares passants qui s'attardaient encore sur les boulevards et sur les quais hantaient des volumes manipulés, longeaient des corniches aux arêtes courbes et des arcs flous, s'engageaient dans des galeries aux perspectives faussées. Des angles pervers pliaient les murs et collaient les intervalles. Attirées par le mouvement de la rue, les volutes de fer se tordaient comme du caoutchouc et se détachaient des balcons pour se jeter sur les gens qui hâtaient le pas, empêtrés dans un fouillis d'ombres et embringués malgré eux dans des accouplements bâtards, mi-morts, mi-vifs au milieu du dessin monstrueux des êtres et des choses.

Le mal insidieux qui avait gagné la ville dépravait toutes les évidences. Le monument le plus familier surgissait maintenant au détour d'une rue avec des airs de bête menaçante. L'église du Dôme éclatait dans la verdure comme un poitrail. Au loin, les Tuileries détalaient au milieu d'un troupeau de nuages aux croupes burlesques pendant qu'en face l'hôtel Meurice arrachait de la chaussée gluante des centaines de jambes. Tout voulait se sauver. Des statues acrobates cherchaient à bondir hors des fontaines, les membres furibonds d'être entravés par des chaînes d'eau, des athlètes outrés d'être rattrapés sans cesse par le gobelet de pierre. Nigaudes dans leurs bassins, des Eurydice et des Vénus de bronze regardaient d'un œil consterné de méchants canards venus picorer leur miroir. De la cour des Messageries, ce n'était plus courriers ou voyageurs qui partaient sillonner la France, mais une suite ininterrompue de convois funèbres. Le monde défaillait, en proie à la panique de ses créatures.

Il n'était plus rien d'anodin. Le mal partout faisait signe. La douleur et l'effroi décoloraient les visages. Ceux des enfants montraient déjà leur spectre. La peur les stupéfiait. Ils finissaient par glisser dans la mort, les yeux ronds sous la loupe des larmes où tournoyaient les images folles que la fièvre avait fomentées. La vigilance soigneuse des aînés restait impuissante à les préserver. Ils se maintenaient quelque temps, puis leur petit être se retirait dans un silence qui se muait peu à peu en un consentement fatal. Ils entrèrent ainsi dans l'éternel mutisme un à un et bientôt par dizaines.

À vrai dire, mourir ou demeurer semblaient deux fautes égales. On était atteint par une affection qui avait probablement d'abord désolé l'âme. Paris était puni. Cela s'était déjà vu. Perverti par une fascination noire, diverti par les séductions d'un ordre inférieur. Les mœurs, à coup sûr, en étaient cause. L'abaissement des esprits sous le poids de la chair. Le grand médecin de l'hôpital Necker, Laennec, venait d'inventer le moyen d'écouter les bruits internes du corps, mais il fallait encore percevoir les protestations de l'âme, quand il se désolidarisait d'elle, quand il avait des appétits. La défaite de l'âme menait au chaos des organes. On y était. Paris était malade, quand l'époque était à l'anathème. La trouvaille de Laennec elle-même, d'une audace sacrilège. Certains parlaient de violation. La peau ne protégeait plus rien. Le mal, du coup, la traversait d'autant plus facilement. Les habitants de la ville l'emportaient avec eux partout où ils allaient, il leur passait par tous les pores – un fleuve dans une passoire, ça noyait tout. Ça puait la sueur et l'égout, tenace à la narine, poisseux dans le conduit de la gorge.

Les jeunes, les vieux, et même les amoureux, ces émerveillés. Peut-être étaient-ils tous coupables. Tous.

Le choléra s'était étendu en quelques jours à toute la capitale. Les gens se claquemuraient. On se bouclait chacun chez soi, on devenait le gardien de sa misère. Le médecin passait quand il pouvait. Demandé partout à la fois, il arrivait dans la maison maudite, épuisé mais patient, enveloppé d'un manteau sombre, le sac gonflé de compresses et d'instruments, un grand sac de promesses mal tenues. Il n'y avait plus guère que lui pour franchir fraternellement les seuils. Un médiateur. Le seul, même, avant le prêtre, qui pût se risquer à parlementer avec le mal. On lui attribuait le pouvoir de saint Michel armé de la lance radieuse, capable de plonger dans l'ordure sans en être affectée. Lorsque le médecin regardait pourtant les visages tendus vers lui et qu'il en accueillait le pitoyable abandon, le sien devenait friable, sa peau n'était plus qu'une pâte ruinée et ses yeux des lézardes, et sa bouche prononçait le diagnostic, partout le même, en mots hachés et en phrases effilochées.

Le docteur Lodran exerçait sa fonction dans le quartier du Louvre. Un homme grand, mince, le cheveu frisé, la peau brune. Les mains souples. Un mulâtre très doux, dont le père français, établi à Saint-Domingue pour faire fortune comme planteur, s'était lié à une esclave, Rose. Lodran était né peu après dans la sucrerie de la paroisse de la Petite-Anse, non loin du Cap Français. Il avait trois ans à la mort de Rose, lors de l'insurrection de 1791. Une mort obscure, un meurtre demeuré mystérieux.

Selon le vœu que Rose, très pieuse, avait toujours fortement exprimé, Lodran avait été élevé par les missionnaires, qui entretenaient avec les Noirs comme avec les administrateurs de l'île et les colons, des relations de sympathie équivoques au point que l'on ne sut jamais s'ils se rangeaient du côté des maîtres ou du côté des esclaves. Lodran avait adopté le nom de celui d'entre eux qu'il regardait comme son père spirituel, un érudit versé dans l'étude des écritures hébraïques, quand le planteur mourut à son tour, quelque temps avant l'Indépendance d'Haïti : il tenait en horreur le nom de celui qui lui avait donné le jour, M. de Maubielle, habile à mener ensemble l'exploitation de la sucrerie et le commerce des esclaves.

Les commissaires de la République avaient consenti à l'émancipation de ceux-ci en 1793, quand les Espagnols et les Anglais avaient menacé l'île d'invasion. Mais durant la guerre coloniale qui suivit, avec ses poussées de rage et ses accalmies, Maubielle exerçait encore dans son domaine des pratiques détestables dictées par sa nature complexe. Maubielle était doté d'appétits grossiers, mais il était fin dans la méchanceté. Il organisait des jeux. Armait ses nègres et les lançait sur le pitt comme des mangoustes ou des serpents. Il leur tapait sur le ventre, mais la trique suivait. Il les vendait au prix fort et s'en vantait ; il avait obtenu par exemple pour la sœur aînée de Rose, la négresse Césette, une somme exorbitante d'un certain Delisle, en réalité le dénommé Davy de la Pailleterie, bientôt célèbre.

Quand l'un de ses serviteurs découpa Maubielle à la machette un soir de révolte, il continua d'émaner de ses restes hachés dans la grange, derrière la sucrerie, ce petit rien qui avait toujours dérangé ou déplu chez lui au sein même de l'élite à laquelle il appartenait, un rictus. On fourra le tout dans un sac pour étouffer la grimace et l'enterrer au plus vite.

Les Blancs ne le pleurèrent donc pas. En revanche, des années plus tôt, les Noirs avaient couvert de fleurs le corps de Rose dont la plaie faisait au cou un collier sanglant. Devant le petit Lodran, ils avaient peint de kaolin son visage et ses mains et parfumé d'un

17

baume magique le grand rire que la mort avait ouvert entre sa tête et sa poitrine pour qu'il rejoigne au-delà le chant de ses ancêtres, dans la lointaine Afrique.

En janvier 1804, Haïti renaissait. Âgé d'une quinzaine d'années, Lodran quitta la sucrerie et tourna le dos aux humiliations, sévices et brimades réservés aux mulâtres. Il s'embarqua au hasard sur un rafiot qui partait pour la Louisiane, et connut alors la cruauté des déracinés et des impies qui doivent arracher la chance d'une survie à chaque heure qui passe. Après deux mois de tribulations, une Blanche le découvrit sans connaissance près d'une épave échouée du côté de Baton Rouge. On l'avait jeté sur une décharge avec deux ou trois compagnons morts de faim et d'épuisement, le corps supplicié rongé par le typhus. La femme recueillit le garçon hébété aux traits négroïdes et le confia à son frère médecin. Celui-ci s'attacha à son protégé, fit de lui son élève et au fil des années lui transmit son savoir. Lodran devint médecin. Mais il restait en Louisiane un homme de couleur, autant dire un être manqué. On le rejetait.

Il se mit à rêver de la France et se passionna pour son histoire. Lodran s'instruisit et revécut les brûlures de la Révolution, les tâtonnements de la Société des Amis des Noirs, la rédaction de la Déclaration des droits de l'homme, qu'il opposait point par point à la Constitution esclavagiste. Il s'indigna avec Marat, comme s'il avait son mot à dire à l'Assemblée, outré devant un Brissot qui voulait former un front de classe entre colons blancs et propriétaires noirs, les libres de couleur, contre les esclaves. Jeta hardiment les fondements d'une indépendance noire dans le cadre de la décolonisation. Prôna l'égalité de l'épiderme et salua le drapeau tricolore de la révolution de Saint-Domingue, un homme debout dans chaque couleur – un homme noir sur le bleu, un blanc sur le blanc, un métis sur le rouge.

Haïti avait gagné son indépendance, certes. Mais pour ce qui était de l'« égalité de l'épiderme » ? « Le rouge est ma couleur, pensa Lodran, celle de la vie qui mêle et assemble et multiplie à l'infini les propositions d'existence. Je la respecterai et la servirai en chacun, quelle que soit sa peau : c'est le devoir égalitaire qui m'incombe deux fois, en tant que mulâtre et en tant que médecin. »

Lodran quitta enfin la Louisiane pour la France avec l'aide d'un homme influent, écrivain, affilié comme son protecteur à la loge maçonnique de « La Clémente Amitié », et qui voulait publier dans *La Revue de Paris* le compte-rendu de son voyage dans le sud des États-Unis, au Mexique et à Cuba. Cet homme remarquable tenait à témoigner de la situation politique dans les Caraïbes et des conditions de vie des Noirs. Les Blancs, disait-il, étaient plus sauvages qu'eux. Lodran ne l'avait pas revu depuis son arrivée en France.

Il fut accueilli à Paris par l'un de ses cousins, petits-fils de Césette, sœur de Rose. Les années passèrent. Ce jeune cousin, extravagant et généreux, écrivain lui aussi et déjà en vue dans le monde, lui faisait signe de temps en temps. Mais l'âge les séparait – quand l'épidémie s'était déclarée dans la capitale, Lodran avait plus de quarante ans – et l'humeur, aussi. Celle, fantasque, de l'un, la gravité de l'autre, sa discrétion. Leurs rencontres s'espacèrent.

*

Lodran parlait peu et ne posait pas d'inutiles questions. Il ne soulevait pas en vain chez ses patients les pans de leurs souffrances. Ne cherchait pas à explorer en autrui une vérité où trop souvent l'emportaient les déchirantes contradictions, le poignant désir de conservation, l'égoïsme ou la lâcheté qui entraînaient la dissolution de l'être entier. Sans doute avait-il été, à Paris, désabusé par les suites de la révolution de Juillet – la misère protéiforme souillait le drapeau de France. Sans doute aussi avait-il renoncé à lui-même. Il ne se souciait pas de sa sauvegarde, ayant dû à la Providence de continuer à vivre.

Il impliquait toute sa conscience dans le service d'autrui et puisait dans les ressources de bonté éparses, chez les uns et chez les autres, la confiance des malades, la tendre faiblesse des enfants, la compassion des parents qui lui ouvraient leur maison, l'amour dont il avait besoin. Il le saisissait alors avec une avidité qui l'inquiétait. Un sourire ou un pain qu'on glissait dans son manteau, un regard qui s'attardait à une fenêtre lorsqu'il s'en allait, qui s'accrochait à son visage ou lui tombait doucement sur les épaules, qui lui ployait la nuque, et il était nourri, et il était sauvé, et il pouvait poursuivre son chemin, bardé d'espérances, la poitrine vaste et la main profonde, prêt à traverser les remous du monde, prêt à œuvrer encore pour des fécondités et des délivrances.

En dépit du mal qui pourrissait la ville, chaque jour apportait avec lui sa minuscule provision de beauté, ne fût-ce que, au fond d'une cour sordide dans l'œil pétillant d'un chiot, le seul enchantement de vivre. Lodran cueillait vivement, presque comme un voleur, cette manne dont il craignait d'être indigne, lui qui se sentait marqué par une carence essentielle, comme si, en y goûtant, il risquait de provoquer Là-Haut des orages. Il n'avait pas droit au bonheur. Il lui semblait devoir payer le privilège de vivre par l'acceptation d'une responsabilité infinie. Une inconnue, un jour, s'était penchée sur son humiliation, elle s'était pour ainsi dire dépouillée de sa blancheur pour le rejoindre dans le grabuge infect de la décharge, dans la basse querelle des corps et des choses éclatés et souillés. Depuis que cette femme s'était abaissée pour le secourir, il sentait qu'il devrait rendre vie pour vie un million de fois, qu'il ne serait jamais quitte. Qu'il porterait jusqu'à la fin de ses jours une immense dette fraternelle.

Quand un malade tourmenté par la fièvre lui parlait du choléra comme d'une punition divine et s'accusait naïvement de la faute mystérieuse, le docteur Lodran avait pris l'habitude de répondre :

— Il n'est pas d'autre faute, mon ami, que celle de ne pas placer chaque jour de sa vie sous la lumière crue de la Joie.

Et il laissait son homme perplexe, le cœur entrouvert sur une possibilité de soleil inopinée qui, pour une seconde, guérissait tout.

Son visage mobile, un instant paisible pour la paix de l'autre, esquissait un sourire et se reprenait lentement ; trait après trait, il recouvrait sa forme austère et sa vigilance. La fatigue reprenait son dessin, soulignait dans la chair les saillies et les accidents, creusait la dépression légère de la joue sous la pommette où s'accrochait la lumière, le pan des tempes de part et d'autre des mornes du front. Celui-ci ouvrait dans ses cheveux, une touffe de feuilles de tabac tordues, deux découpes rondes comme le golfe de Gonaïves sous le Canal au Vent. Un vaste front bossu qui cognait devant pour avoir un bel espace à penser, pour se donner au grand large du monde, contre lequel avaient trébuché les matraques d'Haïti et de Louisiane. Ce front portait haut la dignité, accordé en cela au reste du visage du médecin et à tout son être aux reliefs sans indolence, les matrices puissantes d'une belle substance d'homme.

Lodran savait depuis l'enfance qu'un mulâtre devait apprendre à tempérer en lui sans les désunir le Noir et le Blanc qui se combattaient, à régler entre eux le flux du sang ; qu'il devait les forcer l'un et l'autre à renoncer à la prépondérance – ne pas sacrifier l'un à l'autre mais les porter ensemble sans calomnie et sans mépris. À cet héroïsme intime tenaient aussi bien sa fierté que la reconnaissance d'autrui, qui permettait à ceux qu'il soignait de s'incliner devant lui pour le saluer.

Il se tenait droit, très droit. Il avait la démarche longue et bien cadencée. Une grâce discrète, quelque chose de délié, quelque chose qui échappait. Ce qui échappait, c'était justement ce qui avait rendu la petite demoiselle Richomme, Céleste, amoureuse de lui.

Les pâtés de maisons comprimaient les rues, pressuraient les ruelles aux dédales obscurs ; on eût dit que des poings s'abattaient ici et là sur la ville, qui la broyaient menu. Autour de Notre-Dame, les boyaux lugubres semblaient filer comme des serpents. Paris n'était que tracasseries d'angles, querelles de toits et bouchons d'ordures. Chaque coin cachait un maraud, son voleur ou sa brute. On passait tête basse sous le chapeau au ras des murailles, la main crochue sur la bourse et l'œil flottant, à travers le chahut des pierres qui montraient leurs tranches sombres aux luisances louches. Auguste au-dessus, le ciel tombait sur ce labyrinthe en découpes insolites – des retaillons de ciel, son petit fretin. Les plus belles parts d'azur allaient s'empaler sur la flèche blanche du Dôme des Invalides et sur celui du Panthéon, grands papillons aux ailes miroitantes à cent pieds de la disgrâce des culs-de-sac des bas-quartiers.

Lodran dévalait les rues cheveux au vent, une tempête dans la poitrine. Il quittait l'Hôtel-Dieu furieux. On l'accusait d'usurper sa place. Le préfet qui procédait à la désignation des médecins des hôpitaux passait pour l'avoir favorisé en le portant sur sa liste – une histoire d'appuis secrets, inavouables, « des intrigues entre puissants, on disait, des services de malhonnêtes, et *le foncé* en aura profité ».

Une ignominie, et on voulait qu'il y trempe. Favorisé ! Lodran, favorisé. L'injure l'ébranlait. On répétait qu'il n'avait qu'à subir de son plein gré le concours organisé par le conseil général des hospices, s'il voulait prouver son mérite, passer les quatre épreuves. L'écrit se déroulait dans l'anonymat ; le vote du jury s'effectuait à bulletin secret. D'où sortait-il, pour prétendre à une place de dévouement et de charité, certes, et qu'il occupait sans recevoir de salaire, mais une place honorifique qui attirait l'attention sur lui comme une enseigne ?

Parce qu'il avait la peau sombre, on lui prêtait une âme malpropre. Lodran ne décolérait pas. Savait-il, lui, pourquoi le préfet l'avait nommé ? Avait-il sauvé son père ou sa mère ? Quel geste, de sa part ? Il n'en avait aucune idée. Mais on niait sa vocation, on le jalousait de la vivre avec audace, avec une grande force du cœur où se confondaient la confiance et le courage. Plus sournoisement, on voulait le maintenir dans la vexation des bâtards.

La honte le travaillait déjà. Déjà, il se voûtait à l'instar des arcades de l'Hôtel-Dieu, sa carcasse se creusait comme les caves de l'hôpital – on disait « les cagnards », on traînait sur le mot bien lourd, on goûtait sa pesanteur, tâtait de la langue aux eaux putrides où les caves s'enfonçaient. Lodran croyait remâcher les résidus boueux du fleuve ; les remous aux convulsions paresseuses fouettaient lentement la fange épaisse ; des bulles éclataient à la surface reprise et brassée sans relâche, sur lesquelles passaient des reflets furtifs tirés d'un mauvais jus d'arc-en-ciel, des flaques de lumière grasse. Lodran s'était cru cuirassé de fierté. Il avait cru qu'il n'était humble que pour prendre de plus bas son essor, qu'il cachait par pudeur des ailes vigoureuses, mais il était d'une affolante tendresse.

Un rayon de soleil vint frapper sur les quais une boutique devant laquelle il passait. Un homme apparut sur la vitre. Face brune, cheveux frisés. Le front découpait de petits golfes semblables à celui de Gonaïves sous le Canal au Vent. Lodran eut un soupir et salua distraitement ce visage ami. Dans la vitre, le visage le salua de même, aussitôt imité par mille autres, mille faces brunes penchées vers lui avec des yeux pensifs et, sous une moustache légère, deux feuilles de tabac dans la brise, une bouche un peu ronde et triste.

– Bonjour, peuple d'Haïti, murmura Lodran.

Un brancard surgit derrière lui et creva le visage de verre. Deux ânes emportaient un corps enveloppé dans un drap sur la machine roulante. La machine s'ébranla en gémissant sur les pavés, achoppa sur l'un d'eux et laissa une seconde son disque de bois dans la vitrine.

– Ton soleil, Haïti, balbutia Lodran ému.

La roue mollit, les rayons ployèrent, glissèrent sur une plaque argentée et filèrent à toute allure sur leur reflet. Lodran retapa sa redingote et poursuivit sa route.

Il s'arrêta en nage à la hauteur du pont au Change, s'essuya le front d'un revers de manche et se tança vivement. « La honte nuit au médecin, pensa-t-il. Elle pousse aux spéculations odieuses et empêche l'accueil. Elle veut m'armer à rebours. Elle veut pourrir mon contact. Si elle me coupe du profond désir de soigner et guérir, elle me sépare de je ne sais quoi d'éternel. La honte, la honte... Voilà que je ressasse. Quand a-t-elle planté sa racine ? Dans mon corps circule un sang douloureux depuis des générations... Et la bonté du monde, par pitié ? »

Ses confrères lui reprochaient encore d'exercer avec trop de zèle. L'affaire du cumul des fonctions remuait le milieu hospitalier depuis plus d'un an. Cela avait fait du bruit de Marseille à Paris. Il y avait eu des pétitions et des dénonciations, des tableaux affichés en ville, le nom des médecins et leurs charges placardés partout. En plein choléra, les confrères continuaient de se quereller là-dessus. Ils pointaient du doigt un certain Ducros qui cherchait à tout coiffer : médecin de l'Hôtel-Dieu, il était aussi visiteur des filles publiques, professeur de l'École secondaire de médecine, chirurgien de l'asile et de la prison. Ils s'en prenaient au dénommé Martin qui trouvait moyen d'être à la fois chirurgien de Hôtel-Dieu et du Lazaret, professeur de l'École secondaire de médecine et visiteur des filles publiques, et ils s'en prenaient à lui, Lodran.

Pourquoi, en plus de son service auprès des malades ordinaires, tenait-il tant à s'occuper des prostituées et des prisonniers ?

Les oreilles lui sifflaient :

– Avec la peau qu'il a sur la tête, *le foncé*, on croirait un dessous de pied, il n'a qu'à se contenter de la dernière catégorie. Fils d'esclaves et bagnards font la paire.

Paroles de confrères. Les gens n'étaient pas les mêmes, devant et derrière.

Mais tout le monde était à bout. Les mots dépassaient la pensée, Lodran le comprenait, dans une certaine mesure. Lui-même était exténué. Il ne supportait plus la souillure des malades qui mangeaient à pleines mains dans l'écuelle, la puanteur des salles aux abords des fontaines de propreté, les ruisseaux d'urine.

Et pendant que les uns suffoquaient à l'Hôtel-Dieu, les autres, dans les bureaux, réfléchissaient à leur aise sur la salubrité des lieux, débattaient des avantages du vent de l'est et des méfaits du vent du sud sur les flancs du bâtiment, parlaient de poser l'hôpital sur une pente, vantaient Saint-Louis contre Saint-Antoine.

Lodran était las des hargnes sournoises, las de réprimer le trafic de pain entre malades et leurs empoignades sur des paillasses truffées de vermine – las des arrêts absurdes de la commission administrative. Toujours ces lits en bois… En fer, tonnerre ! Des lits en fer. Depuis le temps que les médecins les réclamaient.

Dans l'ensemble, leur point de vue rencontrait le sien. Mais ses collègues ne l'avaient jamais accepté, au fond. Trop déconcertant, Lodran. Et puis, ses études… Qu'est-ce qu'ils en savaient, des études qu'il avait bien pu suivre ? Pas facile à estimer, dans ces conditions. Même s'il était doué. Ah, ça ! Doué. Des mains de sauveur. Le don, Seigneur. Il avait le don.

Lodran resserra sa redingote contre lui. Un malade l'attendait dans une ruelle perpendiculaire à la rue de Seine. Il chercha des yeux un raccommodeur de chaussures. Le quartier était envahi naguère par une foule de marchands qui encombraient la chaussée de leurs petits étals, dressés et enlevés à la va-vite. Plus personne. Une ordonnance de janvier les avait chassés avec les charlatans, les musiciens ambulants et les arracheurs de dents. Leur pauvre commerce finissait par faire du tort aux boutiques. Cette misère bariolée enfiévrait la ville. Un pullulement de souffrances aux flamboiements brefs sous le soleil d'avril, le chahut émouvant de la nuée humaine, vieillards tremblants de chagrin, femmes épuisées et flopées d'enfants. On en voyait parfois, accroupis dans leur ombre, la main tendue et la pupille sautillante dans l'œil trop grand, de la graine de voleurs et d'assassins, prêts à fondre sur le premier ange qui passe pour lui faire cracher sa Providence ou lui renfoncer sa béatitude dans la gorge... Et pourquoi fallait-il qu'ils eussent l'espérance dans le sang ? Celle-là ! Une renarde qui fouinait partout dans les haillons et sous la crasse, jusque dans la moelle de l'os. Ça rôdait dans la tête et pour trois fois rien de raison, ça affluait en plein cœur : on croyait tout, on voulait tout, on était tout-puissant, c'en était fini de la bouderie du monde, pour un peu c'était le déferlement de la grande compassion, de la grande chaleur fraternelle, la ruelle s'illuminait de lampions, les yeux des vieux, les joues des femmes, et Paris dansait comme une bohémienne. Et puis, d'un seul coup, la maudite espérance filait sans crier gare et laissait les êtres béants, la bouche encore pleine de vagissements mais le ventre creusé comme une fosse. Les êtres qu'elle désertait ne pesaient pas plus qu'une brume. Ils n'étaient plus dans la rue des vivants mais des housses vides. Des hôtes pour le pire.

Les numéros défilaient sous les yeux fatigués de Lodran. 41, rue de Seine... La maison d'un peintre ou d'un écrivain. Un peintre ami des écrivains, les Dumas, Hugo et compagnie. Lodran se frotta les yeux. Huet. Paul, peut-être... Paul ou Nicolas Huet. On lui avait déjà parlé de ce Huet, mais à quelle occasion ?

À la fenêtre du peintre Huet apparut un visage étroit, celui d'une jeune fille. Sa main collée à la vitre formait le dessin blafard d'une espèce d'étoile de mer. Lodran s'inclina légèrement et pressa le pas, le front soucieux, un essaim dans la tête. Il ne connaissait pas la peinture de Huet. Pas le temps. Le temps de regarder, celui d'admirer... Il fallait une certaine disponibilité de l'âme, une tournure, aussi... Il étouffa un soupir. L'admiration était saine. Elle dégageait le cœur. Il toussota. Mais... Être peintre ! Était-ce une vie possible ? Il ne s'était jamais imaginé autrement que médecin.

Un instant plus tard, il frappait à la porte d'une maison minuscule accotée sur la voisine, une bâtisse bourgeoise à la façade ventrue. Des pas s'approchèrent, derrière la porte. Les planches mal jointes laissèrent passer un bruit de faïence bousculée, un ramdam d'assiettes. Lodran se composa une figure et rattrapa au vol un dernier fredon de pensée. La malveillance de ses confrères lui agaçait le cerveau... Oui, il avait saisi sa chance, et alors ? Il n'allait pas se justifier, sous l'insulte. Malgré la meurtrissure, il voulait rester fidèle à la grandeur sans nom à laquelle, confusément et malgré tout, il se sentait lié pour toujours.

Bruits de savates, souffle rauque. Voix de femme :

— Fichez le camp, les gosses. Maudits gosses. Allez, allez, on déguerpit.

Lodran haussa les sourcils.

— Madeleine, dit-il doucement... Lodran, docteur Lodran. J'avais promis de passer ce soir.

Un œil fripé apparut à la porte, une languette du visage de Madeleine. Pendu à un clou, au-dessus, un christ de bronze lançait dans la rue des regards désabusés.

— Ah, c'est vous, docteur. Avec ces garnements, à force...

Elle ouvrit prudemment. Son visage mince surgit d'un col de dentelle qui tranchait sur l'obscurité de la pièce. Le reste du corps, enveloppé dans un châle noir, ne se signalait que par les mains nerveuses, grignotées à la hauteur du poignet par une ruche de tulle bleu un peu passé. Lodran fit un examen rapide de la face qui s'offrait à lui. Billes de tanche et barbillons, pommettes anguleuses ; l'ombre en triangle plongeait dessous jusqu'aux commissures de la bouche ciselée comme une huître. Nez aux ailes battantes, une espèce d'oiseau triste ; le bec visait la voûte du front mais restait coincé entre les sourcils pincés. En cavale vers les tempes, leur dessin se perdait dans une mousse grise, deux petits fourrés. Quand Madeleine parlait, le bout de son nez chutait vers sa lèvre supérieure ; une ombre soudait le tout, rejointe illico par celles des joues. Le visage fendu par la bouche en zigzag se montrait en deux morceaux, pommettes et front d'un côté, menton de l'autre : Madeleine était un monstre. « Les narines vibrantes s'ouvrent lentement pour rappliquer contre la cloison du nez, pâlottes mais soulignées par un liseré rougi. Liseré autour de l'œil aussi, observa Lodran ; cela n'enfle plus. C'est sec. Est-ce que j'arrive trop tard ? »

Madeleine respira à fond. L'oiseau posé sur sa figure reprit son pénible envol. Lodran serra le bras de la vieille femme.

— Qu'y a-t-il, Madeleine ? demanda-t-il à voix basse. Dites-moi.

— Les gamins, monsieur le docteur. Ils viennent le chercher jusque-là. Jusque dans son lit, je vous dis.

Elle précipita le débit.

— Entrez donc, monsieur le docteur. Une peste, oui. Bientôt pire que le choléra.

Madeleine lança dans la rue un coup d'œil de biais, un jet de regard noir, et referma derrière lui. L'odeur fétide l'assaillit aussitôt. La même odeur, partout autour du Louvre. Violente ou en miasmes. Quand allait-on se décider à fermer le quartier ?

— Les gosses... Bah non, tiens, suis-je bête, reprit Madeleine en haussant les épaules : je n'ai pas entendu coasser. Faut me pardonner, monsieur le docteur. Avez-vous apporté votre grand nez comme hier ?

Le masque, oui, bien sûr, il l'avait. Madeleine saisit un linge dans le tiroir d'une commode et expliqua enfin, le dos tourné :

— Depuis l'an dernier, la révolution, vous savez, il ne fait pas bon être curé. Figurez-vous qu'à Tours un de ces drôles a versé de l'encre dans les bénitiers, les gens croyaient que c'était de l'urine du diable. Remarquez, il a récolté dix jours de prison et quinze francs d'amende.

Vol d'oiseau triste, claquement d'huître :

— Bien fait pour toi, mon gamin.

Madeleine revint vers lui, le linge serré contre sa poitrine, bouillon de coton blanc planté sur le châle comme une pivoine. Lodran sourit, compréhensif.

– Si, si. Je l'ai lu dans le journal.

Elle avait rougi légèrement. Elle se hâta d'ajouter :

– Pour nous, notez bien, à part quelques tracasseries au pres-bytère, les vociférations sous les fenêtres, injures et cris de cor-beaux, il n'y a pas trop à se plaindre. Mais ils pourraient respecter le malade, tout de même, ces drôles. Pensez-vous. Ce matin, j'allais sortir et voyez-vous ça, j'ouvre la porte : l'un d'eux en pro-fite pour me jeter une volaille crevée dans les jambes.

Lodran hocha la tête avec gentillesse. Madeleine déplia son linge et ajouta :

– Des petits sots. Tenez, docteur, quitte à être victime, je ne sais pas ce que je préfère, la sottise ou le choléra.

Là-dessus, elle appliqua le tissu sur son visage.

– Et le nœud derrière la tête, hein, monsieur le docteur ? Je suis la consigne.

Lodran l'approuva d'un geste. Il y avait un autre malade dans la maison voisine. Le médecin qui le visitait était le disciple d'un cer-tain docteur Nass. Nass avait voulu lancer la mode d'un costume anticholérique : avant d'affronter le mal, disait-il, il suffisait d'en-filer des bas de laine frottés de camphre et une chemise passée au chlorure de chaux, d'envelopper son buste d'un emplâtre de poix avec une bande de flanelle de six aunes de long, et d'entortiller dans la même bande le dos et l'estomac armé de cuivre. Ensuite, on n'avait qu'à se boucher les oreilles et suspendre devant son nez un flacon de vinaigre. Devant la bouche ? Une branche d'acore, et le tour était joué. Quand le médecin avait fourré des semelles creuses remplies d'eau chaude dans ses souliers, et son habit et son chapeau dans une toile cirée, camouflé et assaisonné comme un gigot, il était prêt à se pencher sur son patient.

Lodran portait un masque devant sa bouche et son nez. Il se lavait les mains avant et après les soins, ce qu'omettaient de faire la plupart de ses confrères. Certains le brocardaient. Les mêmes supportaient la répugnance des salles de chirurgie. À la maternité, ils plongeaient dans les ventres les instruments souillés à la morgue, et considéraient sans surprise les asticots qui soulevaient parfois les pansements. L'un d'eux s'était rendu célèbre avec une formule lapidaire : « L'asticot a du bon, il bouffe le vibrion. »

Lodran regarda Madeleine avec bonté.

— Votre frère, chère Madeleine... Nous y allons ?

Elle sursauta et baissa les yeux. Ils entraient dans l'aire dangereuse de la souffrance d'autrui. La souffrance d'autrui renforçait l'amour de soi. Madeleine avait beau chérir son frère, devant le malade, elle se sentait plus Madeleine que jamais et point près de s'abandonner avec lui aux mains besogneuses de la mort. À l'œuvre dans le corps du pauvre curé, celle-ci le rendait moins pitoyable qu'odieux. Une chair puante. Ça fuyait en déjections, ça se sauvait en vomissements et en diarrhée.

— Moins, aujourd'hui, docteur, dit Madeleine, la voix assourdie par son bandeau. Moins d'eau. Ce n'est peut-être pas le choléra.

Elle guida Lodran jusqu'à la chambre, une lampe à la main. Une fois devant la porte, elle se retourna brusquement. La lueur de la flamme lui fouetta le front et déposa deux coupelles noires sous ses sourcils. « Excavation des orbites sous l'effet des ombres, pensa Lodran. La lutte est sévère, entre les ténèbres et la lumière. »

Madeleine souleva le linge qu'elle avait devant la bouche :

— Dites-moi, docteur, la commission de quartier veut obliger le boucher à blanchir son mur à la chaux, et j'ai entendu dire qu'on allait paver la rue d'à côté et augmenter le nombre des bornes-fontaines. Alors moi, je vous demande...

Pinceau de lumière : les ombres se remirent à travailler les reliefs de sa face avec férocité, taillant ici, épointant là. Son nez s'allongea et se doubla d'une ombre qui alla mourir au fond d'un œil bien pioché. « Une lutte acharnée, poursuivit Lodran en lui-même, comme s'il avait sous les yeux le spectacle des joutes célestes, les cohortes diaboliques d'un côté, l'armée des anges de l'autre. Terrifiant... Nous sommes peu de chose. » Il songeait à Job dont le sort s'était joué dans un cercle où siégeaient ensemble Satan et les fils de la lumière.

« As-tu remarqué mon serviteur Job ? » demandait l'Éternel à Satan en vantant l'excellence du brave homme. « Est-ce d'une manière désintéressée que Job craint Dieu ? » répliquait Satan.

Et l'Éternel de livrer le malheureux à Satan, pour l'éprouver.

Lodran frissonna et se mit à essayer mentalement une phrase après l'autre : « As-tu remarqué le prêtre, mon serviteur ?... As-tu remarqué Madeleine, la vieille fille, sa sœur ?... » Et puis, pourquoi pas : « As-tu remarqué ce mulâtre, le médecin ? Si, si, *le foncé*, tu sais bien... »

Madeleine lui attrapa la manche :

— Alors moi, docteur, je vous le demande, insista-t-elle : est-elle contagieuse, cette maladie, oui ou non ? Avec ces petits drôles, qui viennent jouer au choléra sous mes fenêtres, j'ai les nerfs en pelote. On entend des rumeurs comme si on avait dix oreilles, on ne sait plus que croire.

Lodran se dégagea, lui prit la lampe des mains et lui fit signe de rabattre le linge sur son visage, pendant qu'il appliquait lui-même son masque sur le sien.

— Dépêchons-nous, Madeleine, je vous prie. Vite, vite.

*

Le curé reposait dans une petite chambre qui donnait sur une cour plantée de tilleuls. Un buisson de rosiers, dans un coin, attendait son heure. Madeleine logeait à l'étage dans cette maison exiguë, riche pourtant d'une cave et d'un grenier. Il y avait à Paris une trentaine de paroisses pourvues d'un presbytère souvent malpropre ; du moins celui-ci jouissait-il de l'attention pointilleuse de Madeleine, qui ne réclamait pas les gages d'une fille de service tout en apportant à son frère le bénéfice de son gouvernement.

— Eh bien, le voilà, docteur, dit-elle en s'effaçant pour laisser place à Lodran. Ce n'est pas demain qu'il ira s'asseoir sur son banc pour profiter des rosiers.

Lodran resta un instant immobile sur le seuil, à l'écoute des bruits diffus de la chambre, la respiration haletante du malade, le tic-tac de la pendule, comme s'il guettait, entre les souffles de l'homme et des choses, dans l'épaisseur du silence, les menus indices d'un encouragement à vivre. Car la vie était là, retenue et cachée dans l'attente du corps menacé et acculé à ses plus extrêmes possibilités : entre deux spasmes, dans son relâchement au sortir d'une convulsion, à travers la continuation discrète des fonctions invisibles, c'était cette patience muette de la chair ravagée. Ce long présent n'était pas neutre. Chaque séquence de l'insensible passage auquel se réduisait la vie la plus dérisoire marquait un acquiescement, un accord. L'acceptation du mystère essentiel par lequel on durait. Durer ! Bien que ce fût parfois intolérable, bien que l'existence soudain pathétique du curé pût rendre, aux yeux de Madeleine, Dieu impardonnable. Dans la durée s'inscrivaient de possibles métamorphoses, des conversions subites – des sursauts de la fécondité, dans la débâcle des organes. Et ce temps qui passait, ce n'était pas du néant, c'était... une force irrésistible qui charriait l'énigme d'un désir incommensurable et son fluide sacré. Au plus près de l'Éternel... Comment dire ? C'était l'être secret des êtres. Il fallait le chercher jusque dans la palpitation des planètes. Une merveille insolente, effrayante, même. Il fallait voir la vie s'opiniâtrer. Se brandir encore, au fond du désespoir, sauvage, sans pudeur. La voir éclater au monde.

Un désir divin, flamboyant dans les prunelles. La fièvre, oui. Quand cela ferraillait contre la mort. Dans la prunelle des hommes et dans celle des bêtes, pareil. Dans celle des chevaux, sur le chantier d'équarrissage. Détaché de la carcasse, le muscle en tremblait encore.

Il s'approcha du lit surmonté d'un crucifix. L'homme était renversé sur le dos, la bouche entrouverte et les paupières vibrantes. Les yeux blancs émergeaient de la peau froissée, fantastiques, d'affreux petits œufs dans un nid de cils pâles. Ils pointaient une seconde à l'échancrure de l'œil, se secouaient dans leur loge et retournaient s'agiter sous leur mince abri. Leur tressaillement incessant bouleversait l'ensemble du visage que les orbites semblaient vouloir gober tout entier. La peau bleuie, mâchée, collait aux os, tirée sur le menton et sur le nez à l'arête saillante, violacée autour de la bouche qui avait dévoré les lèvres. Une force mauvaise, tapie dans le corps, attirait dans le fond tout ce qui, jusqu'alors, fleurissait à la surface. Et ce que le pauvre visage d'homme avait de plus subtil et d'immarcescible, le sourire, le regard, le mal l'avait fauché. Sous le menton basculé en arrière, une ombre large tranchait la gorge. La maigreur du prêtre épouvantait. Sa carnation évoquait celle d'un naufragé vomi et ravalé par les flots, drossé, cogné et battu sans répit. Il râlait. Il geignait. Des cris perçaient, isolés, qui trouaient la rengaine de la douleur au ballottement atroce et sans échappée. On croyait l'homme éteint, et il se dressait tout debout, cambré devant l'horreur de la mort, et il reculait, et il s'effondrait, béant en haut et en bas, retroussé jusqu'au cœur, dans l'avant-goût de la pourriture.

La mort intime, celle qu'il portait en lui en naissant, qui lui avait murmuré sa promesse dès le premier instant, le ramenait finalement à sa nuit.

Lodran voyait le corps du prêtre résister encore à la succion nocturne, entamé déjà par la corruption, saisi, arraché, dépiauté – le tour des yeux, le tour de la bouche – par les deux viols majeurs, celui du regard et celui de la voix. Il voyait la matière affligée et abandonnée, son rebut, et pis encore, il voyait en elle la rebuffade des cieux.

Mais le docteur Lodran était patient. Il était confiant. Il attendait la remontée du désir.

Il était seul au chevet du prêtre depuis un long moment. Il réchauffait les membres glacés, les cuisses, le ventre. Son corps tout près, contre le corps supplicié. Les convulsions reprirent. Il était prêt.

Il plaqua ses mains larges sur la poitrine froide sous la flanelle pour l'empaumer solidement, et il commença son travail de presse. Il passait tout entier dans ses mains, dans le roulement des mains qui fripaient et lissaient la poitrine à l'arracher, à brûler leurs deux cuirs, dans le rouleau des forces écrasantes qui pressaient ce presque cadavre pour lui tirer des veines des restes d'ardeur et faire gicler du fond de ses rigoles l'invisible jus vivant, son précieux suc. Il était puissant, il était énorme. Ses mains ventouses pesaient des tonnes, des poignes qui se moquaient de la stupeur des chairs, qui passaient outre la raideur des muscles sidérés, qui allaient fouiller loin pour agacer les nerfs sous la racine, prêtes à cueillir la perle de vie au faîte de la douleur, dans les territoires du cœur. La mort tirait de l'autre côté, abouchée sous la peau à la main du médecin, un vrai poulpe, collée à son effort, glaçant les brasiers qu'il allumait sous ses paumes. C'était des assauts assassins, un vouloir contre l'autre, la faim de la mort contre la force du médecin, celle de croire, toute sa mise d'homme. Au milieu, il y avait le prêtre liquidé, ayant cédé la place, effacé sa singularité dans un combat où se mesuraient la nature et la conscience. Le prêtre disqualifié, ratatiné dans les mains du médecin. De part

35

et d'autre, ça pompait à tout rompre, à faire voler en éclats la cage des os. Au-dessus du malade, le médecin faisait ronfler un ouragan qui poussait la machine et halait le petit filet de souffle, le hissait à son paroxysme, s'abaissait pour le reprendre au fond des entrailles du prêtre et le hissait encore, dix fois, vingt fois de suite – un filet de rien, qui ne savait plus où se diriger, finir là-dedans, en un dernier spasme, ou continuer son va-et-vient affolé jusqu'à la belle libération et les retrouvailles paisibles avec l'air de la chambre.

Lodran eut une violente inspiration et retira soudain son masque. Une impulsion d'homme face à l'autre homme. Le besoin de tout donner d'un coup. Le tout pour le tout. Une imprudence, peut-être, et alors ? Quand on n'avait plus que l'Espérance. Quand on ne comptait plus sur la médecine, parce que la partie se jouait au-delà, dans le champ des âmes. Il fallait un courage entier, non entamé par le doute ou les supputations. Assener son témoignage, quand on n'avait plus le temps de persuader. Rafler l'ultime seconde et triompher d'avance : s'avancer dans une gloire débordante, en avoir plein la poitrine et plein la gorge et cracher son soleil à la mort. Lui imposer la totalité de sa joie d'homme vivant.

Au fond, peut-être la lutte n'était-elle pas égale, entre vie et mort : l'une avait pour elle la splendeur miraculeuse quand l'autre n'avait que le dépit.

Un instant, le trouble l'envahit. Le masque. Enlevé, le masque, oui, oui. Un médecin parti étudier le choléra à Varsovie avait respiré l'haleine d'un cholérique pendant une demi-heure : il n'en était pas mort. Il avait même goûté à ses vomissures, pour prouver que le mal n'était pas contagieux. Mais Lodran savait, lui, que le choléra s'étendrait. Il avait suivi avec passion les travaux de Bretonneau sur les maladies infectieuses. Il le savait. Mais il n'était pas surpris de constater que le choléra ne faisait qu'assez peu de victimes chez les infirmiers et les médecins. Il savait qu'il n'était pas unique dans le zèle et le dévouement. Qu'un médecin était d'abord un homme aimant.

— Et l'amour peut tout !

Sa voix tonna dans la chambre. Il avait projeté sur le malade tout ce qu'il avait de vie violente, sa véracité, sa jeunesse de cœur, l'évidence de sa bonté de médecin. Tout son honneur.

En haut, en bas dans l'invisible, quelle ouverture et quel accueil ? Une force d'une chaleur inouïe déboula comme une portée d'étoiles du ventre du ciel et s'engouffra dans le corps du prêtre jusque dans les refuges obscurs de la mort. Quelles combinaisons prodigieuses, soudain, dans ce four ? Quelle collision des substances, pour faire d'une tombe une pouponnière ? Le pauvre corps pétillait de vie ; d'un seul coup, c'en était fini des circonvolutions sinistres de l'agonie : le flux mystérieux se donnait de nouveau en cascade et se diffusait en ondulations tranquilles du cœur du prêtre jusqu'à ses doigts qui cherchaient maintenant à étreindre ceux de Lodran.

— Seigneur... ! murmura le médecin ébranlé. Merci... Merci.

Un instant plus tard, il s'appuyait au bord du lit et contemplait le visage du prêtre endormi. Un beau visage de vieillard apaisé, avec une étonnante douceur des traits. Les lèvres avaient à peine conservé la trace d'une crispation un peu niaise. Encore faible, la respiration devenait plus lente et régulière, plus profonde, aussi. Machinalement, il approcha du prêtre un miroir qui se couvrit d'une buée fine, et, sans y penser le retourna vers lui : sa face lui parut vieillie de vingt ans ; la fatigue avait encore foncé le tour de ses yeux. Sur la peau des mulâtres, les ombres étaient bleues. L'épuisement l'avait peint en bleu. Il se défendit : « Pas comme le choléra. Pas le même bleu. » Une seconde, il pensa à sa mère — « quel visage, Rose ? » À la médaille du graveur Vatinelle, offerte en récompense pour les services rendus contre l'épidémie, sur laquelle une allégorie de la Ville de Paris au front couronné de tours soutenait avec Esculape un malade allongé. Un petit démon ailé survolait le tout, qui figurait la maladie. Ridicule.

Il revint au prêtre comme pour puiser à sa paix nouvelle, pour se mesurer à cette nouvelle aune, reprendre sa place dans l'ordinaire des hommes sans prétention et sans histoire, une fois le danger écarté. La sueur roulait encore le long de son cou et tombait sur ses mains tremblantes. Deux folles, cuites et usées. Deux mains braves, qui avaient réchauffé un moribond, c'était tout. L'eau, sur elles, la sueur... Non, non. Des larmes. Un sanglot l'ébranla, une grande secousse de tout le corps. Il leva vers le plafond ses yeux trempés et crut voir, là-haut, le petit diable courir sous le plâtre, les ailes rabattues. La mort filait en douce.

— Ma vieille, murmura enfin Lodran... J'ai gagné.

— Eh bien ! s'exclama Madeleine, cela fait bientôt deux heures que... Sapristi ! Vous êtes recru.

Lodran lui fit signe de baisser la voix.

— Madeleine, il se repose. Il est bien fatigué. Il s'est bien battu, votre frère.

Quelque chose, dans la maison, semblait rompu, désaccordé. Lodran sentit que la vieille fille s'était déjà faite à l'idée de perdre le vieux prêtre. Il souffrit un instant pour cet homme mal aimé. L'indifférence était-elle si grande, pour figer ainsi entre les êtres l'aire fertile dans laquelle ils se mouvaient, où ils pouvaient cultiver les sentiments les plus vifs et les plus généreux ? À se concentrer sur soi, on stérilisait l'entre-deux et on faisait le lit de la mort. Les gestes et les élans se retiraient soudain, réfractaires à toute chaude participation, l'amour se rebroussait, la compassion ou la simple sympathie se rengainaient comme des malpropres dès que l'égoïste avait touché à l'autre d'un peu près, l'ami, pourtant, ou le frère, dès qu'il avait senti sa faim et sa soif à lui, ses besoins tout aussi impérieux, sa nécessité intime d'exister.

Le cœur de Lodran se serra. L'intimité de l'autre déplaisait ou effrayait. On s'en écartait. Et le médecin restait seul, souvent, pour s'engager dans cet espace déserté. L'intimité de l'autre, répugnante ou triste, était son héritage, quand les proches avaient fui. « Lumineuse, aussi, parfois », corrigea Lodran pour lui-même.

39

« Une intimité merveilleuse... J'y tiens. J'en suis sûr. Il suffit d'un peu d'amour, ou d'un peu d'enfance. »

Madeleine rajusta son châle, le noua autour d'elle et entraîna le médecin dans la cuisine.

— Il va mieux ? Cela se peut donc ? demanda-t-elle, soupçonneuse. Elle ne percevait pas l'émotion qui avait bouleversé les traits de Lodran. Elle enchaîna, pressée de reprendre une conversation de routine :

— Maintenant, docteur, dites-moi, à la fin. Le choléra morbus... Est-ce que tout le monde va l'attraper ? Il y en a qui disent que ça se jette sur les débauchés... Les autres racontent que la maladie punit les ivrognes et les coléreux. Et alors là, notre curé... Avec ces gosses, je vous le disais bien. L'autre jour, là, au presbytère, dans la cuisine... Crénom qu'il était colère !

Elle étouffa l'exclamation dans sa main. Lodran fronça légèrement les sourcils.

— L'année dernière, Madeleine, les Juifs ont été accusés d'avoir causé la peste en Pologne. Encore n'était-ce rien : sous le même prétexte, au XIV⁰ siècle, on les brûlait en masse.

— Vous en savez, des choses, rétorqua la vieille fille, pour quelqu'un qui...

Elle fronça les lèvres. Un éventail de rides s'ouvrit sous son nez.

— Histoire de la médecine, répondit seulement Lodran. L'épisode de la Peste noire. Ne vous excusez pas, Madeleine.

Il fit un geste vers une pile de journaux entassés sur le sol, à demi dissimulés par la table. Un broc gisait par terre en morceaux. Madeleine lisait *La Tribune* et s'amusait à se faire peur, comme si tout le monde soupçonnait tout le monde, comme si on allait l'accuser de comploter contre le roi. Elle vénérait les Républicains.

— Tout n'est pas vrai, dans ce qui s'imprime, conclut-il simplement.

Madeleine s'empourpra.

– Pour les Juifs, je ne dis pas... Écoutez, monsieur le docteur, on ne peut tout de même pas lire que *Le Moniteur* ou *Le Journal des débats* ! Et puis, j'ai de la bonne lecture, à preuve que c'est monsieur Huet, le grand peintre, qui me donne les journaux quand il les a finis. Mon voisin, oui, un ami de monsieur le curé. La petite est là, en ce moment, c'est elle qui me les apporte. La nièce de monsieur Huet, la petite Céleste.

– Je ne suis pas de la police, chère Madeleine, rassurez-vous, murmura Lodran très las. Maintenant, si vous le permettez...

Mais Madeleine se pencha et saisit l'un des feuillets, sur la pile : *La Caricature*.

– Tenez, dit-elle : je n'en ai pas honte !

Un hebdomadaire satirique. Lodran ouvrit la feuille par politesse. Une scène apparut, traitée magistralement par un certain Decamp : liée au poteau d'infamie comme une criminelle, une pauvre fille attendait son supplice sur une estrade ; la foule indignée se pressait autour d'elle, contenue tant bien que mal par les cavaliers de la Garde. Cloué sur le bois, un écriteau portait la mention suivante : « Arrêt de la Cour prévôtale qui condamne Françoise Liberté, née à Paris en 1790, au cautionnement et à la flétrissure des lettres T.R. (timbre royal), pour crime de révolte lors des 27, 28, 29 juillet 1830. » On imposait le timbre, de nouveau, aux journaux : loi du 4 décembre.

Madeleine se pencha sur l'épaule de Lodran et examina Françoise Liberté d'un œil pointu : un tendron mal fagoté. Deux moustachus s'affairaient autour du feu.

– N'est-ce pas Casimir Périer, qu'on voit là, risqua-t-elle, en train de chauffer le fer ?

Oui, sans doute, c'était lui.

– ... Et encore, le journal date de plus d'un an... A-t-il bien opprimé le peuple depuis ce temps-là, le Casimir, au service de son bêta de roi ! reprit Madeleine. La révolte des canuts, à Lyon, l'hiver dernier... Hein, docteur ? Comment il les a écrasés, les canuts. N'empêche que maintenant, monsieur le président du

Conseil s'en va crever comme tout le monde. Pas plus tard qu'hier, on lui a posé les sangsues.

Lodran serra les lèvres. Le drame se déplaçait. L'attention que l'on devait porter à autrui. Maintenant, pour bien faire – pour être bon –, c'était envers Madeleine qu'il aurait fallu avoir de l'indulgence, de la patience.

– Noir sur blanc dans *La Tribune*, si. Des sangsues sur le ventre. Il suffit de lire entre les lignes : le choléra morbus, docteur. Le même qu'ici.

Les yeux de Madeleine clignotèrent. Son ordinaire dans les salons du ministère... Le grand homme aux prises avec les petites misères dans son fauteuil doré. Elle ajouta, un pli au coin des lèvres :

– Naturellement, ça n'est pas bon pour la Bourse.

Lodran retint un soupir et lui rendit le journal. La fatigue avait raison de lui. Il lui semblait que ses gestes lui échappaient, qu'ils se sauvaient de ses membres ; un tremblement imperceptible affectait ses paupières et ses lèvres. Il salua la vieille fille et se dirigea vers la porte. « Non, pas de chapeau. Merci, Madeleine. Votre frère est bon, Madeleine. Votre frère vivra. Un homme bon, très bon. Ne le gâchez pas, Madeleine. Ne lui bourrez pas la cervelle. Tout doux, tout doux. Pitié, Madeleine... »

Deux petits coups, frappés dehors, le tirèrent de sa confusion.

– Tenez, docteur, qu'est-ce que je vous disais ? s'exclama-t-elle. La petite Céleste. Ce n'est pas bien l'heure, pourtant. Elle a dû finir plus tôt sa leçon de peinture avec son oncle.

*

Madeleine ouvrit avec empressement. « Paul Huet est en faveur, pensa Lodran. Il a dû tomber en arrêt devant ce visage farci d'ombres, mi-poisson, mi-oiseau. Elle l'a senti, elle veut son portrait et son nom dans *L'Artiste*. »

La lumière du dehors s'engouffra dans la cuisine. La jeune fille entra, vive et légère, coiffée d'un morceau de ciel : une brunette d'une minceur extrême aux yeux d'azur, enfouie dans une grande chemise de coton aux manches retroussées jusqu'aux coudes, constellée de taches de peinture.

– Chochana, murmura Lodran, saisi par la fraîcheur de cette apparition. Le lis...

Il lui sembla que la force lumineuse de sa jeunesse avait eu la longue patience de traverser les temps et les lieux pour lui jaillir soudain en plein cœur, qu'il n'avait connu jusque-là qu'aridité sans tentation ni réconfort, et que la vie l'avait tenu à distance de ses prodiges dans la seule perspective de cette rencontre qui avait la brutalité du miroir où la stupéfaction exclut la paix, où il n'est plus d'autre refuge que l'exploration, où l'être en quête s'expulse et se défait pour l'énigme d'un partage à venir.

Cette jeune fille était apparentée à la Beauté sans que le modelé de son visage ou de son corps y fût pour rien – Lodran pensa : « marquée par la frappe divine », comme du point de vérité vers lequel chacun, entravé et pétri de calamité, veut pourtant entreprendre son voyage.

Le ciel l'invitait à une mutation, et la qualité de ce ciel ne faisait aucun doute puisque les mots qui lui venaient avaient pris naissance au cours de ses études avec le père missionnaire, aux limites mêmes de l'entendement, dans la majesté du Livre saint. « Chochana », le lis, en hébreu.

Peut-être Lodran aurait-il dû réfléchir, se reposer sur sa raison. Mais la liberté pressentie était devenue, dès l'instant inouï de la rencontre, l'unique appui de son âme.

Les mains croisées devant la poitrine, Céleste inclina promptement devant lui son front clair et releva les yeux. Son regard semblait sans commencement ni fin, inépuisable et sans asile. Un trait limpide qui trouait les pesanteurs où nichaient les complexités et l'impudicité de l'expérience humaine, soyeux et pur, de la candeur du lis.

« Chochana », répéta Lodran en lui-même pour prolonger dans son âme la douceur du nom et son chuchotement.

Céleste dansait d'un pied sur l'autre, les yeux ouverts comme des sourires. Des puissances éclatantes se répandirent dans la pièce. En ce tout petit instant, ils étaient devenus les otages d'une grandeur inconnue, de la splendeur d'une oraison mais au caractère implacable d'une promesse contractée dans un au-delà du monde.

Céleste rentra chez son oncle le cœur retourné. Elle courait dans la rue, sa chemise blanche flottant autour d'elle, une grande corolle au vol léger au-dessus de la ville embellie par cette cueillette surnaturelle, le bonheur libre et sincère d'une toute jeune fille.

Céleste riait. Son visage riait – et son corps, et sa peau... rebroussés d'un beau rire ingénu qui tournait dans sa poitrine comme une meule de blé. Adieu, timidité ! Au loin, les peurs de l'enfance ! Paris s'égayait devant elle. Elle voyait sa rue pleine de farces, et l'orgue de Barbarie jouait pour elle sa ritournelle. Devant un atelier obscur au rideau descendu, elle se prit à rêver de robes et de chapeaux. Et pour ses mains toujours tachées ? Pour rien au monde elle n'aurait voulu d'une paire de gants en cuir de poule ! Rêves et pensées faisaient dans sa tête une ronde bariolée, plumetis de rose, picots d'orange. Elle barbouillait de blanc les murs en passant, peignait la Seine et ses bateaux, lavait la misère des visages qu'elle croisait. « À partir de maintenant, se dit-elle, tout m'est sacré. »

Parvenue chez son oncle, hors d'haleine, elle s'appuya un moment sur la rambarde de fer du perron et ferma les yeux. Le don qui lui était fait la rendait responsable de toute la foule humaine. Le privilège d'aimer lui conférait, à l'égard d'elle-même, une exigence infinie, et un devoir de consolation entêté vis-à-vis d'autrui. Telle était la gravité de Céleste, quinze ans et demi, brûlante d'avoir été élue au sein de la grande tendresse du monde pour les accomplissements majestueux de l'amour.

Elle n'était éprise jusque-là que d'une silhouette aperçue par la fenêtre, si différente de celles qu'elle rencontrait dans la campagne de Folembray où vivaient ses parents, sa mère Ursule, sœur de Paul, et M. Richomme, chef de bureau au ministère de la Guerre. Folembray était un bourg minuscule, proche de la vallée de l'Oise et de la forêt de Compiègne. Les types normand et picard s'y rejoignaient pour s'épanouir dans les corps trapus d'hommes bien plantés, larges de gorge et de ventre, assez dans le goût de leurs bêtes, des vaches à l'encolure épaisse et des porcs aux soies rudes, au groin épaté, à l'oreille lourde, attachée bas.

Aujourd'hui, foin de ces rustres. Céleste venait de rencontrer la silhouette soigneusement épiée depuis plusieurs jours, et la personne qui emplissait ses contours l'avait ravie. La jeune fille pouvait tramer à partir d'elle une vision poétique détachée des pesanteurs normandes et rehaussée par l'exotisme. Les douleurs de l'esclavage des peuples noirs, dont on parlait parfois chez son oncle, l'immensité des océans et la suavité des épices mûrissaient ensemble dans l'âme de Céleste. Douleurs et suavité ouvraient d'ailleurs à elles seules des immensités dont la mer tumultueuse offrait l'image idoine en laissant deviner à la fois des déchaînements irrémissibles et des fureurs salvatrices.

Céleste avait le sens de la grandeur. Elle avait déclaré un jour à sa sœur Caroline :

— Nos cœurs sont vastes : nous aimerons des êtres inaccessibles. Tu es meilleure que moi ; tu tomberas amoureuse d'un prêtre, et moi d'un aventurier. Comprends-moi bien, Caroline : des hommes illimités, que la chair n'enferme pas aussitôt, et avec elle, une maison, une famille et des habitudes. Des hommes qui aient l'infini devant eux.

Caroline avait fait allusion à leur oncle Paul, qui était jeune et beau, quoique trop roux, et peignait sous de grands ciels des horizons pulvérisés aux confins de terres mornes et douces.

– J'aime Paul de tout mon cœur, avait rétorqué Céleste. Mais il est mon oncle, je le connais depuis toujours. Il me faut de l'inconnu. De l'étrangeté.

Et, baissant les yeux comme sous le poids de ce qu'elle allait ajouter :

– ... C'est une nécessité. Le mystère, par où le monde s'élargit et respire. Sens-tu cela, Caroline ?

Puis, avec un petit soupir, devant sa sœur ahurie :

– Un peu de mystère, et l'Espérance clignote. Dieu se cache là-dessous, je te le dis. Tu suis ? Il faut faire sauter ce qui se fige, ce qui pèse et qui s'installe. Persévérer dans la percée. Ne pas craindre le chagrin d'une ébréchure. Et puis, tiens, tant pis : le salut par la violence... Renverser père et mère pour le bonheur d'une ascension.

– Tu m'effraies, avait murmuré Caroline, abasourdie.

– Jamais je ne me contenterai des évidences, avait laissé choir Céleste, les pommettes enflammées. Il me faut tout le reste : l'invisible et l'éternité.

Là-dessus, elle avait fondu en larmes sous les yeux ronds de sa sœur.

– Et... Paul, qui parle toujours de t'épouser, qui dit qu'il t'attendra... bredouillait celle-ci. Il aura bientôt trente ans et...

Explosion de Céleste :

– Quel rapport, même si j'aime Paul toute ma vie ?

Elle avait vu Lodran passer comme une ombre dans la rue, mais il émanait de cette ombre quelque chose de l'exaltation généreuse du médecin, si bien qu'elle n'était ni noire ni grise mais brune et chaude, toute nourrie de son limon d'homme, et qu'elle se mouvait avec la vigueur souple d'un flambeau.

Lodran n'était plus jeune. Céleste aurait trouvé ridicule de dire qu'il était beau. Sa forme n'était pas de celles que l'on pouvait contenir et apprivoiser. Peut-être en raison de sa propre fougue, la jeune fille jugeait trivial que l'on cherchât maintenant, comme

47

c'était la mode à Paris depuis Lavater, à rendre une âme captive des traits du visage. L'intelligence et le cœur, prisonniers d'un modelé, confinés dans les os et les chairs ? Oh, non ! L'être bondissait, subtil et insaisissable, lancé vers autrui dans un mouvement irrésistible, projeté dehors à la rencontre d'autres êtres. L'intimité s'en allait vers d'autres intimités, appelée à se déployer en vue d'un accord où triomphait le sens de vivre. À en croire Céleste, les gens n'existaient qu'en s'assemblant, dans l'espace de leur entre-deux. Les corps étaient vides, leur substance tenait toute dans leur liaison.

— Ma pauvre Céleste, disait son père, à t'entendre, les égoïstes sont tous morts. Malheureusement, j'en connais quelques-uns.

— Chère Céleste, disait Paul à son tour, ému par l'enthousiasme de sa nièce, très chère Céleste... Il y a tant d'espoir et de frissons dans ce que tu supposes des liens entre les hommes... Tu veux, entre eux, un sanctuaire ou un royaume. Ton désarroi est-il si grand, que tu aspires ainsi à une relation absolue ?

Désarmée par les réponses qu'on lui faisait et renvoyée à sa solitude, Céleste finissait par se blottir contre Paul en se défendant intérieurement de céder aux tentatives paternelles de lui abîmer le monde. Elle n'allait pas échouer comme M. le chef de bureau dans l'impasse d'une réalité enfermée, rétrécie et dépravée, où moisissaient les meilleurs sentiments. La nature voulait de l'expansion et du mouvement. La retenir, c'était la corrompre.

L'expansion et le mouvement : l'amour, oui, naturellement. Parlait-on d'autre chose ?

Ainsi était-ce moins le grand corps de Lodran qu'elle voyait passer rue de Seine, en chemin vers la maison du prêtre, que l'âme libre et lumineuse qui s'échappait de lui. Ce n'était pas Lodran, qu'elle voyait, c'était son auréole. Et ce jour-là, leurs lumières, un instant, s'étaient jointes.

*

Paul Huet suspendit son travail et aperçut sa nièce par la fenêtre, rêveuse sur le perron, la joue sur l'épaule et la tresse de travers, dont le bout faisait entre ses doigts un petit fagot. Quelque chose de déplacé, d'imprudent, dans ce visage, l'alarma aussitôt. Céleste avait été surprise par quelque bouleversante apparition. Ses traits en avaient été remués, et devant sa jeunesse émue, son cœur à lui battait la chamade. Son autorité vacillait, tentée par la douleur et ses ambiguïtés, les sollicitations de la jalousie et celles de la vertu austère qu'il savait gauchie par l'affection trop vive qu'il portait à Céleste.

Il s'approcha de la vitre. Dehors, il y avait cette espèce d'ange coupable qu'il voulait punir ou consoler. Il ouvrit la croisée et lança seulement, d'un air hagard :

– C'est toi ?

Et non, ce n'était pas elle. À quoi bon poser la question ? Ce n'était plus elle. Ces yeux fins aux cils légers, fatigués par une vision trop forte, lustrés par l'image désirée, cette petite bouche fébrile, ces pommettes plus hautes qu'on ne l'imaginait, plus nobles, plus puissantes aussi, quand on avait cru la face enfantine et menue... Une femme poussait dessous, pressée soudain d'exister, de lever les mystères d'une initiation, de se jeter dans un commencement, fût-il tragique, fût-il, pour lui, Paul, désespérant. Céleste transfigurée délaissait le monde désormais insensé dont l'absurdité le blessait déjà.

« Céleste... C'est toi ?... » Comme il butait là-dessus ! « Non, Paul, ce n'est plus moi. » Mais lui, n'était-il pas resté le même, sans fantaisie ni frivolité, fixe et rassurant ? « Céleste, c'est moi, Paul. Ton oncle Paul. »

– Ah ! Paul... répondit Céleste d'une petite voix.

Un regret, une déception. Et cependant, la présence d'elle se refusait, réfractaire et désenchantée, comme si la jeune fille pouvait se targuer d'anticiper son avenir d'homme raisonnable, qu'elle prévoyait sans insomnies et sans miracles.

Elle entra, absente et rose. La souffrance le saisit, une caresse puis une crispation ; lorsqu'elle s'enfonça en lui, il sut qu'elle faisait dans son cœur son lit pour longtemps, inévitable et indissoluble.

— Le journal, Céleste, dit-il doucement en désignant *La Tribune* plié sur la table près des brosses et des couleurs. Tu es allée chez notre voisin sans le prendre.

— Tiens, oui, répondit seulement Céleste. Tant pis, j'y retournerai demain.

Le ciel avait perdu sa luminosité. Des troncs d'arbres lugubres grossièrement badigeonnés, en attente de frondaison, barraient la toile fixée sur le chevalet. Paul gardait les yeux rivés sur la palette posée sur la table maculée. Les couleurs séchées semblaient se retirer dans la pâte ; leur rayonnement confisqué devait faire au fond une petite boule de soleil froid, jaune, orange ou vert. Il faudrait percer là-dedans pour que la palette accouche de sa constellation fabuleuse. Pour l'instant, le bleu de Paris n'était qu'une cloque, sans superbe et sans révolte. Le minium... La pâte se fronçait ici, sombre et ridée dans un tremblement que les imprécations avaient quitté. Une seconde, Paul vit en elle les plis lâches d'un drapeau dégringolé. Le rouge, pourtant... Le rouge. Son ivresse et son génie. Les incitations aux luttes magnifiques.

Il prit un pinceau et érafla la motte ternie d'un coup de virole. La bague de métal arracha une langue écarlate qui s'accrocha au manche.

– Crie donc, si tu peux, gronda Paul. Bon sang, rouge ! Explose et vomis-toi, déferle !

Il frémit.

... Comme en juillet. Les bourgeois filaient pour sauver leur peau sous l'œil de verre de Notre-Dame qui fichait ses tours dans le ciel comme deux poings géants. Peut-être, ils ont gagné. En attendant, les portes du paradis leur claquaient au nez. Le bourdon faisait tonner ses graves : branle des couleurs... Ça coulait d'en haut, ça fusait d'en bas. Cavale de gris au ras des pavés trempés de mauve, une mosaïque de bleus ici, un poudroiement violet mitraillé d'ocre... et là, au déboulé, une surprise, une grâce : un léger glacis de rose, de la tendresse, à l'angle d'un porche... Une mousse blanche au bout des fusils dans la rue du Roman, à la porte Saint-Denis, sur les barricades...

Il portait une vareuse couleur sang de bœuf... Autre chose que le gilet de Gautier ! Et son bonnet... Un lampion en zigzag dans la foule au-dessus des corps qui roulaient sous les salves.

Il écrasa son pinceau sur la palette. Le rouge creva la peau épaisse de la peinture et gicla sur le bois. Souvenirs... Dumas veut la Croix de Juillet. Il demande à Paul de témoigner pour lui. Lui réclame une attestation : « Le jeudi 29 juillet à midi, en face du Louvre, au moment du combat, j'ai rencontré M. Alexandre Dumas se battant. » Alexandre bouffi d'orgueil sous sa tignasse crépue, les yeux luisants d'alcool enfoncés dans la tête comme les raisins dans un gâteau, lui faisant, à lui, cette requête !... La même fureur que pour *Hernani*, avec Devéria, Boulanger et Charlet.

Ils s'étaient trompés, en juillet. Ils avaient cru tout possible. Ils s'étaient cru les maîtres des Beaux-Arts. Et puis, parce qu'il avait pris part à la révolution, Paul avait espéré, sinon des mercis, une sympathie... l'achat, par le gouvernement, de quelques-unes de ses toiles. Il s'était trompé, là-dessus aussi.

Céleste n'avait alors que treize, quatorze ans. Qu'avait-elle perçu de sa jeunesse à lui, de sa violence ? L'idéal du poète le soulevait ; sa barbe, une brousse furieuse, éclaboussait sa poitrine. Il avait l'orage dans la bouche et sous la peau... Que ne l'avait-elle vu ?

On le disait irascible, on le disait généreux. Il aurait voulu qu'elle le sût. Son enthousiasme et sa révolte, ses belles colères, sa noblesse à lui, son angoisse même, qu'elle les connût. Il épuisait sa conscience dans une tension extrême où se déployait une énergie surhumaine et où finalement il se perdait, saisi par une espèce de mort qui l'enlevait à une passion exceptionnelle. « Une espèce de mort »... Comment expliquer à Céleste l'excitation et le paroxysme, la rage de vivre qui vous arrachait à vous-même, raflait vos particularités, vous dépouillait de toutes vos singularités et précipitait votre être fantomatique dans une aire impersonnelle et sublime... Oh ! Céleste... Comment lui dire ? L'aire sublime jusqu'à laquelle il croyait pouvoir se hisser côte à côte avec elle.

Peut-être Paul tenait-il d'un parent abbé la disposition à s'offrir à l'idéal et à mépriser en lui ce qui l'écartait de l'aventure d'un ravissement. Peut-être ne pouvait-il verser ses préoccupations intérieures que dans le cœur encore intact de sa nièce. Mais regardant autour de lui, il voyait dans la pièce où ils peignaient ensemble ce qu'elle voyait de lui : les toiles commencées, des natures assez sages, des sous-bois sans surprise, des ciels toujours trop bas. Il y avait bien eu *Honfleur, une lame dans le chenal*, qu'il avait gardée longtemps chez lui – Céleste l'avait-elle seulement remarquée ? Une eau traitée en pleine pâte, la lumière lourde. Un rendu colossal. Mais il se tenait aujourd'hui devant elle, le pinceau à la main, concentré sur presque rien. Elle ne pouvait deviner la fougue, elle ne pouvait deviner l'aventure. Il était pour elle un familier – pas même un homme : un oncle. Pas même un interlocuteur valable, dans le questionnement impératif de sa jeunesse. Elle ne mêlerait pas aux siennes ses faims et ses soifs, ses tentatives et ses élans. Elle ne romprait pas avec lui les implications quotidiennes pour se projeter dans l'étonnement d'un avenir grand ouvert.

Céleste amoureuse. Déjà. Une métamorphose qu'elle ne lui accordait pas. Sa transfiguration pour un autre.

– Pas un bourgeois, au moins ! s'exclama Paul.

La jeune fille s'était retirée depuis longtemps dans sa chambre. La phrase retentit dans la pièce. Le décor chavira autour de lui. Des formes sans intelligence s'agitaient sur les toiles posées à même le sol, appuyées contre le mur. Des arbres moroses, des ciels sots comme de la ouate. Une dramatisation ridicule et vaine. Il pensa : « Peinture, souillure. Mensonge inutile. » Et, tout haut :

– De la tartouillade.

Le mot de Delécluze pour qualifier *La Barque de Dante* de Delacroix, dans *Le Moniteur universel*. « De la tartouillade. » Cela faisait dix ans. Cela ne s'oubliait pas. « Un travail de chien », avait dit Delacroix. Les mots tournoyaient dans la pièce. Les volumes élastiques s'étiraient et se ramassaient sous les yeux fatigués de Paul. Une table de caoutchouc... chaises molles, chevalets en guimauve. La jalousie, de nouveau, planta son croc en lui :

– Un bourgeois, un de ces types en col blanc avec poignets et plastron... un épicier ! Ah, non. Un Jeune-France, alors ? L'œil sauvage, la crinière sombre, le manteau noir boutonné jusqu'en haut... Ou un excentrique, un gothique : pourpoint de velours violet à la Pradier, brandebourgs de soie croisés sur la poitrine, bottes trop grandes, une découpe en forme de cœur sur le devant de la jambe...

À en croire la lumière qui animait Céleste tout à l'heure, elle avait rencontré Victor Hugo.

Et lui, Paul, soulevé par plus rien, descendu, enfoncé. Au ras de la bêtise. Paul même plus Paul, désolidarisé, en miettes. Un frustré imbécile. La Normandie marchandait son homme et l'emportait sur Paris.

Il tendit la main devant lui, l'air de laisser s'envoler un oiseau. Une main de rustre. Une sourde hostilité émanait de lui, d'une réalité presque palpable. Il allait connaître l'infection du désespoir. La macération douloureuse de l'humiliation. Il avait prêté à son amour la transparence d'une quête mystique : il se sentait poisseux, refoulé dans les plus basses contrées de lui-même. Exilé des territoires de la beauté où elle ouvrait les bras à un autre.

La nuit était tombée. Il s'approcha de la table pour éteindre la lampe et se pencha sur la feuille que Céleste avait laissée à sécher. Céleste aimait recopier les toiles de son oncle. Elle éprouvait une pointe d'admiration pour lui, sans doute. C'était attendrissant, ce soin qu'elle prenait à l'imiter. Cela l'attendrissait.

Paul sourit doucement. Un zèle discret réunifiait maintenant son être éclaté, son cœur, sa peau trop sensible, ses nerfs exaspérés... Toute sa personne apaisée se rassemblait autour de l'évocation touchante de Céleste appliquée ou boudeuse à la table de dessin, soucieuse devant la difficulté d'un relief à rendre ou illuminée par la joie d'une réussite modeste, le rendu délicat d'un feuillage ou d'une source. Il reconnut un paysage de Folembray qu'elle avait pris pour modèle. Enfant sage, elle avait dû signer derrière et noter la date. Sans y penser, Paul retourna la feuille. Un petit Lodran de deux pouces apparut, tremblant sur ses jambes, dans des teintes ocre et terre de Sienne.

Deux jours passèrent. Le choléra déployait son malheur. Il étendait dans la ville son horreur banale. On succombait sans dignité dans une lamentation des entrailles, écœuré par son propre abandon, offensé par une mort répugnante. On aurait voulu d'elle un peu de patience, le temps de retrouver un brin de tenue au moins, dans la pose finale... Mais non. On mourait comme une bête, l'âme épaisse, gênée d'être de trop, d'être voyante, de pendre du corps comme la langue.

Le prêtre était sauvé. Sans que l'on ait su comment, le médecin l'avait guéri. Paul Huet avait rencontré ce médecin la veille – d'ailleurs, il l'avait déjà vu. Ils s'étaient croisés auparavant dans la rue. Un homme exceptionnel, sûrement. Le teint foncé. Entre ocre et terre de Sienne.

Céleste et lui repartiraient pour Folembray le lendemain. Paul ne reviendrait pas là-dessus. Il n'allait pas garder sa nièce dans une ville infestée. La sottise était de s'y être attardés si longtemps.

*

Paul avait préparé ses couleurs, ses brosses et ses toiles. Ployé, affaissé presque, contre les montants de la fenêtre, les épaules voûtées, court de torse et de jambes, il regardait dehors. La rue, les maisons. Son œil trouait le piège de la ville. Les édifices dociles s'écartaient les uns des autres en une ronde de plus en plus large et s'évanouissaient dans une brume grisâtre, débris minuscules et dérisoires qui ciselaient à peine l'horizon. Un flux sombre emporta bientôt les reliefs de Paris qui disparurent dans le lointain ; une coulée de chagrin douce et nauséeuse, une voluptueuse mélancolie. Nulle pression, nulle contraction dans l'espace nimbé de lueurs caressantes. Les volumes engourdis s'épanouissaient, moelleux et tendres, toutes cassures résorbées dans un paysage lâche et presque charnel, exposé, impudique dans la dérobade des lignes, baigné d'une triste suavité. La souffrance de Paul était large et pleine, sans fissure. Une vague ample dont le soulèvement semblait trouver son prolongement dans le ciel liquide, bombé comme un sein lourd. Paul en retenait encore le ruissellement. La douleur l'ondoyait, envoûtante. Il naissait à un autre monde, profond, immense, aux exhalaisons fades et aux crépuscules infinis.

— Céleste, dit Paul d'une voix neutre, nous partirons demain.

Elle se tenait derrière lui, étroite et dure, son cahier de dessin et ses feuilles serrés contre sa poitrine, le visage fermé. Le cahier brun faisait une découpe terrible sur le blanc de la chemise. Une trappe qui cachait un grand trou.

Cependant, dans la ruelle voisine, une élégante sortait de la grande demeure qui jouxtait le presbytère : Mme Louise Cambel, épouse du notaire Cambel.

Le notaire se plaignait depuis quelques jours de troubles divers. Les époux Cambel avaient appelé chez eux le médecin réputé, très au fait des maux cholériques. Celui-ci s'était présenté à leur domicile équipé jusqu'aux cheveux pour affronter le péril. Une toile cirée noire lui tombait sur les pieds chaussés de souliers étincelants comme des casseroles.

— Du cuivre, avait-il expliqué. Du paillon d'orfèvre. Avec cela, vous évoluez au-dessus des miasmes.

Un chapeau à la calotte évasée, à la mode dix ans plus tôt, sur lequel on avait ajusté un tissu huilé, complétait le costume. Il était à parier que l'homme portait un corset sous sa flanelle.

Ce jour-là, il s'était incliné devant Mme Cambel et avait demandé à rester seul avec le malade qui se tordait de douleur sur son lit, le visage blême et les yeux mauves. L'examen fut exécuté en un éclair. L'homme se retira bien vite en déclarant que le notaire se portait bien. Le ventre et ses accessoires étaient excellents. Du reste, le choléra ne touchait pas les hommes de qualité.

La nuit suivante, le notaire vomissait tripes et boyaux. Louise Cambel se souvint de Casimir Périer et de quelques cas sur lesquels on murmurait dans l'entourage de Sa Majesté. À tout hasard, elle se vêtit de sombre. En s'habillant, l'idée lui vint que l'homme à la toile cirée avait peut-être emporté la maladie chez eux dans ses souliers qui ressemblaient à des auges. Elle avait appris la guérison surprenante du curé, son voisin, qu'elle connaissait de vue, naturellement, bien qu'elle fréquentât plutôt la belle église de Notre-Dame. C'est ainsi qu'abandonnant son époux à ses soubresauts, elle avait décidé de s'adresser à cette grenouille de Madeleine pour lui emprunter son médecin.

*

Madeleine trouva Louise Cambel à sa porte en tenue de deuil, en bonnet à volant et robe de satin, le cou voilé de noir et les pieds chaussés d'escarpins, comme pour le bal. Louise exposa l'état de son mari avec gêne, en atténuant beaucoup les effets d'un mal qu'elle ne nommait pas.

— Le choléra morbus ! s'exclama Madeleine, les yeux chavirés. Et vous êtes là, à me parler, au lieu de le frotter ! Il doit être violet, à présent, monsieur le notaire, en train de barboter dans ses déjections.

Elle prit une grande respiration, fronça les sourcils et, d'un air entendu :

— Avec monsieur le curé, ça s'est fait sans galoper, mais des fois, le choléra morbus, il vous soulève un bonhomme en deux heures. Et sauf votre respect, madame ma voisine, vous sentez le riz au lait.

Interloquée, Louise Cambel pinça les lèvres.

La vieille fille agita les bras et lança :

— Je me comprends. La dysenterie, quoi, avec de l'écume blanche... La colère des intestins, ça donne du riz au lait. Tout comme. Il trempe dedans, monsieur le notaire, c'est sûr.

Elle tourna les talons et plongea dans sa cuisine pour revenir aussitôt avec un grand paquet enveloppé dans du journal qu'elle lui fourra dans les bras.

— Prenez ça, madame Cambel, y a urgence. Des patates. Vous

allez les faire cuire, et tout de suite. Des patates bouillantes, il lui faut, sur les jambes, sur les cuisses et jusqu'en haut. Vous entendez ? Vous enveloppez vos patates dans du linge et vous enveloppez votre mari avec.

Louise Cambel balbutiait, interdite.

— C'est-y bête, cette femme-là ! s'exclama Madeleine hors d'elle en la poussant dans la rue. Y a urgence, qu'on vous dit ! Il va refroidir, votre mari.

Mme Cambel fit quelques pas. La voix continuait de japper dans son dos.

— Allez-y, courez ! Je vole jusqu'à l'hôpital et je vous ramène le docteur. Et de l'alcool, vous en avez, de l'alcool ? Faut frotter le corps avec. Allez-y, arrachez-y la peau. Ça repoussera. Vous frottez, c'est compris ? Faut que ça flambe.

L'autre chancela. Exaspérée de la voir indécise, ses patates sur le cœur, Madeleine revint à la charge :

— Courez donc, ma pauvre fille ! Je parie que les rats sont déjà chez vous.

Mme Cambel s'ébranla. Elle avait enfin la main sur la poignée de sa porte.

— Et vous frottez, hein ! proféra encore Madeleine dont on ne voyait plus, au bout de la rue, que la petite silhouette grise.

Louise Cambel se rua vers la chambre du notaire, éberluée, la tête hors du bonnet. Une odeur fade emplissait toute la maison. Un haut-le-cœur l'arrêta sur le seuil. La pièce puait l'excrément sucré. Louise ferma les yeux une seconde, fit demi-tour, retira prestement sa robe dans sa propre chambre, passa un tablier, courut à la cuisine, jeta les pommes de terre dans un chaudron qu'elle mit sur le feu et saisit dans un placard une bouteille de cognac. Quand elle revint vers son mari, il claquait des dents à les briser et ses jambes étaient bleues jusqu'aux genoux.

Lodran arriva une demi-heure plus tard. L'hôpital manquait de lits pour les malades ; la situation à Paris avait encore affreusement empiré. Les gens s'entassaient devant la porte. Certains mouraient à deux pas dans la rue, les haillons raides de colique blanche, les jambes attaquées par les rats sous les jupes et les culottes, les cheveux empâtés dans un liquide épais semblable à de l'eau de riz qui débordait de leur bouche écumante, pleine de matière grumeleuse. Les yeux s'enfonçaient dans les têtes violacées rétractées à faire peur, les lèvres retroussées sur les gencives, la peau tirée sur les dents, les dents plantées dans la bouillie blanche ou dardées dans le vide, des volées de crocs. Ce n'était plus des visages. De la carne tendue sur les os à claquer. Les hommes, les femmes, ça ne portait plus de nom ou c'était du chien. Lodran avait vu beaucoup de morts en Haïti, dans sa jeunesse. En Louisiane. Ce n'était pas comparable. Il avait porté des cadavres sur son dos, il en avait tenu dans ses bras. Tout à coup, il n'en pouvait plus, de voir tous ceux-là, autour de lui, hurler de rire.

Il frappa chez les Cambel. Louise apparut tachée dans son tablier, l'air hagard, ses souliers de bal aux pieds. Elle entrouvrit la porte et la referma aussitôt. L'odeur fusa, douceâtre, épouvantable.

— Pas un nègre. Ah, non ! Allez-vous en.

La surprise cloua Lodran sur place. Il se reprit et frappa de nouveau.

— Je vous en prie, madame, dit-il calmement. Je suis médecin. Vous avez besoin de moi. Laissez-moi entrer.

— Allez-vous-en, répéta Louise Cambel d'une voix tremblante, derrière la porte. Mon mari ne voudrait pas.

Et, après un silence, plus bas :

— Nous vous méprisons.

Lodran prit le coup et ferma les yeux. Des images d'enfance lui mitraillaient les paupières. Les affronts, depuis toujours. Puis, froidement :

— Dépêchons-nous, madame. Ouvrez. Il est peut-être encore temps. Sauvez-le.

Elle ne répondit pas. Il n'entendait plus rien, à travers le bois épais. Il devinait les mains qui froissaient le tablier, les yeux troubles. Peut-être était-elle atteinte, elle aussi.

— Je ne resterai que le temps qu'il faudra, dit-il encore d'une voix forte. Ouvrez, madame.

Froissement de tablier. Elle obéit lentement et entrebâilla la porte. Son visage apparut, la bouche déformée par un rictus. Lodran posa sur lui un grand regard clair. Des larmes jaillirent aux yeux de Louise, qui les essuya d'un revers de manche maculé de pâte blanchâtre.

— Merci... murmura Lodran. Merci, madame Cambel. Guidez-moi.

Louise marchait avec raideur, empêchée par une lutte intérieure. La présence d'un nègre dans sa maison, la mort tapie dans la chambre de son mari... Un nègre et la mort, comme deux insultes. Ce nègre, cette mort. Oh ! Seigneur... Le Ciel lui retirait-il sa sollicitude ? Elle était mortifiée, elle était défaite. L'immense bonté divine, désormais, ne s'imposerait plus à elle dans une formulation sans retouche. L'horreur s'incrustait dans la vie des Cambel par erreur. Le mal s'était trompé de maison.

Elle s'avançait dans le corridor avec une lenteur éprouvante. Lodran ne pouvait déterminer, en cette femme d'un âge incertain, la part de révolte et la part d'effroi. On eût dit que l'être, au fond du corps de Louise, refusait aujourd'hui sa participation sponta-née, enfoui dans des profondeurs froides et hostiles. Les souliers de bal ajoutaient encore à l'étrangeté de sa démarche, tandis qu'ils augmentaient pour elle le sentiment d'irréalité qui s'atta-chait maintenant à sa demeure. La réalité, pour Louise – le vrai, le juste et le bon –, était jusque-là du côté des souliers qui dénonçaient l'absurdité odieuse de ce qu'elle avait sous les yeux : un nègre dans sa maison, la mort dans sa maison. Mais le mot « maison » sonnait bêtement, pour l'instant vide de sens, tandis que « la mort, un nègre » résistaient, au contraire, gros d'un contenu insupportable et incongru : un nègre bon, et une mort blanche.

Louise trébucha. Lodran lui attrapa vivement le bras. Elle lui lança un tel regard de hargne et d'imploration farouche qu'il la relâcha aussitôt.

– Vous n'êtes pas mon obligée, dit-il simplement. Je fais mon métier. Pressons-nous, madame.

– C'est là, dit Louise en désignant la chambre.

La voix était partie toute seule.

Le notaire avait été projeté sur le sol par la violence de ses convulsions. Son corps avait roulé sur le côté. Les linges dénoués avaient libéré le cataplasme ; Cambel gisait la bouche ouverte, empâtée de vomissures, la joue écrasée sur le plancher dans la bouillie de pommes de terre. L'œil rond, sous le tas de sourcils gris, fixait le vide. Un œil de hérisson. Le petit œil d'un tout petit notaire, déshydraté et amaigri, soudain, étroit comme tout, étroit comme la justice. Il avait vomi son emphase et sa civilité. C'était le résultat d'une machinerie diabolique et une infamie, un écueil sur lequel Paris trébucherait, quand Paris le saurait.

Le visage du notaire se tordit brusquement par le milieu ; les lèvres claquèrent et s'ouvrirent sous un jet blanchâtre de matière visqueuse. Le regard de Louise ne pouvait se détacher de la bou-che enragée. Elle y voyait grouiller des monstres – un bouillon d'insectes... les sauterelles, les grenouilles... Une des plaies du

Ciel répandues sur la Terre. Et le goulot du grand flacon, c'était Cambel, cette gargouille puante qui baignait dans son ordure.

L'amertume accumulée depuis de trop longues années de mariage remonta au cœur de Louise. L'hypocrisie consentie, pour tenir sa place dans le monde, la soumission feinte, auprès d'un homme dont chaque parcelle lui répugnait. La paupière rosâtre dans la face livide ; les ongles, qu'il coupait pointus, plantés dans des mains boulottes de femme ; la nuque de Cambel, la façon dont les poils en jaillissaient sur le col, ne fût-ce que cela ; ses saillies, ses bosses, qui la rendaient aussi rebutante qu'un genou. Et puis, tout le reste. La peau mollette sur le gras du bras, la voix sifflante.

Leur première nuit avait suffi à Louise pour qu'elle se sentît flouée. Sur le corps de Cambel, elle lisait mal le sceau du Créateur.

Elle tremblait de tout son être. Elle plissa les yeux. Ses narines frémirent. Elle le haïssait de se montrer devant elle dans cette posture. Elle le haïssait de se montrer ainsi devant le nègre. Son dégoût lui montait à la tête. Louise avait besoin de mettre de l'ordre dans ses idées. Sans doute le monde était-il difficilement intelligible. Sans doute était-il impossible d'être ébloui, à chaque seconde, par les mystères divins. Et l'homme, souvent, était moins admirable que pathétique. Elle concédait à l'existence une inévitable part de déception : il y avait, à l'origine, la fameuse Chute. Mais son notaire était médiocre, il avait été médiocre, chaque jour, devant elle. De la sorte, il l'avait lésée. Et les manquements de l'époux s'inscrivaient comme une lésion dans la féminité de l'épouse. Cela allait loin : jusqu'à affecter l'image divine. Oh ! mais si : plus Louise y pensait, plus il était clair pour elle que l'insuffisance de Cambel tendait vers la profanation. L'insuffisance du mâle avait des répercussions sur la femelle (dans le chagrin, Louise ne reculait pas devant la crudité des mots) et, de fil en aiguille, sur Dieu même. L'homme avait été fait à Son image, et il finissait par faire du tort à son modèle. L'inconséquence du notaire prenait ces proportions.

Tout cela, sous les yeux d'un nègre. Les Cambel étaient maudits. Elle étouffa un sanglot, les mains cramponnées à son abdomen.

Lodran avait déjà ôté la chemise trempée du notaire et l'avait étendu, dévêtu, sur le dos. Accroupi au-dessus de lui, il avait commencé à le frictionner à l'alcool. Les jambes, les cuisses, le ventre. Tout le corps glacial et violet. Sur le point de défaillir, Louise se détourna, ulcérée. Elle entendit au bout d'un moment :

— C'est trop tard, madame.

Secouée de spasmes brefs, elle gardait le dos tourné. Il se releva, inquiet pour elle, désolé d'être noir, tout à coup, d'exposer sa différence. De susciter une angoisse supplémentaire, quand il voulait apprivoiser la douleur. Cependant les chapitres de la Genèse défilaient dans la tête de Louise. Genèse, chapitre IX. Était-elle sotte ! Ce n'était point eux, les Cambel, les maudits. Ciel, non. Évidemment, non. Pas eux, mais le nègre. Fallait-il qu'elle fût ébranlée par la vue de son pauvre époux.

Louise battit deux ou trois fois des paupières en se reprochant sa sensibilité excessive. Un mince sourire se peignit sur ses lèvres. Le maudit d'une histoire était toujours le nègre, et cela, depuis Noé. D'ailleurs, la scène était en train de se reproduire, là, sous ses yeux. Le médecin avait dévêtu son mari, son aîné d'au moins dix ans, et il avait vu la nudité du notaire. Mot à mot. Verset 22. C'était cela, exactement.

Lodran répéta, très doucement :

— Madame, pardonnez-moi. C'est trop tard. Je n'ai pas pu...

Louise poussa un soupir interrompu par une quinte si violente qu'elle la précipita contre l'armoire de la chambre. Une tache sombre apparut au bas de son tablier. Le tablier mouillé... la coulure, jusqu'au sol...

— Orgueilleuse ! s'exclama Lodran avec colère. Stupide orgueilleuse.

Il aurait pu s'en douter : la démarche, les tremblements. Le froid qui la gagnait. Elle aussi. Elle luttait depuis tout à l'heure.

Il la saisit brutalement par l'épaule.

— Allongez-vous. Tout de suite.

Elle leva vers lui ses yeux luisants :

— Ne me touchez pas.

— À votre tour, répliqua Lodran. Vite. On a une chance.

D'un geste brusque, il débarrassa le bureau qui occupait l'angle de la pièce et, de force, la coucha dessus. Les objets se fracassèrent sur le sol et roulèrent jusqu'au notaire recroquevillé dans ses déjections. Louise écumait, les lèvres tiraillées, furieuses. Un vomissement la cassa en deux. Il saisit un linge propre, l'imbiba d'alcool, et le lui enfonça dans la bouche pour la nettoyer de la matière gluante qui l'obstruait, les grumeaux, l'eau de riz épaisse et dégoûtante. Il arracha le tablier – jambes violacées, marbrures jusqu'au ventre – puis il se versa le cognac sur les mains et se mit à la frictionner de toutes ses forces, comme s'il la battait. Elle geignait, elle vomissait, son eau blanche lui coulait d'en haut et en bas, et elle s'abaissait, aplatie, creusée, roulée sous les paumes brûlantes de Lodran, réduite à rien, une guenille de peau, une poignée d'os, par la volonté d'un seul contre la mort, un coriace, un terrible, un qui n'avait pas peur de descendre dans la souillure des hommes, déterminé à écrabouiller le mal au fond d'elle, Louise en souliers de bal, madame l'épouse du notaire, feu monsieur le notaire.

Lodran avait laissé filer celui-ci – plus le temps, trop tard –, il sauverait sa femme malgré elle.

Cependant, Louise se laissait glisser dans le néant, ballottée entre l'infini qui bordait son apparition sur la Terre et celui qui la happait déjà par une très faible volonté de vivre, car ce qu'il lui restait de vie témoignait d'un intermède épouvantable. Elle perdit bientôt toute sensation pour entrer dans un temps sans écoulement. Son âme sombrait lentement dans une immobilité, une tranquillité qui semblaient se confondre avec son essence même. Peut-être flottait-elle sur la multitude des vies et des morts déployées à n'en plus finir, sur le souffle des nostalgies et des désirs des hommes depuis toujours. Elle était devenue toute douceur et somnolence, limpidité paisible. Souple et sans adhérence, elle n'affirmait ni ne déplorait plus rien. Considérations et craintes l'avaient quittée. Elle abandonnait le rêve éphémère de vivre pour une éternité molle où percerait peut-être pour elle la lumière divine.

Mais pendant que l'âme de Louise se détachait, son corps bataillait férocement. Peau, os, muscles et tendons guerroyaient contre la mort, tantôt chacun pour son compte, tantôt unis dans une collusion hideuse. Le visage se crispait, s'enfonçait, se vrillait comme si une main haineuse empoignait dessous un paquet de nerfs et tirait sur les yeux qui disparaissaient dans un remous violet, lui flanquait des torgnoles et des baffes pour lui tanner l'envers, lui rossait les joues comme on frappe un tambourin. Une autre agrippait le ventre de Louise soulevé par des trépidations rageuses, faisait tournoyer là-dedans les intestins, tarabustait les viscères, se calait sous le foie pour agacer l'estomac. La bouche dégorgeait comme un égout pendant que les eaux dévalaient le corps broyé et tenaillé, ouvert en bas sur le flot de toutes les matières.

Les mâchoires de Louise s'écartèrent à se décrocher sous la pression d'un jet blanchâtre et nauséabond. La chambre était devenue irrespirable. Lodran suffoquait, au bord de l'évanouissement, épuisé par ses efforts acharnés pour la réchauffer. De la belladone, pour arrêter ces spasmes... Il en avait dans son manteau. Une nouvelle convulsion plaqua Louise sur le bureau ; elle se recroquevilla en geignant comme un animal. Lodran saisit aussitôt dans l'une de ses poches un sachet empli de feuilles sèches.

— Belladone, plante vénéneuse, famille des solanacées, récitat-il à toute vitesse. Fleurs violacées, baies noires. Je prends les feuilles pour l'atropine... Attention : un gramme de trop, et je la tue. Un gramme !...

Lodran eut un petit rire sec....

— Un gramme, sûrement pas. Il me faut trois fois rien...

Il attrapa une pincée de poudre tombée au fond du sac, tout en poursuivant son monologue. Sans s'en apercevoir, il en avait répandu sur le sol.

– C'est bon contre les spasmes, poursuivit-il à mi-voix, et ça diminue les sécrétions. La douleur aussi – oui, oui, peut-être. Et je m'attends à la dilatation des pupilles... Dame ! On croyait avoir les yeux bleus, et on va regarder son médecin avec de grands yeux noirs.

Il se précipita vers Louise.

– Ne vous en déplaise ! Maintenant, ma fille, tu vas te laisser faire.

Il désinfecta ses mains à l'alcool, se les frotta comme un possédé, versa une petite dose de cognac dans l'une d'elles, souffla au-dessus un nuage de poudre verte et l'appliqua à toutes forces sur la bouche ouverte de Louise. Elle lui planta les dents dans la paume avec une sauvagerie de vipère, le front tiré en arrière, les tempes gonflées, les yeux brillants comme des lames et la bouche retroussée, baveuse, un museau bleui derrière lequel la mort poussait son torrent d'immondices, son méchant jus de blancheur ignoble.

– Ne vas pas te tromper, la mort, murmura Lodran en tremblant. Cette fois-ci, c'est toi qui perds. Vous entendez ce qu'on vous dit, madame l'épouse du notaire ? Vous me mordez comme un chien, et moi, je vous guéris. Allez, allez, on avale. On ne fait plus la fière.

Elle se tordait sous lui, cabrée à se rompre, une rosse, mais il tenait bon, trempé de sueur et de souillures puantes, la main saignante, les paupières brûlantes de larmes.

– Je te sauverai, tu entends ? Tu t'humilieras, oui, tu t'humilieras, et tu seras sauvée. Guérie, je te dis.

Il la lâcha enfin et s'écroula sur le sol, exténué. Un instant plus tard, obstiné, entêté de bonté, il reprenait son effort, la grande friction patiente, pour ramener un peu de chaleur dans le corps raide de Louise.

Encore une nuit, et ils auraient quitté Paris. Paul était allé saluer ses amis Devéria et Dumas. La malle de Céleste était prête. Il lui restait une heure avant le dîner. Une heure, pour revoir peut-être une dernière fois la longue silhouette souple de l'homme venu de loin et qui ne ressemblait à personne, grandi par la lueur secrète de ces figures de l'histoire qui arrachent la liberté avec les dents. « Nos cœurs sont vastes... Nous aimerons des êtres inaccessibles. » Ces paroles à l'adresse de sa sœur valaient comme serment à elle-même.

Céleste avait-elle peur ? Sans doute, elle avait peur. Elle allait se jeter dans l'inconnu. Ce soir, tout de suite, elle allait se découvrir et se livrer. Dire à cet homme sans attaches, son aîné de vingt ou trente ans : « Je verse mon âme dans la vôtre, ne la refusez pas. Je rêve de vos rêves, je désire vos lointains. Mon audace a soif de votre courage. J'aperçois votre beauté, je devine votre bonté. J'ai besoin de la lumière qui vous brûle. Je vous donne ma jeunesse, mon espérance illimitée. Ensemble, nous braverons tout. Nous serons une force inouïe. Notre joie causera à la ronde des milliers de printemps. »

Elle saisit à la hâte son cahier de dessin et se précipita dans la rue. Paul, en cet instant, ne l'aurait pas reconnue. Paul ne l'aurait pas vue. Elle était autre. Sa tresse volait derrière elle comme une nuée de papillons. Son visage s'offrait au monde vivifiant des âmes libres.

Elle allait frapper chez Madeleine quand la porte de la maison voisine s'ouvrit. Lodran sortait de chez les Cambel en titubant. La fatigue avait ruiné ses traits. Ses vêtements souillés traînaient avec eux l'odeur repoussante qui infestait maintenant toute la ville. Céleste sursauta, décontenancée. Son cahier lui glissa des mains et tomba sur le sol.

Lodran leva la tête et la vit.

Elle restait interdite au milieu de la rue, la bouche ronde et les yeux grands comme le jour, toute raide dans sa chemise de peintre.

À seule fin d'horrifier ses voisins, Céleste disait parfois qu'elle s'habillait de blanc pour ressembler aux ramasseurs de cadavres et « pour coïncider avec la clarté d'En Haut ». Forte de quoi elle refusait de porter les vêtements de femme que sa mère avait préparés pour elle. Elle refusait encore boucles, bonnets et chapeaux. Pour Céleste, nul accessoire. Suivre la mode dénotait l'insignifiance et la faiblesse de caractère. Toute intérieure, la féminité devait jaillir dehors par sa seule force particulière.

Voilà comment, au lieu de s'être préparée minutieusement avant d'aller à la rencontre de Lodran, Céleste se trouvait maintenant craintive devant lui dans sa vieille chemise. De la sorte, elle était vêtue de vrai, et pour ainsi dire nue comme le lis des champs. Mais, pour la première fois de sa vie face à un homme véritable, elle avait peur de déplaire.

À l'apparition inopinée de Lodran, Céleste crut disparaître dans un éblouissement et mourir au monde. Elle n'opposa pas de résistance. Elle profitait d'un arrachement, s'effaçait de la rue et jaillissait ailleurs, invulnérable et magnifique, dans un ailleurs sans nom et sans épaisseur où elle engageait sa vie. À vrai dire, son émotion était si forte qu'elle n'éprouvait rien d'autre qu'une suspension de tout son être dans un temps entièrement déployé. Depuis quelques instants... quelques secondes peut-être, elle se tenait dans une disponibilité merveilleuse où *il* n'avait plus qu'à la rejoindre, au-dessus de la ville et des hommes.

Cependant, Lodran quittait les Cambel avec un sentiment d'écrasement. Il avait exercé envers ces gens l'irrécusable responsabilité que son métier lui imposait envers tous, mais, en le blessant, Louise avait ouvert en lui une mauvaise brèche. Il avait guéri cette femme pour la punir – pour qu'elle lui doive la vie. Comme n'importe qui, il avait cédé à la tentation d'exercer un pouvoir. De surcroît, il avait manifesté en se vengeant la persistance de son appartenance à la servitude. Belle vengeance, sans doute, que celle qui rendait la vie, mais l'intention avait perverti l'action. Lodran savait pourtant que d'une conscience assoupie naissaient les grondements et les tumultes qui finissaient par frapper autrui. Il avait grandi, comme tous les fils d'esclaves de Haïti, dans le respect du Christ, et il venait d'être indigne du Christ.

Il ferma les yeux et se remémora le Code noir. « Tous les esclaves qui servent dans nos îles seront baptisés et instruits dans la religion catholique », article 2. Le premier article concernait l'expulsion des Juifs, et le dernier, l'attribution aux hôpitaux des biens confisqués aux affranchis. Lodran soupira. La religion d'une part, l'hôpital de l'autre... Cerné. Il s'était laissé définir par le Code noir. De ces bornes, jusque-là, il avait fait deux portes pour son élargissement ; il avait élargi la religion à la vénération admirative et tendre du Christ, et l'hôpital au service de la personne humaine. Il savait que les Caïn et les Judas, sur la route du chrétien, révélaient le chrétien. Pourquoi avoir cédé à la colère devant Louise Cambel ? À la colère. *Cholera*, en latin... Quelle dérision.

Entre Céleste et lui, il y avait, flottant et indécis, l'effleurement tragique du désespoir et le secours extraordinaire de la chaude ferveur de l'amour ; la brutalité naïve de celui-ci posait sur celui-là son baume énergique et sa compréhension prodigieuse. La passion de Céleste, solennelle et profonde, s'élançait au-dessus des fluctuations : elle était naturellement victorieuse. Au milieu du désarroi de Lodran, son désir impératif éclatait comme un scandale. L'amour rendait le désespoir scélérat aussi bien que la foi.

Désemparé et découvert, Lodran montra sa souillure, les traces de déjections et de vomissures sur son habit. Il savait son visage durci, les ombres bleues, la défaite du regard qu'il adressait à la jeune fille. Il tendit devant lui ses mains sales et puantes, aux rides et aux ongles encrassés du blanc mauvais des cholériques. Il offrait à Céleste le dégoût et l'impuissance.

– Non, monsieur, non ! s'écria-t-elle dans un souffle. Pas de chagrin !

Elle se précipita vers lui, attrapa les mains tendues, se les appliqua à toutes forces sur le visage et barbouilla ses joues, son front, ses cheveux, des restes de pâte répugnante couleur de riz au lait. Laide et puante comme lui, les mains cramponnées aux siennes, Céleste sourit timidement à Lodran. Un sourire comme un pont d'elle à lui, elle, la toute blanche, et lui, terre de Sienne et feuille de tabac, elle et lui affreux et salis et le plus joli pont de Paris.

Elle pleurait déjà. Surpris dans sa misère, interloqué et ravi, Lodran eut un sursaut, plongea ses yeux dans les yeux étincelants de Céleste et éclata soudain d'un grand rire sonore qui traversa des mondes de ténèbres et de douleurs pour tinter à l'horizon en milliers de notes salvatrices.

Le sourire de Céleste tremblait à la pointe de son regard. Lodran rassembla en lui ce qu'il avait de plus large et apaisant, la gaieté renaissante, la confiance à la célérité merveilleuse, tout de suite prête à poindre, à s'étendre, la bonté instinctive de son cœur aimant. L'élan impétueux qui portait Céleste l'avait laissée choir, gauche comme tout, en plein étonnement. Sous ses yeux agrandis, des arbres immenses jaillissaient du sol et claquaient au vent, bombardaient les nuages et criblaient le ciel de fruits sanglants ; la Seine lançait autour d'eux son lasso, allumait ses bateaux, et, grosse d'un besoin de montagne, d'un besoin de cascades, soulevait Notre-Dame dans une volée de cloches, frissonnante et terrible sous une neige d'oiseaux soyeux.

Un morceau de pâte blanche tomba de son front sur son nez. Un brusque fou rire les saisit tous deux.

— Regardez, dit Lodran tout à coup.

— Où cela ? demanda Céleste.

— Là, par terre. Non, en l'air.

— Par ici ?

— Ou par là.

— Vous moquez-vous de moi ? demanda-t-elle en s'esclaffant.

— Sûrement pas, répondit Lodran. Tenez, ici, que voyez-vous ? Il montrait la chaussée.

— Paris est un cloaque pestilentiel, reprit-il, mais quand la beauté est en vous...

— Je vois le caniveau, répondit Céleste, la mine épanouie.

— ... la beauté est partout. Vous voyez le ciel, couché dans l'eau fétide, corrigea Lodran.

Ils marchèrent jusqu'à la première borne-fontaine. Céleste, rouge de joie, avait ramassé son cahier et le serrait contre elle. Lodran se taisait. Des gens les croisaient, des hommes en chapeau, des femmes enveloppées dans des pèlerines, courbés et sombres, que les fiacres éclaboussaient. Au milieu des couleurs usées de la ville, les vieux ocres, les bleus d'ardoise, la rue sautillait sous les pas de Céleste. Pressés de rentrer chez eux, les bourgeois rebondissaient comme des ballons, le ventre énorme dans le gilet à carreaux, les bourgeoises passaient tête basse sous un monceau de rubans, les pieds vifs et pointus, souris sournoises au museau lustré et à l'œil méchant. Un hennissement déchira l'air. Fracas de sabots contre les pavés, hurlement de roues... La rue vola en éclats. La porte d'un fiacre s'ouvrit brutalement : le corps d'une femme roula sur le sol.

Le soir tombait, qui baignait tout de violet. Mais la chair dénudée de l'inconnue était marbrée du bleu sombre des cholériques, et la bouche noirâtre, hideuse, retroussée sur les dents, semblait une plaie crevée au milieu de la figure, un vieux morceau de cuir percé, épinglé sous les narines grotesques. Des trous étroits comme ceux des volailles coulaient deux flaques d'ombre. Les yeux... enfoncés à coups de poing. On ne voyait plus les prunelles au fond de leur caverne. La cyanose avait ravagé la face, les pieds nus qui passaient sous la jupe, le corps entier.

La femme poussa un râle et se recroquevilla, un genou au menton, l'autre bêtement ouvert, laissant bâiller sa nature au milieu des jupons relevés. Le fiacre avait disparu dans un vacarme à tout rompre. Lodran courut. Céleste courut derrière lui. La femme tourna vers eux sa face hâve aux muscles tirés à l'extrême. Un bouillon de pâte blanche coula de la bouche hargneuse.

— Une pierreuse, murmura Lodran. On l'a jetée là après s'être amusé d'elle.

74

— Une pierreuse ? demanda Céleste, très pâle.

Elle avait vu le prêtre malade, mais non à ce point. Ce faciès de cholérique, ce désastre du visage et du corps, c'était la première fois. Paul ne la laissait guère sortir, hormis chez Madeleine.

— Une prostituée, parmi les plus pauvres, répondit Lodran très vite. Il y a des castes. Les pierreuses travaillent sur les chantiers. Je connais celle-ci ; son père est un ouvrier équarrisseur. La famille habite une masure dans le clos de Montfaucon... Céleste !

Une contraction formidable avait tordu le corps de la femme qui s'agrippait à la jeune fille et lui vissait le bras. Céleste poussa un cri. Engoncés dans leurs orbites, les yeux crachaient de la haine pendant que la bouche écarquillée dans une hilarité atroce vomissait son jus blanchâtre.

Le cœur de Céleste battait à toute allure mais son corps se raidissait à se briser. De toutes ses forces, elle se refusait à ce contact épouvantable, elle refusait d'être là, de subir ça, cette brutalité avilissante.

Sous la main de la pierreuse, elle se hérissait contre ce qu'elle ressentait comme une transgression inadmissible. L'orgueil lui faisait mal.

Une autre contraction bascula la femme sur le côté. La main violacée se décrocha de Céleste qui recula, hébétée et stupide.

— Aidez-moi, dit Lodran avec autorité. Maintenez-lui la tête.

« Aidez-moi... » Céleste vacilla. Son cœur lui tombait sur l'estomac. Mais Lodran ne se souciait pas d'elle. Il tira le corps de la fille sur le bord de la chaussée, l'adossa contre un mur, arracha un morceau de sa chemise et le fourra dans la bouche de la pierreuse pour la débarrasser de la matière infecte.

— La tête, Céleste ! Tenez-la. Il nous faut de l'alcool. De l'alcool, vite !

Enfin, elle obéit. Il jeta alentour un coup d'œil circulaire. Les gens s'écartaient d'eux. Il pensa : « Des indignes, des parjures, infidèles au pacte tacite des vivants, la solidarité humaine. »

— C'est vous aussi, cette femme-là ! hurla Lodran. Ayez pitié de vous, au moins ! Les mêmes, je vous dis, on est les mêmes !

— Pardon, murmura Céleste presque hagarde.

Il n'entendit pas. Une secousse terrible ébranla alors le corps de la pierreuse qui s'ouvrit en deux. Un flot blanchâtre lui débaula dans les jambes. Une autre secousse lui cassa les reins. Ses membres maigres s'accrochèrent au mur ; la flaque puante, au sol, s'élargit et s'enfonça dans les rainures des pavés. Une contraction, enfin, lui bascula la tête en arrière. Elle roula sur l'épaule de Céleste transie de peur, les lèvres blêmes et le menton secoué par un tremblement irrépressible. La pierreuse poussa un « han ! » effrayant dans une dernière éructation qui projeta sur Lodran la bave laiteuse. Son crâne heurta durement l'épaule de Céleste. Il y eut un temps silencieux. Les yeux morts fixaient le ciel lugubre. Puis le regard, lentement, se figea dans une gelée noire et morne.

— C'est fini, Céleste, dit Lodran d'une voix sourde.

Elle le regardait, docile, et répéta comme une enfant :

— Pardon, monsieur.

Il rabattit les jupes de la pierreuse, prit le corps contre lui pour dégager la jeune fille et le disposa dans un angle du mur. Non loin, il crut entendre les flonflons d'une fête que l'on donnait dans une rue voisine ; les poètes et les musiciens avaient leurs habitudes dans ce quartier où les chambres n'étaient pas trop chères. Des soupers à six heures, puis des lectures et des danses. Un bal masqué, peut-être, avec les masques du choléra pour conjurer l'effroi.

Les passants faisaient un écart pour éviter la pierreuse. Un homme en redingote leva la tête en pinçant les narines et enjamba le corps.

— La chaux vive, vous risquez ça aussi, murmura encore Lodran à l'homme qui s'en allait. La chaux vive, vous entendez ? Vous aussi... Et nous tous.

Appuyée contre le mur, les mains écartées, ébranlée par un tressaillement fou, Céleste se mit à se cogner la tête, à coups répétés, comme une insensée, en claquant des dents, les paupières serrées pour arrêter le flot de larmes qui la submergeait.

Lodran revint à elle, navré, frotta ses mains bien fort contre les joues trempées en murmurant des mots inaudibles. La vie et la mort tambourinaient contre ses tempes et vociféraient autour d'eux des ordres contradictoires. Des houles véhémentes qui les rudoyaient. Il prit Céleste dans ses bras, la serra contre lui avec une énergie sauvage et l'entraîna dans la rue.

Un instant plus tard, à la borne-fontaine, il déchira un pan de sa chemise pour laver le visage de Céleste. Elle embrassa le pan de la chemise. Puis il s'agenouilla devant elle et lui lava les mains. Elle embrassa les mains de Lodran. La nuit enveloppait toutes les formes alentour. Les maisons engloutirent les derniers passants. Ils étaient seuls, éperdus et sauvés.

– Courageuse Céleste, dit-il doucement. Chochana, mon cher lis...

Il prit la jeune fille contre sa poitrine et lui murmura des mots de son pays, un long moment, une longue guirlande de mots ronds et doux qu'elle répétait sans comprendre. Soudain, Lodran attrapa Céleste par la taille et la souleva à bout de bras pour la faire voltiger. Le clair visage de la jeune fille tournait dans la nuit comme une grosse étoile pleine de rires tout neufs, des bouquets de rires qui pétillaient dans le noir et illuminaient Lodran. Enfin, il posa à terre sa grosse étoile et la reconduisit gravement chez Paul Huet. Elle ne lâchait pas le bout de chemise qui dépassait du grand manteau sombre et l'embrassa tout le long du chemin.

Le peintre s'était attardé chez ses amis. Il n'était pas encore rentré, malgré l'heure avancée. Lodran quitta Céleste à quelques pas de la maison. Il la regarda gravir les marches du perron et vit une seconde, éclairé par une lanterne de la rue, le visage bouleversé de la jeune fille quand elle se retourna pour lui faire un signe d'adieu.

La porte se referma. Ce fut tout.

Le lendemain, quand elle dut monter dans la voiture retenue par son oncle pour les mener en Normandie, un arbre étrange, dans le petit jardin de Paul, attira l'attention de Céleste. Un arbre qu'elle connaissait depuis toujours, mais qui avait fleuri pendant la nuit. Un parent des érables champêtres qu'elle voyait en Normandie, mais qui s'était couvert d'une nuée blanche comme un simple pommier. Ses fleurs longues et fines volaient au vent, modestes et ailées dans la clarté du jour.

Céleste s'approcha, malgré son cœur gros, et, brusquement, rougit : des bouts de chemise avaient été noués un à un à chacune de ses branches pour faire de l'arbre un immense bouquet de fleurs blanches. Un gros bouquet pour elle de grands lis blancs.

II

L a voiture s'engagea dans les venelles du quartier du Louvre. Les maisons filaient bon train par la fenêtre, cahotaient, sortaient du cadre, rappliquaient au premier sursaut du fiacre sur les pavés, aussi sinistres que des vieilles en procession toutes en échine et en coudes. Le ciel malmené, grelottant, tentait de s'échapper du traquenard des toits, mais les cheminées plantaient les dents dans le bleu et massacraient à tout bout de champ son morceau de ruban. Un rideau de velours grenat se secouait devant la fenêtre, tranchait le décor de temps à autre d'une verticale épaisse et recouvrait de sa gloire tranquille les drames du dehors.

Céleste s'appuya légèrement contre le cadre de bois. Le velours effleura sa joue. Assis en face d'elle, Paul reçut en plein cœur la splendeur du jeune visage triste qu'éclairait un rouge tragique. Céleste avait revêtu pour rejoindre sa famille une robe de coton bleu sombre au col rehaussé d'un liseré noir. Elle paraissait plus menue encore.

Deux passagers avaient pris place auprès d'eux. Un couple âgé à la mise recherchée qui se sauvait comme eux de Paris pour gagner la Normandie. La femme avait poudré de rose sa face sévère ; un tire-bouchon de cheveux lui tombait du chapeau, une sorte de plat ovale d'où débordaient des victuailles de satin, pommes, cerises et ortolans transpercés en plein vol par une épingle d'argent. Une remarque sur le manque de tenue de Paris fusa de sa bouche cramoisie. Elle accusa bientôt la police de ne pas savoir mettre de l'ordre chez elle, dans l'île de la Cité, frappa sa poitrine d'un coup d'éventail et fustigea la fripouille qui écumait les rues de la Lanterne et de la Juiverie. Personne ne lui répondit. Elle cita enfin la rue aux Fèves – c'était le clou. Ses narines sillonnées de mauve vibrèrent une seconde et se replièrent aussitôt contre la cloison du nez arqué.

– Ceux qui vivent ici ne sont pas des hommes, dit-elle plus fort à l'intention de son mari. Des serpents et des boucs.

Le vieil homme s'était déjà assoupi. Sous la lèvre fine, la barbiche maigre frémit. Tiré de sa torpeur, il acquiesça d'un rire sec qui lui dévasta les mâchoires. Elles tremblaient dans la peau lâche, autrefois affamées de diatribes, mais défaites par l'âge.

– Des boucs, répéta-t-il en nasillant.

Un silence pesant s'étendit dans la voiture. Paul retint un soupir et passa en revue, mentalement, la collection d'images de Lebrun, la faune politique de Grandville et celle de Daumier. « Réveil gothique ou science du jour, pensa-t-il. L'animalomanie reste en vogue. Pendant la Révolution, c'était les animaux royaux que l'on menait à l'abattoir : la louve et ses louveteaux, quant au roi... »

Un sifflement moqueur, presque imperceptible, lui échappa.

– À quoi penses-tu, mon oncle ? demanda Céleste, curieuse malgré elle.

Elle aurait voulu le bouder, l'écarter d'elle, se replier, une fois pour toutes, seule et secrète, dans le champ des rêves où s'ancraient les sentiments nouveaux qui la faisaient tanguer jusqu'au malaise.

Paul lui fit un clin d'œil. Leur voisine ajustait les dentelles qui froufroutaient sous son menton.

– Je pensais à un dindon.

– Oh ! fit Céleste, déçue.

Quitter les contrées d'amour pour un dindon... Folembray, sa campagne et ses dindons. Loin de la vraie vie. Elle baissa la tête pour cacher les larmes qui lui venaient.

Il voyait son chagrin, qu'il avait provoqué. Mais jusqu'à quelle profondeur ce chagrin atteignait-il ? Comme il aurait voulu le dérouter, soudain, et le prendre sur lui. Comme il était laid et bas, lui, Paul, d'exercer son autorité sur sa nièce pour passer devant *l'autre*, étranger et majestueux, que l'imagination de Céleste devait encore magnifier.

— La mort est à Paris, rappela Paul doucement. Céleste, il eût été fou de rester.

La détresse avait dû percer dans sa voix. Celle de se découvrir déloyal devant l'innocence de l'amour.

Le silence retomba. Les chevaux emportaient à toute allure le fiacre qui gémissait sur les pavés ; deux juments rousses au poitrail palpitant, la crinière envolée, une ronde de mouches autour des gros yeux doux. Le souffle chaud qui leur sortait des naseaux troublait les images de la rue qui tremblaient comme de l'eau. Les maisons ondulaient sur leur base, colonnes ternes et molles unies dans un ballet obscène. La vitesse les couchait d'un coup et balayait les images.

Paul se rencogna dans son siège, affreusement malheureux.

Des attroupements retardèrent par deux fois la voiture. Le vieux couple maugréait en guettant par la fenêtre l'arrivée de la police.

— Les gens ont faim, lança subitement Paul auquel on ne demandait rien. Ils viennent chercher ici leur bouillie de sarrasin, comme leur soupe dans la rue Mouffetard. On nous avait juré que la livre de pain ne dépasserait pas les trois sous. On nous a menti, une fois de plus.

— Ils ont faim, ils ont faim... Je ne sais comment s'y prennent ces gens, rétorqua le vieillard contrarié. Mon épouse et moi-même avons mangé de la viande au restaurant hier soir.

— De la viande ? répéta Paul assez froidement.

Le vieil homme écarquilla les narines et avança les lèvres, simiesque et mélancolique.

— Le restaurant de la rue Montorgueil, qui est si connu, renchérit son épouse : *Le Rocher de Cancale*. Et à la table voisine, il y avait des huîtres. D'ailleurs, rue Taibout, l'autre jour... ou même au *Cadran bleu*, chez les Lyonnais...

– Sans parler des endroits à la mode... continua le vieillard, dont la barbe tremblait.

Le dessin de son menton se durcit. Les mâchoires regimbaient dans leur enveloppe flasque. L'épouse acquiesça d'un battement de paupières. L'homme se tourna vers Paul, qui se ferma. Il tous- sota et poursuivit tout de même, en lissant les poils de sa barbe entre le pouce et l'index :

– ... Je maintiens qu'à Paris, en la cherchant un peu, on trouve de la viande. Vous demanderez simplement à votre boucher...

– Pour la faire venir, la viande, coupa Paul, il faut avoir payé l'octroi ou trouvé le passeur qui l'introduit en fraude.

Céleste le regardait. Il se crut mis en accusation. Il se tut et baissa la tête, le cœur serré.

L'épouse s'éventait d'une main nerveuse. Une bergère et ses moutons gambadaient d'un bord à l'autre de l'éventail de soie noire. Un coup sec rameuta le troupeau qui fila sous les lames d'ivoire.

– Grands dieux ! La voiture s'arrête encore... Nous n'allons pas attendre ici, devant ce cabaret, que ces créatures s'emplissent le ventre !

Le vieil homme s'approcha de la fenêtre.

– Vous avez raison, mon amie. C'est un bouge...

De nouveau, la moue, ce rien d'imbécillité accentué par l'air entendu, les yeux mi-clos.

– ... Un tapis-franc.

Céleste releva la tête :

– Oncle Paul, qu'est ce qu'un tapis-franc ?

« Faut-il qu'elle m'appelle maintenant toujours son oncle ? » pensa Paul, la mort dans l'âme.

La maison de guingois à la toiture enfoncée avait été passée à la chaux. Les montants de bois avaient reçu eux aussi de bons coups de taloche ; le badigeon grossier donnait à la bicoque un air de femme de mauvaise vie, une déhanchée, le buste vaste et la croupe chahutée. Un écriteau fixé au mur portait une inscription en lettres jaunes : *Le Centre des Plaisirs*. Une guirlande de légumes de bois pendait sous la pancarte ; on devinait des navets et des choux. La porte grande ouverte laissait voir des filles affairées autour d'une table de jeu dans une lumière jaunâtre. Cependant la patronne, sur le seuil, servait sa soupe aux passants qui se pressaient autour d'un grand chaudron ; deux louches chacun d'un bouillon épais, à un sou la louche.

— Non, mais ! C'est pas pour les gobe-mouches ! s'exclama la bonne femme en voyant qu'on l'observait du fiacre. On ne fait pas carnaval, nous autres ! Donne donc ton chapiau, la bourgeoise, que j'y mette de la sauce.

Elle s'approchait de la voiture, furibonde et braillarde, la louche brandie, le visage déformé, dilaté puis renfrogné, une caboche, de l'ombre plein la bouche et plein le nez. Paul s'imaginait à l'atelier, devant sa toile et ses pinceaux. « Du blanc, du carmin, une pointe de noir... Allons-y franchement, brosse à plat... Pour les masses, qu'est-ce que je fais ? Les joues, le menton... le front aussi, sous la tignasse : blanc, ocre... du vermillon, tant pis, pas trop... j'arrange au doigt, le pouce, oui, en remontant et en rond. Attention au creux des pommettes... du gris – du noir ? Du bleu. Et maintenant, l'œil... Énorme, cyclopéen... ça va rouler par-dessus bord : du brun bien chaud, plein de rouge... Doucement quand même : c'est fâché, ce n'est pas méchant. » Il sourit à son modèle, qui tempêtait contre lui.

— Oncle Paul, répéta Céleste... S'il te plaît, qu'est-ce qu'un tapis-franc ?

Le fiacre repartait enfin.

— Oui, Céleste, pardonne-moi... Eh bien, c'est un cabaret, une taverne... un endroit où les brigands se rencontrent pour partager leur butin. Chacun verse sa prise sur la table, et le chef répartit le trésor.

Il ajouta pour les deux autres, provocateur :

— Cet idéal communautaire, égalitaire... dans un sens, c'est presque beau.

La jeune fille plissa les yeux. Paul avait un penchant d'artiste pour le petit monde du *Centre des Plaisirs*.

— Tiens, le mot me vient tout seul, acheva Paul, l'air détaché : une église.

Le mot tinta, léger, transparent. Vol discret d'un ortolan dans la pénombre ; le vieil homme et son épouse se figèrent, les yeux furieux dans leur sachet de peau fripé.

— Ce lieu de rassemblement et de partage, ajouta Paul sans changer de ton, cette taverne, qu'est-ce d'autre qu'une église de brigands ?

Un silence pesant s'abattit dans la voiture. C'était donc plus fort que lui ?

Mécontent mais indécis, il concentra son attention sur un fil de rideau qui batifolait devant la fenêtre. Dehors, les maisons s'envolaient à toute allure, couchées les unes contre les autres, les beiges et les grises, dans un découpage flou. Paris devait s'effondrer derrière leur dos, petit tas de cubes multicolore – non, un tas noirâtre.

Cependant, Céleste se penchait vers lui.

— Paul, dis-moi, lui demanda-t-elle tout bas, es-tu entré un jour, toi, dans l'un de ces endroits ?

Paul se tourna vers le visage lumineux de sa nièce, attiré par les forces conjointes de ses yeux et du rouge intense sur lequel se détachait la tresse soyeuse. « À elle, pas de mensonge, pensa-t-il. Jamais. »

— Deux ou trois fois, répondit-il simplement.

Claquement d'éventail, branle-bas chez les pommes et les ortolans. La jeune fille sourit, heureuse de le savoir capable d'un écart, de répondre parfois à l'attrait d'un divertissement. Elle le savait droit. Une droiture qui prenait le large promettait une aventure généreuse et peut-être, poussée à bout, une manifestation inattendue du bonheur.

— Mais, acheva Paul, avec un rien de malice qui plut à Céleste, c'était en compagnie d'Alexandre.

L'ami Dumas... La jeune fille rit de bon cœur. Paul lança un coup d'œil à leurs compagnons de voyage, avisa les mines hostiles, le mépris affiché, se souvint de son enfance, quand on l'appelait Polo le Rouquin ou Paul la Colère, et lâcha tout.

— Alexandre Dumas, madame, monsieur, dit-il d'une voix tonnante.

Paul avait douze ans, il en avait seize, et jouait Corneille dans une grange devant des paysans, ses cousines et leur nourrice. Céleste était encore au sein. D'un geste vif, il secoua sa tête fauve, puis il ouvrit sa chemise, bomba le torse et les joues, et se mit à déclamer :

— Alexandre Davy de la Pailleterie, marquis, fils de Thomas-Alexandre né d'un seigneur de Saint-Domingue : Alexandre né d'Alexandre, général et géant, géant lui-même, cinq pieds neuf pouces mais la main et le pied d'une femme, les dents blanches et les lèvres sympathiques. Le teint clair, mais les cheveux crépus : l'Afrique brûle dans ses veines.

Paul suspendit sa tirade pour juger de son effet. Céleste eut un petit sursaut. Elle ignorait qu'Alexandre fût mulâtre. Ses cheveux crépus, pourtant, certains traits de son visage... oui, en effet. Le cœur de Paul se serra. Il avait touché juste — l'étrangeté qui la fascinait, l'éclat de *l'autre*, irréductible et lointain, son inépuisable énigme. L'amitié d'Alexandre lui donnait quelque avance sur Céleste. Elle voudrait l'interroger, s'intéresserait à tout ce qui touchait l'auteur pour connaître le mulâtre. Mais Paul savait que l'étrangeté d'un être l'emportait sur l'exotisme. Qu'un amour parisien de la jeune fille l'eût rendu tout aussi malheureux. Il aurait été également exclu de l'aire merveilleuse du mystère qui unissait aujourd'hui Céleste et l'homme terre de Sienne. Misérable devant le miracle d'une rencontre qu'il avait redoutée comme devant l'épure d'une voûte dont il était autorisé à frôler seulement la retombée, il ferma les yeux une seconde et appela Dumas en renfort.

— Une santé à décourager les hommes, les Lettres et les Beaux-Arts, reprit-il en forçant l'enthousiasme. Deux enfants hors mariage, bon fils au demeurant... Il aime le homard à la mayonnaise et la bécassine rôtie, soupe à Paris et déjeune en Normandie chez la mère Ozerais, qu'il bise sur les deux joues au lieu de la payer.

Céleste était déjà moins attentive. L'azur de ses yeux, le brun de ses sourcils et de ses cheveux tendaient à rejoindre le bleu sombre de la robe d'une sagesse trompeuse. Bleu de Prusse et bleu nuit se fondirent dans une valse lente en emportant les formes douces de la jeune fille qui s'évanouirent dans l'obscurité de la voiture. Devant Paul s'ouvrait un désert où allait se perdre son âme errante.

Près de Céleste, le vieil homme frissonnait dans une protestation silencieuse de tout son être. Son épouse souffrait elle aussi sans mot dire de l'inconvenance de Paul, correcte et froide.

Il continua, décontenancé :

— Alexandre est républicain de cœur, la violence l'enflamme... On le mitraille, on le fusille, on l'applaudit...

Être comédien était le plus ingrat des métiers. Exténué, puni par l'indifférence dans laquelle Céleste l'avait abandonné, Paul bâcla sa conclusion :

— Voilà, en deux mots, le grand Alexandre Dumas. Avec un ami pareil, vous pouvez entrer dans un bouge sans en être sali.

La fin de sa phrase était inaudible, mais on ne l'écoutait plus. Le vieil homme et sa femme étaient retournés à leur méditation morose. L'éveil et la douleur d'une surprise les avaient ébranlés un moment, puis ils s'étaient retirés dans leur mode habituel de penser et de sentir. L'étrange, qui attirait Céleste, ne suscitait chez eux que réprobation et censure.

Paul se crut sur le point de s'abstraire de l'existence ; il se sentait devenir brume ou nuage. Il jeta encore un coup d'œil par la fenêtre et se tança fermement. On allait laisser le fiacre à la sortie de Paris et prendre une diligence jusqu'à Coucy-le-Château. La vallée de l'Oise, ses prairies et ses bois, la prolifération des verts gonflés d'humidité et lustrés sous la lumière remiseraient dans l'oubli, il suffirait d'y croire, les saveurs âcres de Paris. La feuillaison soulèverait avec elle l'énergie de Paul et sa sensibilité débordante. Les saillies de son caractère vif et nerveux allaient pousser son art jusqu'aux cimes du plus grand fleurissement. Ses toiles allaient y gagner un pouvoir sensuel inégalé. D'autant que les mutations de l'œuvre ragaillardie s'accompagneraient de celles de Céleste qui quitterait là-bas, en Normandie, les ondoiements délicats de l'adolescence pour l'évidence d'une beauté discrète mais vigoureuse et déliée.

Cependant, Céleste penchait la tête, faussement soumise. Il ne s'agissait que de refus silencieux. Paul devina son âme rétractile comme la griffe d'un chat. Il n'avait qu'à s'approcher pour que la jeune fille lui signifiât son rejet de lui, qui n'aurait plus qu'à se dissoudre dans une honte épaisse.

On changea de voiture. Paris se refermait derrière eux en gardant dans ses remparts l'homme terre de Sienne. Paris contenait donc à la fois l'amour et la mort. Tandis que Paul rêvait de voir Céleste et lui s'unir tranquillement comme les deux ruisseaux dissimulés dans le vallon de Lamartine, qui finissaient par mêler leur onde et leur murmure, elle, plus brave que lui, plus grande, plus tragique, eût accueilli ensemble ces deux folies, l'amour, la mort, qui précipitaient, dans leur jonction, les êtres à la hauteur de Dieu.

Paul aurait voulu maudire la robe bleue, tout à coup, et crier à Céleste : « Montre-toi ! Jette l'étoffe qui te cache, arrache l'apparence et fais voir ta sauvagerie ! Je veux connaître ton tréfonds et t'explorer tout entière ! Visiter le délire, l'inquiétude et le trouble... ! Oui, ta splendeur, oui, ta broussaille et tes boues... ! Tes suavités secrètes, les rêves enchevêtrés, leurs paysages abruptes et leurs dangers, le cœur vorace qu'un autre a mordu, l'alliage magique de ta fureur et de ta beauté ! »

Le liseré noir suivait son chemin dans le coton sur le mode du point de croix inspiré de la ruche. Paul se figurait une colonie d'abeilles ; il voyait les âmes volantes et entendait leur fredon, sa bouche s'emplissait de leur miel ambré ; le corsage de la robe bleue devenait une gaufre dans laquelle il croquait à belles dents. Mais un accident minuscule dans le dessin de la broderie fit faire à sa pensée un malencontreux écart. Ses yeux furent rapidement

captivés par les ramifications d'une toile d'araignée au plan rigoureux et à la progression méthodique. Son petit coutil enserrait la
rêverie de Paul dans une housse souple mais robuste qui la hachait
en portions régulières bientôt muées en pochons d'angoisse.
C'était une multiplication d'élans coupés net, de charges inas-
souvies condamnées dès la première impulsion, un avenir calibré
d'avance, bref, une espèce de fatalité de désir fauché à peine for-
mulé, raflé par une conscience tyrannique qui ramenait inlassa-
blement la possibilité d'un bonheur entrevu à la nécessité de son
inéluctable échec. Le fil noir courait dessus dessous, gribouillait la
robe bleue d'interdictions qu'il répétait sans relâche, agaçait les
nerfs de Paul et lui ficelait la cervelle. Paul ne savait plus si c'était
le corps merveilleux de Céleste qui était enfermé dans ce mausolée
ou son âme à lui, aimante mais réprouvée, soulevée par la ferveur
mais emprisonnée dans le piège infernal pour y périr pour ainsi
dire perpétuellement et sans arrêt. Dans la détresse de Paul per-
çait quelque chose d'antique ; il y reconnaissait le tour propre aux
légendes méditerranéennes qui mettaient l'accent sur l'absurdité
de l'existence, des histoires de rochers qui n'en finissaient pas de
dévaler la montagne ou de foies mangés qui ne laissaient pas de
repousser.

Paul sentait depuis longtemps qu'exister était terrible. Plus il y
songeait, plus il lui apparaissait que la vie était pleine de mort. Les
quelques plaisirs qu'il avait éprouvés dans sa jeunesse, ses quelques rencontres amoureuses, avaient été presque simultanément
sanctionnés par un désordre qu'il lui avait fallu payer sur le plan
personnel, la rupture de l'harmonie discrète de l'esprit et des
organes. Peut-être, se disait-il, fallait-il accepter que l'amour rési-
dât dans l'insaisissable, de même que le bonheur. Mais dans
l'interdit, cela exaspérait son entendement. Paul rejetait un
paradoxe qui eût dénoncé un mauvais procédé dans le plan divin
ou même une mesure de rétorsion inconcevable de la part du
Grand Être auquel il avait choisi de croire. Il avait beau se souvenir du cas malheureux d'Adam, condamné à vivre, en quelque

sorte, jusqu'à ce que mort s'ensuive, il ne pouvait pas accommoder la promesse avec l'interdit. Or, un interdit pesait bien sur son amour pour Céleste, puisque celui-ci exigeait une réciprocité qu'elle lui refusait, et il exacerbait ses sentiments au point que Paul avait l'impression d'avoir à la place du cœur une boule de ronces.

Naturellement, Paul aurait voulu fuir ; mais il était comme ligoté et cousu à la personne de Céleste dans une trame serrée, envahissante et étouffante à la fois, au sein de laquelle il se sentait à peu près aussi à l'aise qu'une momie dans ses bandelettes.

Le souffle léger de Céleste soulevait à peine sa poitrine. Paul percevait dans ce souffle, relié à celui du Grand Poumon, un peu de la vérité universelle et de l'éternelle compassion, le secret du repos divin et celui d'une paix bien concrète. Oui, il était question jusque-là de poésie charnelle, délicate et pudique, mais il fallait déceler dans l'art discret d'une courbe, prête à sourdre, une force créatrice sur le point d'emplir le monde de sa matière d'amour.

Cependant, tandis que Céleste respirait ainsi avec naïveté, Paul souffrait. Il était comprimé, il suffoquait, à l'étroit dans ses vêtements, à l'étroit dans la diligence, serré là-dedans comme dans une foule quand la voiture ne comptait que quatre passagers, serré dans la campagne qui ne déroulait pour l'instant que plaines et prés, à l'étroit sur la planète et dans l'univers entier. Tantôt il se sentait oppressé dans l'immensité du monde comme un moribond dans l'abondance monstrueuse et obscène du Vivant, tantôt il avait peur d'être le dernier échantillon humain sur Terre, avec de la mort autour : la courbe de tissu bleu sur le corps de Céleste était une illusion. Les vieux bourgeois, un homme et une femme postiches. Les postures étaient feintes. Céleste était en cire. Tout était faux, et tout était mort. Cette conviction suivait seulement une intuition ancienne. Que la mort fît preuve d'ingéniosité ou même d'élégance, quoi de surprenant ? La mort était diabolique, elle déployait son enfer. D'ailleurs, Paul tenait l'indice : le chapeau aux fruits – son éden en toc.

Il s'agitait sur la banquette, le souffle court, la sueur au front. Depuis combien de temps roulait-on ? Les nuages avaient coulé dans la voiture. Les yeux tirés, Paul s'efforçait de retrouver ses esprits. Dieu ! Quelle épreuve de contempler Céleste pensant à un autre... Il s'affolait, il était ridicule. Mais il avait beau se raisonner, l'idée obsédante de la mort ne le lâchait pas. Ils étaient enfermés ensemble dans la diligence qui roulait sa caisse sur les pavés : il voyait en elle un chariot funèbre.

Céleste tourna vers la fenêtre son visage d'une pâleur effrayante. « Allons, pensa Paul, elle n'est que ma parente. Vais-je m'attendrir devant la transparence de sa peau, l'ombre où l'œil bleu se retire, les marques d'un chagrin d'enfant ? Elle rêve, c'est de son âge. Que me fait la féminité d'une nièce ? Sa familiarité, sa proximité devraient l'éloigner de moi. Je suis victime d'un sentiment accidentel. Ma raison n'abdiquera pas. Je ne mourrai pas pour un visage qui se ferme et une hospitalité qu'on ne veut pas m'accorder. » Néanmoins, son regard butait contre la ligne nette du profil de Céleste cerné de velours grenat. « Au fond, pensait Paul, sans la lisière de la peau, élastique et tendre, les rouges intérieur et extérieur seraient confondus, le rouge caché dans le visage, contenu dans les chairs, et celui du rideau : un coup d'épingle, et leur fusion éclatante envahit tout. »

Plus il la contemplait, plus il se prenait à désirer ce flamboiement – Céleste embrasée et radieuse dans la mort rouge. Sa petite bouche offrait son entaille par où se précipiteraient de part et d'autre les flots vermeils. Paul, fasciné, ne la quittait pas des yeux. Céleste lui apparaissait d'une extrême vulnérabilité, il voyait le corps vermillon se jeter par ses lèvres dans la bourrasque d'un souffle ultime. C'était d'un tragique insoutenable, et le cœur de Paul se consumait dans l'incendie liquide. « Ma parole, se dit-il, ébranlé, je veux sa mort ! »

Des paroles lui vinrent, des mots de théâtre, les seuls qui fussent à la taille de son angoisse :

– *Ô séduisante, adorable mort ! Puanteur embaumée ! Saine*

*pourriture... Je baiserai tes os affreux, j'enchâsserai mes prunelles
dans tes orbites caves...*

Il avait récité Shakespeare sans s'en apercevoir. Céleste se
retourna vers lui et plongea les yeux dans les siens.

— *Je baguerai mes doigts de tes vers familiers, j'emplirai ma gorge
de ta cendre fétide, pour devenir comme toi une ignoble charogne...*
acheva-t-elle avec un sourire. *Le Roi Jean*, acte III.

Là-dessus, elle s'inclina devant lui en faisant mine de saluer,
malicieuse, irrésistible :

— Ou préfères-tu *Macbeth* ? *Meurs, meurs, brève lueur...*

Paul lança un regard de biais. La clarté du dehors rinça les
masses obscures de la voiture, les replis où s'amoncelaient les
ombres, la silhouette des voyageurs.

— Que se passe-t-il, mon oncle ? dit encore Céleste en lui prenant la main. « Adorable mort... » Qui t'a mis pareille idée en tête ?
Est-ce Delacroix, qui se prend pour Hamlet ?

La main de Céleste... celle qu'il tenait encore dans la sienne
quelques mois auparavant pour courir dans les champs, la main
fine, tachée de couleurs, qui s'appliquait à copier sa peinture. Une
petite main de fille qui ne se souciait pas d'être belle, émouvante
sans intention... Mais Paul, une seconde, héritait par ce menu
contact de toutes les permissions de la grâce bénévole, de toutes
les éventualités du bonheur. Un simple effleurement aurait pris
pour lui la force d'un sceau et d'un serment, s'il s'était abandonné
à la joie de croire, ne fût-ce qu'un instant, à son privilège ; seulement il avait trop de respect pour Céleste pour se réjouir d'une
faveur fortuite. Il repoussa gentiment sa nièce.

— C'est Dumas, répondit-il tout bas, d'une voix brisée.

Les jours passèrent. La Normandie bougonnait, aussi malheureuse qu'une mésangette. Les êtres et les choses, les arbres mêmes, les bêtes et leurs petits se mouvaient lentement dans des paysages affadis. C'était des mouvances pesantes, de pénibles assauts d'un volume à l'autre, des liaisons sombres et pataudes entre les existences engoncées dans les couleurs passées de l'enfance sous un ciel dans les langes, emmailloté de blancheurs duveteuses qui étouffaient la lumière. Le temps se traînait sur l'aile des oiseaux ; il pendait, gris et gras, à la crête des coqs aux poulaillers, encerclait d'un orbe morne la roue des paons las d'être beaux, las d'être bleus. Un temps épais, sans élan et découragé.

Assise dans l'herbe avec sa sœur, Céleste regrettait les pavés de Paris, la rue de Seine et le pont des Arts. Après une période de révolte traduite en humeurs maussades et réflexions incongrues, elle s'était laissée glisser dans une absence silencieuse. La vie coulait autour d'elle sans presque la toucher. Ses proches s'inquiétèrent, mais Céleste était une île où flamboyait, pour elle seule, un énorme soleil. Auprès d'elle, sa famille était aveugle. Elle seule voyait : elle seule, hallucinée, inondée de lumière venue d'au-delà de la lumière, lavée de beauté au-delà de toute beauté. Elle seule, vivante et fertile au milieu d'un désert. L'univers entier se trompait. Le vrai n'était pas ceci ou cela, que l'on avait sous les yeux, que l'on avait sous les pieds, que l'on prenait à pleines mains. Le vrai s'exténuait sur Terre pour éclater dans un invisible ailleurs où

95

se projetait, merveilleuse et sublime, la silhouette inaccessible d'un autre être, qui étirait l'avenir à l'infini. Il fallait sentir cela, l'étroitesse du passage où, sans consistance ni support, vivre se convertissait de souvenirs en espérances au travers d'images fugaces. On s'y engageait comme au travers de sa propre mort – on ne parlait plus, on ne dormait plus, on ne mangeait plus –, on renonçait à la Terre pour une adhérence plus subtile, on se jetait dans le péril d'une foi étrange. On se lançait dans ce rien de toute abondance d'où *l'autre*, un instant lumineux, avait fait signe. Céleste avait perçu en Lodran le scintillement léger qui était l'indice de la présence d'un monde derrière le monde. Elle voulait le rejoindre dans la magnificence de la voie qu'il lui avait découverte.

*

– Dis-le franchement, se plaignit un jour sa sœur Caroline, tu es amoureuse. Raconte-moi, à la fin.

– J'essaie de t'expliquer ce que je ressens, répondit Céleste, songeuse. Je te dis que le monde est plus grand qu'on ne pense.

Caroline fronça les sourcils.

– Tu déformes à ton gré. Avoue donc : tu as rencontré ton aventurier, et maintenant, la vie ordinaire ne te suffit plus. Tu vois des choses qui n'existent pas. Tu es d'une délicatesse exaspérante, ça me frise les nerfs. Tu es devenue une espèce de chose de cristal, et moi, je n'ai plus de sœur.

Céleste se tut.

– Il y a dans tes yeux je ne sais quoi d'éblouissant, dit encore Caroline. Tu n'es pas jolie comme d'habitude. Je ne sais si c'est mieux ou si c'est moins bien. Ça fait peur, tiens. Cette différence incompréhensible...

Elle se mordit les lèvres et lâcha :

– C'est odieux. Quand je te vois comme ça, j'ai envie de me faire fermière.

Il était difficile de croire Céleste devenue sans cœur. Pourtant, consciente de son être infini, il était net qu'elle laissait choir l'autre, sa personne physique. Légère devant Dieu, elle se montrait à tous inerte, ou brusque et cassante ; parfois stupide, parfois scandaleuse, faisant grief au monde de ses pesanteurs et tendant à réduire ses proches à autant de choses pesantes. Il était évident qu'elle souffrait, mais il était également évident qu'elle vivait un bonheur intense qui la rendait inapte à vivre les situations les plus communes et à reconnaître en ses semblables des humains bons et sensés. Son père pensait qu'elle couvait quelque chose.

Si Caroline avait tendu une troisième oreille, elle aurait saisi que Céleste n'avait d'intérêt que pour l'éternité et qu'elle croyait l'avoir perçue. Au lieu de cela, elle n'y entendait rien pour l'instant et rabaissait l'éternité avec l'amour, c'était tout un, à une expérience toute petiote. Caroline restait en marge de la splendeur : elle avait donc perdu de sa réalité aux yeux de Céleste, qui ne la percevait plus que comme une espèce de poupée modèle aux cheveux enroulés, étranglée par un galon de dentelle.

— Quand je te vois comme ça, j'ai peur, répétaient les lèvres sages de la poupée. Quel prodige as-tu vu ? Tes yeux sont fébriles comme la fleur de luzerne. Tu as changé, on dirait une sainte. Mère est inquiète, et père finira par se fâcher.

Les lèvres se fermèrent, porcelaine triste, dans un sourire gelé. Caroline baissa les yeux. Les petits globes de verre se retirèrent sous les paupières qui frémirent une seconde et s'arrêtèrent à mi-pente, entrebâillées sur un regard incertain.

— Une sainte, une méchante sainte, répéta la poupée en hochant la tête.

Au-dessus d'elle, le ciel brassait des gris et des violets. Profondément chagrinée, Caroline se leva d'un bond, se prit le pied dans son jupon et trébucha. Elle glissa sur l'herbe et cria dans sa chute. Céleste sursauta et vit sa sœur tombée en train de frotter sa cheville. Le jupon déchiré et verdi pendait sur la jambe maculée de terre. Les joues de Caroline étaient rouges, ses yeux brillaient. Des yeux noisette.

Céleste crut se réveiller d'un grand rêve : Caroline portait un vrai visage, avec de la chaleur et de la douleur dedans. Elle se précipita au secours de sa sœur.

— Ah, non ! s'écria Caroline. Pas toi. Ne te force pas, va.

Elle s'éloigna en boitillant, hors d'elle, les jupes retroussées sur les mollets, bancale et désespérée. Céleste courut derrière elle. Caroline se retourna et jeta d'une voix frémissante :

— Va-t'en, je n'ai plus de sœur.

Désemparée, Céleste réfléchit une seconde. Il y avait une erreur quelque part, un de ces malentendus qui séparaient les âmes les plus aimantes. Il fallait trancher cela tout de suite, à tout prix, n'importe comment.

Elle lança à tout hasard le premier mot qui lui vint :

— Coquecigrue !

Un silence suivit le choc de la surprise. Puis, tout de même :

— Quoi, coquecigrue ? demanda Caroline contrariée. Qu'est-ce que tu vas inventer ?

Céleste attrapa sa sœur par les épaules et la secoua en s'esclaffant.

— Ma chimère, mon mystère... Bien sûr, que je vais tout te dire. Folle Caroline ! Crois-tu que je ne t'aime plus ? D'abord, écoute bien...

Le fou rire la prit, qui souleva autour d'elles les arbres et les prés. Caroline, là-dessus, dansait la tête en bas.

— J'aurais découvert un soleil, et je ne le partagerais pas avec toi ? Folle que tu es ! Mais c'est ma faute... Folle que j'étais ! Caroline, je te dirai tout. Entendez-vous, prairie ? Et vous, forêt ?

Caroline se remettait enfin. Elles s'étaient rapprochées du village. Folembray pétillait dans les lueurs du soir, badigeonné d'ocre roux. Sur la place où éclataient de part en part des bouquets de verdure, Céleste pria sa sœur de s'asseoir près d'elle sur un banc adossé à un tilleul. Elle prit machinalement l'une de ses larges feuilles, fit un trou au milieu et regarda la lumière au travers.

— Es-tu guérie ? demanda-t-elle doucement en embrassant Caroline.

Caroline lui sourit.

— Donne-moi la main, dit Céleste.

Plus les jours passaient, plus Paul avait envie de fuir Folembray. Jouer à l'oncle l'insupportait. « Ce rôle absurde me condamne à mort, pensait-il. Mon amour pour Céleste étouffe sous les convenances. Autant sauter tout de suite dans la tombe. Une pioche et une bêche, vite ! Au diable les politesses. »

Il accompagnait ses songes macabres de coups de pinceau rageurs qu'il plongeait dans des verts accablés et des jaunes impurs. Sur la toile, il coiffait les feuillus de couronnes pourries. Les couleurs s'amalgamaient, ambrées sans grâce, vaincues par ses obsessions.

— Mes couleurs, se plaignait-il, une mixture infecte... Mon chagrin les contamine. L'arbre que j'ai peint aujourd'hui grandit tors et poussif ; son écorce est une écorchure, tant ma main tremble. Un gâchis de marron. Je n'ai plus qu'à plier mon chevalet qui glapit déjà comme un renard surpris par la gâchette. Toute mon intelligence de la nature était là, dans ce modeste instrument. Je l'appuyais contre le ciel, je l'accotais aux soirs et aux matins. Ses planches étaient reliées aux végétaux des premières heures du monde. L'espace qu'il offrait aux cadres s'arrimait à la géométrie céleste. Ma douleur ne peut plus faire éclore que des édens moisis. L'affreux marron salit tout.

Au fond de sa poitrine, son cœur n'était plus qu'une gadoue.

— J'ai vu des ciels foncés, s'écriait Paul. C'était chez Géricault. Ils avaient de l'emphase. L'âme y voyageait, libre dans sa violence, d'une arrogance folle. Le ciel est chez moi désormais la proie d'une hantise – un ciel lourdaud où glousse la volaille. Dumas en personne, le mirifique Dumas, ne tirerait rien d'une pareille misère. Hugo n'aurait que du mépris pour ce ciel-là. Je suis malheureux, je suis jaloux, je suis bas.

Sa pensée bondissait d'une image à l'autre. Alexandre surgissait avec sa rondeur gaillarde, sa jubilation joviale, se plantait devant son tableau, faisait la lippe et le complimentait pour son godiveau. Ou bien, c'était Hugo, Sa Grandeur, qui regardait de haut en bas cette ratatouille de bleus et s'inquiétait de la santé de Dieu, parce que les nuées, là-dedans, avaient l'air d'être tombées d'un goitre :

– Je cherche le souffle, disait doucement Hugo... Le souffle, n'est-ce pas, mon ami ?

« Bien sûr, songeait Paul, on a traité naguère Géricault de "cuisinier de Rubens". Cela doit-il me consoler ? »

Il tournait en rond et devenait bête comme ses souliers. Un soir, l'heure du dîner approchait, il attendait ses nièces et leurs parents dans la salle à manger. Sa sœur avait déjà dressé la table et disposé les bols pour la soupe. Pour une raison ou pour une autre, l'un de ces bols attira l'attention de Paul. Un gros bol de grès, dans lequel il arrivait que l'on bût aussi du cidre. L'esprit agacé par quelque facétie de son intelligence, Paul pressa soudain ses mains contre ses tempes, le cœur battant. La salle à manger valsait autour de lui. Delacroix jaillit alors dans une tornade, l'œil dur, une cape virevoletante sur l'épaule, un crâne à la main, plein de sang à ras bord. Complètement égaré, Paul crut empoigner cette timbale et se pencha sur elle comme au-dessus de la margelle d'un puits : Céleste flottait sur un lac rubis, couverte de tendres fleurs.

À peine eut-il le temps de s'émouvoir qu'une grande bouche s'ouvrit au milieu d'elle pour chanter à tue-tête :

Paul est bas, Paul est bas, tralala-la-lère, diredondaine,
Par saint Phalle, tu es à blâmer, diredondé
Avant de me trousser, tu promettais de m'épouser

— Fiche le camp, Ophélie ! pesta Paul en roulant les yeux. Laisse ma Céleste en paix ! Et puis, je ne suis pas Hamlet.

Il secoua la tête et ajouta d'une petite voix :

— Tout juste un Brabantio, qui veut pour commencer séparer sa Desdémone du More Othello.

Il tira sur ses doigts et fit craquer ses jointures.

— Un nègre, un grand nègre hideux aux lèvres épaisses et au sein noir de suie.

La salle à manger, table, chaises et buffet, retomba sur ses pieds. Du hêtre, du chêne, de la belle forêt qu'on avait débitée pour l'usage domestique.

Paul poussa un petit soupir, fronça les lèvres et ferma les yeux, contracté au possible, le bol à la main.

— Seulement...

Sa voix tintait à ses oreilles, étrange et familière à la fois.

— Seulement, Othello n'est pas hideux. Shakespeare le dit, et je le sais fort bien : « Le More est une nature franche et ouverte qui croit honnêtes les gens, pourvu qu'ils le paraissent... Une fidèle, aimante et noble nature. »

Paul reposa le bol sur la table.

— Pourquoi faut-il que nous raffolions de Shakespeare à Paris ? poursuivit-il, irrité. Et d'ailleurs, que m'importe ? Je suis en Normandie. Que m'importe Othello, Venise et la flotte turque ? Que m'importe la jalousie d'un Noir, qui a peut-être été esclave, qui a voyagé dans des antres profonds, des déserts, des montagnes et des fondrières, qui a connu tous les périls tandis que je peignais, tranquille, à mon chevalet ?

Là-dessus, il reprit le bol et y versa une bonne rasade de vin.

Sa sœur Ursule, une petite femme discrète, entra sans bruit, un pain sous le bras.

Le voyant attablé, elle posa sur son épaule une main affectueuse. Il se retourna d'un bloc.

— J'embrouille tout ! tonna Paul devant Mme Richomme ahurie. Elle aime ce Noir, et je suis le jaloux.

— Quel Noir, Paul ? demanda-t-elle doucement. Qui aime un Noir, et pourquoi es-tu jaloux ?

« Un Noir, pensa Paul. Un Noir, vite. N'importe lequel... Ah ! J'en tiens un. »

— Joseph, ma sœur. Un modèle que l'on se prête tous, à Paris. Par exemple, pour *Le Radeau de la Méduse*... Tu te souviens ? Ce Noir, que Géricault voulait à tout prix placer au sommet de son tableau...

Mme Richomme leva un sourcil.

— Rappelle-toi, voyons. Géricault, son manifeste pour l'abolition de l'esclavage, l'égalité des races... Tout ça par cinq mètres sur sept.

— Oui, oui, dit seulement Mme Richomme. Et ce Noir, donc, ce modèle...

— Delacroix le peint mieux que moi : j'en suis jaloux.

Elle fit un petit « oh ! » et hocha la tête.

— Toi, Paul, tu peins des hommes, maintenant ? Tu prends des modèles ailleurs que dans les bois ?

Elle se mit à trancher le pain, distraite, déjà, et chercha une corbeille dans son buffet. Elle lui tournait le dos, ménagère occupée par le petit train de sa maison, femme ordinaire parmi ses objets, indifférente à sa plaie.

Paul vida son bol et lança :

— Les hommes noirs sont beaux, ma sœur.

— Oui, certes, répondit-elle machinalement, la poitrine et les genoux dans son buffet, motte de femme sans malice. Toi, tu es rouquin, et...

— Ils ont quelque chose de... profondément mystérieux et serein, oui, comme s'ils avaient de toute éternité quelque connaissance...

« Qu'est-ce que je dis ? pensa Paul exaspéré... Non mais, qu'est-ce que je dis ! »

— Qu'un rouquin ne pourrait pas avoir ? coupa Mme Richomme. Tu divagues, mon frère.

Elle tira enfin du meuble une panière dépenaillée et se retourna vers lui, bonne femme obtuse comme une mère aimante.

— Va donc chercher les filles pour dîner, mon Paul.

La gorge de Paul se serra. Ses traits se durcirent sous la tignasse en feu. Les joues lui cuisaient. On l'aurait dessiné à la sanguine, lui. Chacun sa couleur. Céleste préférait le fusain.

— Je ne dîne pas, dit-il très vite. Je rentre à Paris.

Mme Richomme le dévisagea, consternée, sans qu'il sût si c'était par son départ ou parce qu'il allait manquer sa cuisine.

— Mais, Paul, le choléra ? dit-elle tout de même.

Le bon regard de sa sœur promenait son inquiétude sur une face qu'il aurait voulu arracher. Une déception infantile. Le regret d'être Paul, soudain. Un sentiment d'infériorité impossible à expliquer. Son exubérance rouquine, l'euphorie criarde du rouge... arracher ça. Sa peau blême et tachée, la décoller par lambeaux. Il avait connu naguère le plaisir d'être voyant, celui d'être légèrement différent : cela ne signifiait plus rien, face à l'homme terre de Sienne. Il souffrait d'être Paul, de n'être que Paul, mais en même temps d'être autre que celui qu'il donnait à voir. Il était malheureux face à l'autre homme, soumis devant le ravissement d'une passion dont il était exclu, diminué, atrophié même – privé de l'expectative d'amour à la double vocation, l'héroïsme et la continuité – mais il était meurtri aussi par les siens, à Folembray. On se trompait sur ses dimensions, ou bien l'on préférait ignorer ses tempêtes et ses gouffres, la taille de son danger d'homme artiste, humble et royal, les fulgurances glorieuses et la poigne du désespoir qui lui tordait le cœur. Si ce n'avait été par respect pour les sentiments de Céleste, sa violence l'eût porté à détruire l'image aimée du père et de la mère, de la sœur, à lacérer l'image de l'oncle trop éloignée de sa réalité intérieure. Il eût dévoilé son désastre. Mais il occupait en famille telle place, limitée par tels contours. Une poussée d'amour, ici dedans, aurait bousculé les aménagements depuis longtemps tacitement convenus. Céleste elle-même avait besoin de nier sa vérité variable, sa sensibilité morbide parfois, en tout cas menaçante. Elle avait besoin de nier qu'il pût changer, quand il aurait voulu devenir pour elle méconnaissable, pour qu'elle pût l'élire, lui, d'une manière naïve, dans une histoire nouvelle.

Mme Richomme répéta d'une voix soucieuse :

— Le choléra, Paul.

— Les barrages sont peut-être levés, maintenant, répondit-il en regardant au loin par la fenêtre, derrière elle. Je rentre à Paris. Il faut que je voie Dumas.

*

Mme Richomme le regarda partir : il recula de quelques pas, son regard se déprit du sien, puis son visage se détacha, forme claire, éclaboussure orangée. Elle se sentit confusément appauvrie par ce départ. Paul avait un secret qu'elle n'avait pas accueilli. Elle avait manqué de patience. Un signe avait dû saillir aux yeux ou à la bouche de son frère, qu'elle n'avait pas saisi, par lequel il avait fait devant elle l'aveu de son être souffrant. Une saillie ou une défaillance, l'altération du teint, ne fût-ce que cela, et elle n'avait rien vu. Elle en ressentait maintenant comme une privation qui la rendait elle-même incomplète et impropre. Oui, elle s'accusait d'une incorrection d'amour, d'une impolitesse de cœur. Elle n'avait pas apaisé en lui ce qui était rugueux et tendu, et ce manquement l'avait diminuée.

Elle passa sans y penser sa main sur sa joue. Elle avait les pommettes hautes et rondes, le front lisse et les yeux tendres. Nul orage, en eux, pas de foudre. Caroline lui ressemblait déjà, non par les traits, mais par la bienveillance docile qui émanait d'eux, une comparable connivence avec la morale tranquille d'alors. Céleste tenait d'elle son modelé, mais l'émotion qui se dégageait de la jeune fille, forte et fascinante, n'appartenait qu'à elle. La manière qu'elle avait parfois de déflorer d'un coup d'œil l'existence intime d'un être ou d'une chose, le demi-mal qu'elle causait alentour par l'innocence triomphale d'une beauté en sympathie avec les multiples Splendeurs, la revendication exorbitante de cette innocence, le désir impie d'accéder à la nudité du monde en pleine lumière. Cela n'appartenait qu'à elle.

Mme Richomme s'approcha de la croisée. Dehors, Paul saluait ses filles qui rentraient dîner. M. Richomme était arrivé. Il retirait bruyamment ses bottes sur le seuil de la pièce. Il allait s'asseoir à la place de tête, à table, le corps un peu lourd, le regard ambigu et insatisfait. L'épouse s'attachait aux menus indices de son vieillissement avec une chaude affection et une mélancolie qui s'était peu à peu déposée sur toute la maison. M. Richomme avait toujours échappé à l'amorce d'une rencontre véritable avec elle. Le moindre imprévu lui offrait l'occasion de quitter le souci de son foyer. Elle s'inquiétait de son travail, le connaissant par ses grands et ses petits côtés. Devinait des partis pris, des responsabilités choisies et escamotées, des luttes et des abandons. Le soupçonnait de discourtoisie au ministère. Il devait s'y montrer rustre, tantôt par provocation, tantôt par violent besoin d'authenticité, causer même des esclandres. Elle le savait seul. Dans certaines crises de désespoir, il s'en allait au bord de la rivière sonder ses eaux troubles, contempler des vies lentes et cachées, partager des mystères. Son énergie désordonnée, sa parole trop vive et ses silences mortels faisaient de lui un incompris, pour cela aimé d'elle.

Elle embrassa son mari et le pria de s'asseoir. Il posa sur la table une grande serviette de cuir sur laquelle il plaqua une main large et nette.

— Où sont nos filles, ma chère femme ? demanda-t-il. Je leur apporte des revues de Paris.

Cela se produisait une fois par mois. Les mêmes gestes, les mêmes mots. Un petit rituel de la maison de Folembray...

— Oui, oui, ma femme. Pour toi aussi. Des revues de toutes sortes, et le journal des modes.

Paul rentrait à Paris. Il s'en allait résolument à la rencontre de l'autre homme. L'autre, à cause duquel il aurait voulu renoncer au privilège trompeur d'être le familier de Céleste. Il était prêt. Il consentirait à tout. D'avance, il acceptait la détresse. Il serait d'une lucidité brutale devant l'excellence de l'autre ou sa nullité, combien plus blessante que l'éventuelle exception de sa beauté ou de son intelligence, de sa bonté.

En son for intérieur, Paul recherchait son châtiment. Il devait se punir de n'avoir pas plu. S'attaquer à la profondeur épaisse de son être obscur, le purger de ses ténèbres d'amoureux désavoué. Devant l'autre homme, il aurait besoin de vérifier son néant absolu.

Il comptait sur la violence radicale d'une révélation : il verrait cet homme, ils seraient face à face et visage à visage, la flagrante vérité apparaîtrait, fichée là, entre eux, décochée du fond brûlant des entrailles. Et sa pointe à lui interdirait la passivité de l'autre, elle le fouillerait jusqu'au centre pour l'y débusquer et lui faire avouer sa richesse inexplicable, son opulence insolente d'homme choisi.

Il serait prêt à reconnaître la souveraineté de l'autre, devant lequel il traînait déjà son cœur noyé comme une épave. Devant l'autre, peut-être insouciant, peut-être désinvolte et sans mérite. Lui, qui avait pour lui la fidélité et le mérite, serait prêt à considérer l'autre, le tentateur, au risque de le découvrir sans vaillance ou inauthentique.

Il préférait pourtant céder au besoin, de plus en plus impérieux, d'admirer son rival. « C'est bien, pensa-t-il au bout d'un moment, mon amour pour Céleste est sincère. Je la sais belle, il faut qu'il soit beau. Quand bien même il serait laid de corps ou de cœur, je saurai voir par quoi il jouit pourtant de l'adhésion toute-puissante de l'amour et je comprendrai sa séduction mystérieuse. »

La diligence l'emportait à toute allure. Les cahots, sur le chemin, le remuaient en bousculant son imagination. Au bout d'un moment, Paul avait dépassé toutes les hypothèses concernant le bien-aimé de Céleste pour s'installer dans la certitude de son choix, en accord avec son caractère élevé : « Cet homme est d'une beauté inouïe, j'en suis certain, se dit-il, avec une âme gigantesque. »

Aux portes de Paris, il avait cessé tout à fait d'être hanté par les suggestions perfides de la jalousie. La fatalité de son malheur avait pris un tour surnaturel : « Comment ne séduirait-on pas, se dit-il alors, pensant à Lodran, quand on a la stature d'un ange ? » Mais aux abords des faubourgs, il se reprochait déjà cette facilité. « Ma lâcheté me confond. Pourquoi admirerais-je ce médecin, mon rival ? L'admiration change les proportions entre les hommes, fait de l'un un géant et de l'autre un lilliputien. Suis-je incapable à ce point d'accepter la réalité modeste et mitigée ? Mon orgueil pervertit tout. Faut-il que je sois mortifié par la supériorité de l'autre pour être content ? Ai-je l'esprit si malade ? Céleste ne peut-elle aimer un homme simplement parce qu'il est homme ? » Son cœur se serra : «... Parce qu'il est *cet* homme ? »

À la fin, vaincu, Paul avait capitulé devant la nécessité d'aimer Lodran tout simplement parce que Céleste l'aimait. Il se détendit alors, épuisé, n'aspirant plus qu'à la paix que Lodran seul pouvait lui accorder en lui dévoilant son visage. Quand la voiture s'arrêta devant sa maison, rue de Seine, le cocher le trouva endormi sur la banquette, un sourire léger sur les lèvres, submergé par un sentiment d'humanité d'une ineffable tendresse.

Le lendemain de son arrivée, on frappait de bonne heure à sa porte. C'était Madeleine, l'œil noir et la dentelle chiffonnée.

— Ah ! monsieur Huet, vous voilà de retour. Je me disais bien... J'ai tenté sans trop savoir. Figurez-vous qu'hier, on est venu au presbytère vous réclamer. Un de vos amis, le gros, vous voyez qui.

Elle avait jeté cela d'une traite. Paul se pinça les narines entre le pouce et l'index, les yeux au ciel.

— Mais si, monsieur Huet. Le gros, le gros somptueux.

— Alexandre ? demanda Paul. Vous voulez dire le grand, celui qui rit fort ?

— C'est lui. Grosses dents, gros cheveux, compléta Madeleine. Votre Alexandre, il a cogné chez nous, et il a serré monsieur le curé dans ses bras en s'écriant qu'il allait mourir. Le choléra l'avait attrapé après tout le monde, il disait, et il avait besoin de vous.

Paul voyait Dumas en chemise et en bonnet, les mollets de Dumas, ses genoux ronds, son grand corps frémissant, à la porte de sa voisine, le spectacle de Dumas à lui tout seul.

— À mon avis, il s'est fait peur, commenta Madeleine. C'était du théâtre.

— Mais pourquoi était-il dehors, répondit Paul déconcerté, au lieu de rester dans son lit ?

— Votre gracieux fait-il rien comme tout le monde ? rétorqua la vieille fille. Pour un petit mal de ventre, il nous remue toute la

109

ville. Il avait les joues blanches, il n'était point bleu. Et puis, tenez, mon opinion est faite : il n'a pas le choléra, votre ami. Il ne sentait pas le riz au lait. Pour ça, non : il fleurait la lorette.

— Bon, bon, Madeleine, répondit Paul, bourru.

— Vous allez croire que j'en rajoute, dit encore Madeleine en baissant les paupières, il pleurait comme une petite fille parce qu'il avait peur de manquer les funérailles de Lamarque... Depuis le temps qu'il était mal en point, notre pauvre général...

Madeleine se signa.

— Un coup dur pour la République, une mort pareille.

— Mon Dieu ! murmura Paul. Lamarque... Notre symbole. Et moi qui ne savais rien.

— La famille du général lui aurait confié l'artillerie, à votre grand, poursuivit Madeleine avec une moue dubitative. Enfin, qu'est-ce que j'en sais ? Vu que c'est un vantard.

Il aurait voulu un peu de solitude, du silence. Un moment de recueillement.

— Allons, Madeleine, répliqua-t-il, irrité, vous êtes injuste. Vous ne connaissez pas Alexandre. La famille lui a probablement demandé de se mettre en relation avec les commissaires de la cérémonie pour déterminer la place de chacun dans le cortège, l'artillerie et le reste. Oui, c'est possible.

Il ajouta tout de même, pensivement :

— Je croyais dissoute cette partie de la Garde nationale.

— Je vous explique, monsieur Huet, chuchota la vieille fille. Nous autres, le peuple, on veut renverser le régime. On s'organise, si, si. Une révolte républicaine. Ça va fumer ! Le roi dissout ce qu'il peut, parce que, tiens, il nous craint. Bref, la Société des Amis du Peuple voulait profiter de la mort du petit jeune... — comment s'appelait-il, déjà ? Ah, oui, Évariste. Évariste Galois, un génie du calcul, ce garçon, à ce qu'on dit — pour déclencher des troubles, une émeute, on verrait bien, il suffisait d'amorcer la chose. Il est populaire, Évariste. Et puis, pan ! Le général qui claque. L'aubaine. Alors nous, le peuple, on se dit aussitôt...

Elle le soûlait. L'artillerie rebelle à Louis-Philippe, Dumas, Lamarque et Évariste bras dessus, bras dessous, faisaient le coup de force et tambourinaient à ses oreilles.

— Et comment je sais tout ça, monsieur Huet ? Les journaux, non mais des fois : *La Gazette de France*, *La Quotidienne*, *La Tribune*.. Faut tout lire et se faire sa petite mixture. J'en profite, tant que monsieur le curé ne me dit rien. Pendant ce temps-là, il jardine, le brave homme. Un curé innocent, ça existe.

Paul croulait sous le discours.

— Laissez-moi réfléchir, dit-il enfin, exténué. Merci, Madeleine, rentrez chez vous, maintenant.

Elle fit le nez, plissa son œil noir et darda sur lui un regard malin.

— Vous allez le suivre, vous, le corbillard du général, monsieur Huet ? Il paraît que les médecins l'ont découpé, le général, pour voir si dedans c'était comme chez Périer. Ils étaient dix-huit autour du corps, à se passer les ciseaux. Une boucherie, j'appelle ça.

Il eut un geste d'impuissance. Elle agrippa son bras et glissa encore, d'une voix ténébreuse :

— Ils lui ont coupé la tête pour l'envoyer étudier à la Société des crânes, je ne sais plus le nom savant. Décapité, Lamarque. Comme je vous le dis. Ce qu'on va mettre dans le cercueil demain matin, figurez-vous, monsieur Huet, ça ne va pas être joli joli.

À bout de nerfs, Paul expédia Madeleine et referma la porte. Une fois seul, il se pencha à la fenêtre. Temps radieux. Chaud, même. Trop chaud. Dumas et Lamarque lui harcelaient l'esprit. Il se mit à la recherche d'une chemise légère et d'un simple gilet, la mine préoccupée et les idées en bouchon.

42, rue Saint-Lazare. Paul avait eu un mal fou à parvenir jusque-là. Les boulevards regorgeaient de monde. Des gens de tous les horizons se bousculaient dans les rues sous un ciel de plomb.

Une jeune femme brune lui ouvrit. « Belle Kreilssammer, dite Mélanie Serre pour la scène, pensa Paul. Splendide... rare. Protégée du baron Taylor et mère de la petite Marie, née d'Alexandre. Jusque-là, tout va bien : l'ami n'a pas changé de femme cette année. »

— Alexandre m'a demandé, dit Paul en s'inclinant devant elle.

La chaleur l'indisposait. Fragilité des roux, insupportable inégalité sous le soleil...

Belle fixa sur lui ses yeux éblouissants.

— Venez sans bruit, répondit-elle d'une voix posée. Il se sent mieux, mais sa mère est alitée. Cette femme-là vit couchée.

— ... Il la couve, acheva Belle en le conduisant à l'intérieur de la demeure. Alexandre est meilleur fils que père.

Le coin de ses lèvres carmin s'abaissa. Il pensa : « Je tombe mal, Belle a de l'humeur », mais lança tout de même, assez mollement :

— J'ai vu Dumas, l'autre saison, avec son fils au théâtre main dans la main.

— Le petit est en pension, Paul, rétorqua Belle, et c'est tant mieux. Il a la nuque raide, le gosse. Alexandre a besoin de calme.

Ils suivirent le vestibule et traversèrent le salon qu'il connaissait par cœur. Les pans d'ombre et de clarté, le fil de la lumière qui parcourait les meubles et contournait la chaise gothique au coin de la cheminée, et même les niches de poussière, sur le pied des lampes ou au pli du coude d'une statue, dans les creux de la bassine de cuivre normande cabossée une nuit de beuverie.

Des fauteuils tendaient partout les bras. Autour du piano, des sofas râpés, couverts d'étoffes d'Orient, accueillaient chaque soir le tout-Paris des poètes venu déclamer des vers et rugir des tirades. Le salon enflait comme un manège sous le tourbillon des rires, s'allongeait, s'incurvait, devenait scène et tribune devant un parterre d'enfants, ceux d'Alexandre, ceux de Hugo... qui bombardaient Liszt en train de jouer Beethoven à coups de trognons de choux. Les hommes se prêtaient les femmes et les femmes, les enfants, qui consolaient les âmes ravagées par l'ambition et l'indicible douleur de vivre. Les alcools brûlants étincelaient dans des flacons d'émeraude et de rubis, poussaient au crime ou à la farce, mais dans leurs vapeurs bleutées s'esquissaient les lointains merveilleux d'une nature idéale, devant lesquels les amis s'agenouillaient, éblouis et rompus.

– À force de réclamer la *Marche funèbre* et de se promener dans la maison déguisés en squelettes... murmura Belle. Et si je perdais Alexandre, maintenant ? Boulanger et Fourcade sont passés hier, mais Delanoue ne vient pas depuis trois jours. Et vous, Paul... n'allez pas comploter derrière mon dos. Pas de cérémonie qui tienne, c'est entendu ?... Déjà, ce matin, pour l'empêcher de sortir...

Elle secoua la tête. Ses cheveux se dénouèrent. Un ruissellement noir sur son épaule. « Quelques touches d'outremer, pensa Paul. Tirer doucement sur le violet, et même... Même, le long de la joue, près de la pommette, sur le violine... »

– Par une chaleur pareille, et avec cette foule, poursuivait Belle. Ah, non. À 8 heures, on parlait déjà de trois mille personnes entre la rue Saint-Honoré et la place de la Concorde.

Une voix terrible, roulante et grave, s'éleva de la chambre voisine :

— « La paix de 1815 n'est pas une paix, clama Alexandre du fond de son lit. C'est une halte dans la boue ! » Parole de Lamarque. Hein, Belle ? Quelle gueule ça a.

Suivit une houle de rire bien franc. Il poursuivit, plus sombre :

— À l'heure qu'il est, roulement de tambours et tout le tremblement : le cercueil apparaît sous un porche drapé de noir, et moi...

— Alexandre ! protesta sa compagne fâchée. Tais-toi.

— Fiche-moi la paix, Belle, répliqua Dumas. Je ne monte pas sur la charrette aujourd'hui. Le choléra, nom d'une pipe ! Cinq cents trépassés par jour, mais je ne suis pas encore du nombre.

Et, l'apercevant, les yeux comme des pépites :

— Paul, mon frère !

Un rire énorme lui fendit la figure.

— Belle, c'est Paul, dit-il d'une voix radoucie... Laisse-nous entre hommes, dis. Paul, c'est Paul. Je t'adore, Belle.

Belle sourit. Elle chérissait son grand homme. Il l'émouvait, il la troublait. Ses impératifs fondaient devant lui.

Elle l'embrassa tendrement et se retira, souple et féline, en suspendant derrière elle des volutes de parfum. La splendeur de Belle, puis le charme subtil de son évanouissement, étourdirent Paul une seconde. Cette femme l'épouvantait : l'homme le plus flegmatique en était aussitôt enamouré. Le plus fier, suborné, y perdait son honneur. Sur le passage de Belle, le marbre se soulevait comme le panache d'une vague et ses veines déferlaient en jets multicolores. Sa beauté suave eût rendu le granit frénétique.

Paul baissa les yeux. Elle avait déjà refermé la porte.

— Viens, dit Dumas. Assieds-toi là, près de moi. Paul, mon vieux Paul...

Les joues pleines d'Alexandre s'arrondissaient, le nom explosait aux lèvres charnues. Ses yeux allumés sous le globe du front pâle, leur feu clair, un saphir doux, se posèrent avec affection sur ceux de Paul.

— Tu vois, dit-il, je m'en doutais. Je savais que tu serais là. Belle disait que non, que tu étais resté à Folembray. Mais moi...

Il serra les mains de Paul dans les siennes. De bonnes mains à tout faire, fourbir la plume, modeler la joue d'un fils ou celle d'une lingère, des mains bien paumées sous lesquelles ne s'éludait pas la réalité des choses, avec des élans, des bravades – des impertinences et des égards. Des êtres à part entière, ses mains. Deux volontés, deux autres têtes avec des doigts comme des yeux, comme des langues, pour voir le monde, pour le goûter, pour se le prendre, le monde, pour se le posséder, calé au milieu comme un diamant.

— Moi, j'avais confiance, acheva Dumas, juvénile.

Paul sourit. Il avait pleuré hier, il était aujourd'hui la crédulité ou la foi, la hardiesse de vivre.

— Tu es la confiance même, Alexandre.

Dumas se frappa la poitrine.

— Le coffre, Paul ! J'ai le coffre. Il y a un gros cœur, là-dedans. Mais ce n'est pas tout... Il y a...

Il leva ses yeux d'azur et d'eau vers le plafond et fit courir ses doigts en l'air :

— Il y a...

Il cherchait ses mots.

— ... sous l'effet de la modulation de la lumière, je ne sais trop, des brins de ciel qui nous titillent pour nous tenir en éveil, prêts à saisir le vrai, le beau, les petites merveilles fugaces.

Il ajouta, pensif, les sourcils arrondis :

— ... Cela passe par des voies de pureté silencieuse.

Puis, coupant court :

— C'est du vrai, Paul, qui palpite entre toi et moi. Du céleste, et du coriace. Je savais que tu serais là, le ciel m'avait prévenu.

Sans lui laisser le temps de répondre, il se pencha vers lui.

— Mon vieux, lui dit-il à mi-voix, j'ai besoin de toi. Lamarque, tu m'entends ? Il faut qu'on y soit. Belle veut m'enfermer ici, mais pas question. C'est la révolution, vieux. On remet ça. Je ne vais pas attendre le compte-rendu du journal, sacré nom de nom, l'article d'un zouave, un gars qui ne comprendra rien, qui ne sentira rien, qui nous trompera sur la qualité de l'air qu'ils vont respirer tous ensemble, les vrais, les comme nous, ceux de la Liberté. On y va, Paul.

La joyeuse espérance, plus forte que tout. Paul lui tapa dans la main.

— On y va. Solidaires, Alexandre.

— Je le savais, murmura Alexandre. Oh, sacré bon sang.

Il poursuivit, le visage dilaté :

— Je ne saisis bien les choses que quand je les vis avec un autre, et l'autre, le bon, c'est toi. Si mon fils avait été là, je l'aurais pris avec nous. Pour qu'il partage, tu vois. Pour qu'on l'initie. Quand il aura trempé dans l'air de la Liberté, le gamin, il sera baptisé, tiens. Et pas pour la frivolité, je te dis, les surfaces de la religion, non. Pour le solide.

Paul n'avait pas d'enfant, lui. Il n'avait bien connu que ceux d'Ursule, les deux fils, Emmanuel et... il avait oublié le prénom de l'autre. Les deux fils, et surtout ses nièces. Et il était amoureux de Céleste. Pour être amoureux d'elle, il fallait que quelque chose de l'enfance lui eût échappé. Qu'il l'eût nié ou ignoré. L'enfance s'étendait, elle avait des racines et des rameaux. Elle avait une certaine... valeur. Et lui, il avait fermé les yeux dessus pour mieux la détourner à son profit. Il avait violé un trésor. Il était un pillard de trésor.

Il se sentit vieux, soudain.

— Pas de chance, acheva Alexandre, le petit est en pension. Qu'est-ce qu'on s'en fiche, quelquefois, de la pension.

Il se laissa aller sur son oreiller et poussa un soupir. Son visage s'écroula comme une grande montagne.

— Quand j'y pense, ajouta-t-il... Les escadrons de carabiniers place de la Concorde, le 12e léger place de la Bastille, la Garde municipale au jardin des Plantes et jusqu'au Panthéon, un escadron de dragons place de l'Hôtel-de-Ville... Sans compter les quatre mille et quelques cavaliers... Tu vois ça, Paul : ça fait au moins vingt-cinq mille hommes contre nous...

— Tu crois vraiment... risqua Paul.

— Tiens, pardi ! on ne va pas manquer l'occasion.

La fièvre le reprenait. Il suait à grosses gouttes.

— Qui est-ce, déjà, qui doit tenir les cordons du poêle ? murmura encore Alexandre. Le vieux La Fayette, évidemment, Laffitte, Clauzel... Et puis... Misère... je ne sais plus. On va nous boucler les Tuileries, je parie.

Paul attrapa un bout de drap pour l'éponger. Alexandre eut un geste d'impatience.

— Les discours sont prévus à 3 heures, devant le pont d'Austerlitz.

— Repose-toi, Alexandre, dit Paul doucement.

Alexandre sursauta.

— Traître ! tonna-t-il. Pendant la révolution ?

— Tu te reposes maintenant, pour être d'aplomb tout à l'heure, pont d'Austerlitz, reprit Paul en forçant un peu le ton.

« Paternel, pensa-t-il avec amertume. Je deviens paternel. »

— La révolution, pas sans nous, ajouta-t-il pour rassurer Dumas tout à fait. Mais attention : tu fais le guéri.

« Je suis bon pour la Comédie-Française, pensa-t-il encore. Je joue un père généreux et large d'esprit. »

Dumas se redressa d'un coup et lui assena une bourrade à lui décrocher l'épaule.

— Sacré bon sang de Paul, va ! s'exclama-t-il, la face épatée.

Il retomba pourtant aussitôt sur son oreiller.

— Mais Seigneur ! Qu'il fait chaud.

Paul le pria de dormir jusqu'à 2 heures. Il reviendrait le chercher à temps. Dumas se souleva avec effort et s'appuya sur un coude :

— Ne pars pas encore, Paul. Reste un peu. J'ai besoin de parler de mon fils à quelqu'un.

*

Alexandre parlait. Les mots lui venaient de loin, de l'intérieur sacré du monde, du cercle mystérieux de la première présence de l'être. En même temps, sa générosité et son outrance grisaient Paul qui s'abandonnait à son charme puissant et se rassasiait de son abondance. Dumas aux multiples femmes, père de combien d'enfants, comblait ses manques. Un moment, Paul put connaître à travers lui la largesse et l'emphase d'une existence plurielle. Puis il se souvint de sa solitude et souffrit d'une expansion qui soulignait son indigence. Pour se défendre, pour faire obstacle à la vie débordante de l'autre, à ce miracle qu'il étalait, pour le blesser un peu, aussi, il lança :

— Et Belle ? Belle, avec ton fils...

Le visage d'Alexandre s'éteignit.

— Ils se rejettent l'un l'autre. Il réclame sa mère. Tu te souviens d'elle ?

— Laure... Une gentille blonde, qui tenait un atelier de couture.

— Elle ressemblait à ma mère. Elle était plus âgée que moi, d'ailleurs. De neuf ou dix ans, au moins.

Paul le regarda se perdre dans ses souvenirs, le visage livré, pour ainsi dire à sa merci. Il sentit qu'il lui dérobait un secret et détourna les yeux. À trop s'attarder sur un visage, on pouvait l'offenser ou le flouer, brouiller l'échange, s'il ne s'était pas offert dans la connivence d'une rencontre. Le visage désarmé d'Alexandre méritait plus qu'une inattention polie : le grand respect dû à l'aventure qu'il avait vécue en rencontrant celui de Laure.

Alexandre revint à lui brusquement.

— Veux-tu que je te dise, Paul : j'ai conçu mon fils à la Comédie-Française.

Il éclata de rire.

— On jouait *Pierre de Portugal.* Un triomphe, je ne te dis que cela.

Une vague de sueur l'inonda. Il s'affaissa de nouveau sur son oreiller.

— Oui, oui, je vais dormir. Mais je pense au petit, je suis tourmenté. Et avec Belle, impossible...

Un soupir, puis il reprit :

— Elle pourrait comprendre, pourtant, ce que c'est que d'être mal vu : elle est juive. Paul, mon fils souffre en pension. Des méchancetés de gosses, les petites persécutions. On le traite de bâtard. Évidemment, sa mère trouve injuste de ne pas porter mon nom. Un nom célèbre, et elle n'en profite pas.

Paul hocha la tête. Dumas continua.

— Par bonheur, il tient assez de Catherine – je veux dire Laure... Elle a toujours préféré « Laure ». Bref. Imagine, s'il avait la peau noire ? Cela aurait pu se faire. Dis, s'il avait eu l'air nègre, en plus. C'est que moi, on m'a déjà appelé moricaud. Cela me tombe dessus dès que je déplais. Moricaud, le singe aux pieds plats. Si, je t'assure. C'est idiot, j'en suis toujours surpris.

Il prit une respiration profonde en ouvrant grand les yeux. Les bleus et les verts de l'océan caracolèrent un instant dans ses prunelles. De petits feux s'allumèrent sur leur tourbillon que des larmes noyèrent. Il murmura :

— Le pauvre gosse, s'il avait eu la peau du grand-père...

— Mon Dieu... oui, oui, Alexandre, ton origine haïtienne... répondit Paul gauchement, ramené soudain à une réalité qu'il tendait à oublier, tant elle s'effaçait pour lui sous la personnalité de Dumas. Je comprends.

Le visage de Dumas durcit. On aurait dit que ses joues, son front, son nez même.. n'étaient que du menton. Du costaud. Du gaillard prêt à cogner.

— Je ne dis pas qu'un de ces jours, je n'écrirai rien là-dessus, ajouta-t-il, les yeux affûtés. Un gros roman, tiens, sur mes frères de couleur, maintenant qu'on me respecte. Pour embêter le monde. Attends un peu qu'ils m'admirent, oui, qu'ils me hissent au pinacle, tous autant qu'ils sont, les gens bien comme il faut. Qu'ils ne puissent plus reculer, tellement ils m'auront montré leur vénération. Alors moi, vlan ! J'assène le truc. Je leur fais gicler la couleur noire à la figure.

Il posa les mains bien à plat sur le drap et, froidement :

– Je vengerai mon père et toute la famille, et tous les nègres de la planète, du plus clair au culot de pipe.

Son père s'était brouillé avec le Premier consul : sa solde était inférieure à celle de ses compagnons. Et surtout, Bonaparte n'avait pas pardonné au général Dumas d'avoir refusé de commander l'expédition contre Saint-Domingue. Un coloré, qui se rebiffait contre le premier des Blancs.

– À partir de là, conclut Alexandre, la carrière de mon père était finie.

Paul s'accusa d'avoir mis de côté trop facilement, par négligence et par commodité, une blessure toujours cuisante pour les Dumas.

– Quelle idée ! s'exclama Alexandre, la face ronde comme la lune. Toi, forcément, tu n'y penses pas : tu m'aimes trop.

Il fallut se quitter. Belle mit Paul à la porte. Il lui fatiguait son Alexandre, il le lui assassinait. Ils étaient aussi fous l'un que l'autre.

Il était cependant convenu entre eux que Dumas s'éclipserait après la sieste pour aller fêter Lamarque comme tout le monde.

La chaleur écrasait la ville et faisait frémir les rues qui flanchaient sous les roues des voitures. La chaussée vomissait des salves de poussière tremblante, l'haleine fumante de la ville. Les chevaux ruisselaient, étincelants sous une crinière d'eau, les joues sillonnées de nervures d'argent ; leur poitrail empanaché de sueur dressait devant la foule une torche de muscles aux pulsations effrayantes. Des secousses les traversaient. Le sang leur fluait dans les jambes par rafales, allumait les jarrets et faisait flamber les tendons tirés à s'arracher des chairs, blêmes sous la moire veloutée de la peau. Ils fonçaient dans la vapeur du jour, le losange belliqueux, les lèvres fripées, les naseaux retroussés dans l'air impur et lançaient à travers la foule leur machine magnifique. Leur corps puissant pilait les pavés et leur regard fébrile portait au loin des aspirations merveilleuses et inguérissables. Ils piaffaient devant les attroupements qui arrêtaient leur trot n'importe où, piochaient le sol de leurs sabots, le rein cambré, le front farouche et l'œil fasciné.

La foule grossissait. Le cortège creusait la vague humaine, entaillait le corps monstrueux aux milliers de têtes dardées, hébétées ou hostiles. Aux derniers étages des maisons, les enfants juchés sur les fenêtres voyaient fondre sous eux la motte géante repoussée par les piques ardentes de la Garde. À l'approche du pont d'Austerlitz, contenu avec peine dans le couloir des ruelles et des rues, le corps élastique se gonfla comme un bulbe plein de morgue et de hargne. Il se souleva, il s'amplifia, obscène tuyau d'hommes prêts à déverser leur colère au ventre de la ville, à écouler leur fureur diluvienne dans une extase imbécile. Les têtes hurlantes n'étaient plus que d'affreux orifices qui lâchaient contre le roi des explosions d'injures, des aboiements mauvais, des invectives beuglées à la ronde. Puis, soudain, l'émotion les bâillonna. Le grand corps s'apaisa, les têtes ralentirent leurs secousses et se tournèrent toutes ensemble vers l'estrade montée à la hâte pour la cérémonie, comme si elles cherchaient maintenant pour leur cri une sortie digne et haut perchée, comme si la gestation du monde en dépendait, et elles s'ouvrirent enfin, écarquillées à en crever, sous la poussée irrésistible d'une ovation au héros de la Liberté.

Un ami de Lamarque, Lepelletier, parla le premier avec une émotion teintée de désarroi : la perte du général marquait peut-être le début d'une pandémie ; le pays entier allait souffrir d'un déséquilibre aux conséquences désastreuses avec la disparition de celui qui incarnait la dignité française. À la Chambre, où il siégeait à gauche en tant que député des Landes, on l'écoutait de tous bords avec respect.

La foule n'avait pas compris ce que signifiait « pandémie ». L'orateur ne valait pas Lamarque, un vrai tribun, qui s'exprimait avec une persuasion formidable : celui-là était triste, avec des mollesses dans la voix. Des sifflets commencèrent à fuser, et même deux ou trois propos orduriers. Paul et Alexandre arrivèrent en retard. Ils se frayèrent un chemin à grand bruit pendant le discours de La Fayette parmi des hommes et des femmes rougeauds et dépoitraillés ; il était difficile à Dumas de rien faire sans tapage. Distrait de son objet, La Fayette trébucha sur ses phrases. Il avait déjà soixante-quinze ans. La guerre de l'Indépendance d'Amérique était loin. Pourquoi ce vieillard était-il encore à la tête de la Garde nationale ? On l'avait toujours aimé, mais on s'interrogea ce jour-là sur sa valeur de chef de la noblesse libérale : tenait-on tant que cela à réconcilier la royauté et la Révolution ? Le visage de La Fayette avait de la beauté, malgré l'âge. De loin, on ne vit

122

pas la générosité irradiée par chacun de ses traits. Son soleil avait pâli. Un homme vêtu de sombre l'applaudit pourtant discrètement à plusieurs reprises. Paul reconnut son voisin, le curé, qu'il savait acquis aux idées de Lamennais et qui lisait *L'Avenir*. Heureux de le retrouver dans une manifestation en faveur de l'idéal social, Paul aurait voulu le saluer ; dans l'agitation des chapeaux et des bras, l'autre ne le vit pas.

Les discours suivants portaient surtout sur la gloire militaire qui auréolait Lamarque, le héros de Wagram. Un tas de drapeaux de toutes origines s'abattit sur le cercueil, parmi lesquels celui de Pologne sous les exclamations d'un petit groupe de partisans qui protestaient contre le rattachement de leur pays à l'Empire russe. Ils avaient émigré depuis l'insurrection de Varsovie pour échapper à la répression, et s'intéressaient de près aux progrès du libéralisme en France. Ils attendaient de cette journée un regain de ferveur qui pût se propager jusqu'à leur capitale. Les Portugais avaient eux aussi un espoir à réchauffer, celui de se débarrasser de leur roi Michel Ier, entiché d'absolutisme : ils étaient là avec les autres, au pied du cercueil. Quelques membres de l'Union allemande soulevèrent un petit tollé dont personne ne comprit la raison.

La foule s'épaississait toujours, durcissait, noircissait. Une tuméfaction dangereuse et puante dans la chaleur insupportable, une concentration infernale où le pire côtoyait le meilleur, où les fulminations et les injures des uns souillaient l'innocence des autres. Combien, dans cette multitude, croyaient donc en ce qu'ils clamaient ? Combien d'amoureux d'une morale universelle, combien de vertueux, combien de Rousseau ? L'événement des funérailles faisait-il retentir avec tant de force la devise révolutionnaire – « La Liberté ou la mort » – et son principe, l'identification au bien public ?

Un homme émergea du roulis des fervents et des tièdes, des opportunistes, des libéraux et des parasites. Un homme à cheval habillé de noir, un ferment de péril. Il poussa un cri terrible et brandit un drapeau rouge.

— Pas le drapeau rouge ! hurla quelqu'un. C'est celui de la Terreur.

La cohue emporta l'homme et le drapeau. L'étamine passa par des dizaines de mains qui se l'arrachèrent et la mirent en morceaux. On vit des femmes, des lambeaux de tissu entre les dents, lâcher la main de leurs enfants pour se ruer sur le provocateur et le rouer de coups. La figure exécrable abattue, une autre surgit, un autre drapeau rouge, dans la foule frénétique. L'étoffe rectangulaire flotta un instant au-dessus de l'estrade, un vol bref comme un sarcasme qui couvrit de sa malédiction les drapeaux multicolores enchevêtrés sur le couvercle du cercueil.

— Pas le drapeau rouge ! hurlèrent d'autres voix.

Paul crut reconnaître celle d'Exelmans qui s'époumonait :

— Le drapeau tricolore ! Celui de la République et des armées françaises triomphantes !

Des applaudissements montèrent de la houle des hommes et des femmes qui s'égosillèrent à leur tour :

— Le drapeau tricolore !

— La Fayette ! Rappelle-toi ! La Fayette, un geste !

Juillet 1830, à l'Hôtel de Ville. Il l'avait mis dans la main du duc d'Orléans, le drapeau bleu, blanc, rouge. Un drapeau comme ça, c'était cousu de miracle.

Dumas explosa :

— Gloire de la République !

Un trou dans le vacarme. Dumas sourit à Paul et le serra dans ses bras.

— Un geste ! répétait la foule.

Pour l'instant, le vieux La Fayette chevrotait, l'air égaré. Paul envia Alexandre, toujours bon enfant. Pour lui, il versait dans le doute.

— Un geste, un vrai ! hurla encore quelqu'un. On ne veut pas d'un drapeau qui pende le long du bâton !

Des vociférations partaient en tous sens, parfois des clameurs au souffle tragique.

— Dieu, et la Liberté... murmura une silhouette noire.

Le prêtre, le frère de Madeleine. Il reprenait la formule de *L'Avenir*. Il croyait en l'émancipation collective et voulait vivre le progrès social comme une communion. L'individualisme de Paul tantôt l'émouvait, tantôt l'inquiétait.

Quelqu'un l'entendit et le salua d'un coup de chapeau : François Arago, l'astronome. Visage digne, nez droit, dessin ferme des lèvres... Paul avait cru le reconnaître dans la foule. Possible : Arago faisait de la politique. Il avait cru voir aussi Lodran à ses côtés. Possible encore : Arago prônait l'abolition de l'esclavage, il pouvait avoir, dans le milieu des métis... Non, non. Paul se trompait. Dans cette foule diabolique, les faces de toutes formes lui sautaient aux yeux comme des pastilles jetées aux enfants. Une giboulée multicolore lui criblait la figure. Jaune de chrome, bleu ardoise et bleu drapeau cinglaient vers lui, catapultés de toutes parts. Bigarade, bigarreau, vermillon des joues et des fronts... une volée de têtes hargneuses le bombardait de rouges violacés. Il ferma les yeux une seconde : la foule lui apparut dans un rêve, mouvance fantomatique, hydre aux milliers de têtes dans un océan d'ocre sombre. Le brun, bientôt, l'emporta. Un brun noble, profond... terre de Sienne – non ! Paul serra les paupières pour chasser l'obsession.

Cependant, un étudiant bousculait La Fayette sur l'estrade, l'agrippait aux épaules, le poussait et harponnait tout en s'essayant à la philosophie devant un public houleux hérissé de mains et de poings tendus. Arago se dégagea de la foule, les rejoignit d'un bond, écarta l'étudiant et proféra d'une voix forte :

— Assez de discours ! C'est au cri de « Vive la République ! » que le général Lamarque a commencé sa carrière militaire, c'est au cri de « Vive la République ! » qu'il faut accompagner ses cendres.

Mais la panique gagnait partout. Ceux qui voulaient déguerpir étaient happés par un souffle contraire. On molestait, on houspillait, avec des ribambelles de poings et des kyrielles de jambes qui piétinaient tant et plus les malheureux qu'elles flanquaient par terre. Les rumeurs gonflaient, soulevaient des élans, en rabattaient d'autres, couchaient les enthousiasmes mal assurés, aiguillonnaient le courage des uns en fauchant celui des autres, cavalaient de gorge en gorge et tarabustaient les cervelles. Des brames et des glapissements, de la trompette de l'aigle au braiment de l'âne, toutes les chansons possibles chez les bêtes y passaient, avec là-dedans des cris de femmes à percer les tympans, au point qu'on eût préféré se faire essoriller les oreilles.

— Colonne de dragons dans le boulevard Bourdon !

— Pistolets dans les fontes ?

— Dans les fontes !

— Et les fusils ?

— Les fusils aux porte-crosses !

— Ça chauffe !

— Comme en enfer !

Dragons ici, dragons là. Et des barricades, maintenant, à droite et à gauche, du bazar de planches et de ferraille et le tout-venant des ménages, des chaises de gosses, des billots et des tables, les barriques qui sentaient la bistouille comme la grosse futaille. Les hommes menuisaient ça à la va-vite, joyeux de leur besogne fantasque ; ils s'amusaient comme à la foire à planter des pieux, des cannes et des triques dans le ventre de ces drôles de bateaux de la République. Leurs vaisseaux partaient à l'assaut des murs et grimpaient jusqu'aux toits : la Seine ne leur suffisait pas, c'était des bateaux de la ville, des bijoux d'embarcation qui voguaient sur les grandes eaux de l'Histoire. Chaque rue offrait son cadre pour la gloire. Rue Popincourt : pillage d'une fabrique d'armes. Rive gauche, près du jardin des Plantes, caserne des Vétérans mise à sac. Rive droite, c'était au tour de l'Arsenal. On enlevait une place après l'autre. Le tintouin révolutionnaire et les harangues des capitaines en tablier ballottaient déjà Paris par quartiers entiers. La Concorde tanguait avec la Bastille et les chantiers de l'île de Louviers appareillaient sous le commandement des pierreuses du

126

coin assises sur des barils de poudre, des filles qui n'avaient peur ni de la tempête ni de rien, vu que le grabuge de la ville, ses maraudes et ses grands fonds, elles étaient nées le nez dedans comme le sanglier dans le bourbier, et qu'elles avaient besoin de croire qu'un bon grain ramènerait un jour à la surface le butin de la vieille France.

Les républicains pouvaient se frotter les mains : en moins de deux heures, ils occupaient la moitié de Paris.

Soudain, un gamin perché sur un lampadaire siffla dans ses doigts et poussa un cri de fureur : on leur avait pris La Fayette, on l'avait fourré dans un fiacre pour le jeter dans le fleuve. C'était comme s'il avait ouvert mille bouches d'un coup. La foule se mit à scander :

– La Fayette ! La Fayette !

La Fayette était ailleurs, chez le banquier Laffitte, ravi maintenant, ragaillardi et comme empouponné d'émotion, assis au balcon pour suivre d'en haut la nouvelle révolution. Ces morts, qu'il apercevait en bas, lui rappelaient les siens, ses préférés, ceux d'Amérique. Ça l'étreignait, tout cela. Ça lui faisait chaud, ça lui faisait froid. Et même, peut-être que ça lui faisait peur. Ses vieilles lèvres s'ouvraient sur le vide, ses dents mordaient l'air. Il se retira au bout d'un moment à l'intérieur de la maison, le visage chiffonné et les mains vibrantes cramponnées à une baïonnette invisible, des larmes plein les yeux.

Puis un silence insolite tomba sur Paris. L'air orageux poissait les gens. Ils collaient les uns aux autres, engourdis et pesants dans la torpeur du soir, s'écoulaient en flaques épaisses le long des boulevards, se laissaient pour se reprendre et s'agglutiner plus loin, masses méconnaissables et lentes traînes noires, déchirées ici et là par des balles isolées. Et soudain, stupide et serrée, la mitraille les transperça.

La foule se poussa dans une rue, dans une autre. Elle s'amassait, s'écartelait, zigzaguait, hagarde et folle, emportant avec elle tous ces cœurs descendus qui battaient dans les ventres comme des cloches d'église. On lui tirait dessus, on la crevait à coups de pointes. Elle lâchait ses morts qui roulaient sous les sabots des chevaux. Le rouge montait. Le rouge giclait des têtes et des poitrines, éclatait aux ventres des bêtes qu'on étripait par-dessous. Des brutes les saignaient au surin, empoignaient leurs boyaux et les lançaient à la face des gardes.

— Avais-tu besoin d'enfiler ton uniforme d'artilleur pour nous faire remarquer ? pesta Paul. C'est nous qu'on vise, aujourd'hui !

Dumas haussa les épaules en riant. Ils filèrent à travers les balles sans demander leur reste. Non loin d'eux, couverts par une poignée de soldats, Lamarque et son cercueil s'échappaient en douce. Le corbillard avait réussi à passer.

— Et mon prêtre ? cria Paul à Dumas. Tu l'as vu, mon prêtre ?

— Et les gosses, mon vieux, les gosses ! rétorqua Dumas hors d'haleine. Il y en a plein ! Qu'est-ce qu'ils font dehors ?

Il n'en pouvait plus. Paul le tira à l'abri, sous une porte cochère, pour qu'il reprenne son souffle.

— Et toi, Alexandre, toi, ta fièvre. Ça va ? Le cercueil galope vers les Landes, maintenant. Je te ramène chez toi. On rentre.

Alexandre suait et suffoquait. Il secoua la tête — un dogue agacé par une mouche — et lâcha un juron de son invention, quelque chose qui évoquait les joues de derrière sous la queue du diable.

— Ah, ça ! Paul... Je m'en voudrais. Laisser le père Lamarque cavaler comme un voleur dans la campagne... Partir quand les autres se battent, faire le gâté... Et toi, dis donc, ton prêtre ? Ton prêtre, tu l'abandonnes ? Et si on te le trucide, ton prêtre ?

Ses joues s'enflammèrent. Paul se demanda si c'était d'orgueil ou de fièvre. Mais Alexandre pâlit brusquement ; la sueur explosait à son front, une grosse pluie froide. Il dégrafa son uniforme d'un geste brusque.

— Ce machin, je t'assure. Est-ce que j'aime canonner, moi ?
Paul sourit.

— Tu préfères les rendez-vous sur le pré : enfiler la chemise à volants, saluer avec grâce et coucher l'adversaire dans les pissenlits.

Alexandre se laissa aller contre la porte, la tête renversée, hilare sous la suée.

Un trio de déguenillés les dépassa sans plus se soucier d'eux que du vacarme qui reprenait alentour ; des crapules qui trouvaient moyen de profiter du chahut pour passer des marchandises en fraude.

Balles sifflantes. Hurlements. Courses précipitées. Des cris barbares éclatèrent à proximité, d'une violence inouïe. Un petit groupe d'émeutiers avait pris au piège un chasseur de la Garde dans la ruelle voisine où une barricade lui barrait le passage : un tas de pierres et de gravats, des volets arrachés à la hâte, une voiture de légumes sur le flanc et un monceau de sacs de farine volés au boulanger égorgé sur le pas de sa porte pour avoir défendu son bien. Il gisait sur le dos, les yeux élargis sous les paupières mi-closes, le regard suspendu dans une expression de bêtise pitoyable, nez pointé, bouche béante.

Paul accourut aux premiers cris. Il vit le chasseur attaqué à coups de pierres, le cheval affolé, ivre de peur, et le boulanger. Il regarda les trous du visage, le nez, la bouche, la tranche saignante, le tablier rouge, le ruisseau sur le sol, et pensa à Géricault, à son *Voleur mort*. Le boulanger lui ressemblait. Le peintre l'aurait ajouté à sa collection, celui-là. Géricault possédé, obsédé par le corps éclaté aux membres épars, hanté par une fatalité noire où se disputaient l'angoisse de la matière pulvérisée – le retour à la poussière – et une indifférence incompréhensible qui renfermait peut-être, dans le creuset écœurant de son âme, le besoin d'introduire partout la mort comme arbitre de ses propres conflits. Le cou du voleur, la gorge du boulanger : chez Géricault, une encre ténébreuse, mais un lavis sournois aussi, qui imprégnait bien la feuille, qui baignait l'esquisse où la rapidité du crime était dite. Et puis, autour, la souillure des couleurs pour rendre compte de la violation et du blasphème. Géricault avait le courage ou la folie de faire siens l'ignoble et l'atroce. Il regardait en face l'homme humilié, descendu au rang de quartiers de viande pour la boucherie. Paul ne le pouvait pas, et ne le voudrait pas. Il en avait la nausée.

Il se jeta d'un bond à l'intérieur de la boulangerie pour éviter les pierres qui lui pleuvaient dessus. Le cheval du chasseur poussa un hennissement déchirant et s'abattit sur la chaussée, le poitrail lacéré. L'homme fut projeté à quelques pas et s'affala contre la charrette de légumes, lui-même blessé à la tête et l'épaule trouée d'une balle, mais le sabre toujours à la main. La plaie de la bête régurgita un flot de sang fumant.

Paul ne pouvait détacher les yeux de la gargouille qui bavait la vie chaude et vermeille ; en même temps, il aurait voulu boucher ce dégorgeoir. Il n'avait jamais pu supporter la mort d'un cheval. Il avait pris l'habitude d'éviter le quartier de Montfaucon. Il ne voulait pas savoir que les bleus de ses peintures venaient des sabots des rosses qu'on exécutait là-bas, et son savon de leur graisse, touillée avec n'importe quoi.

Des gamins suivaient la scène du haut d'un toit. Ils disparurent par une mansarde, dégringolèrent l'escalier d'une maison qui jouxtait celle du boulanger et foncèrent sur le cheval pour lui arracher sa couverture de selle – des petits en loques, et c'était de la belle matière épaisse, un velours brodé de fils d'or. Un homme les expédia d'une torgnole dans la boue sanglante en ricanant, ficha un coup de pied dans le ventre du cheval et le débarrassa de son harnachement de parade. Il avait les joues noircies de barbe, une bouche mauvaise faite comme le gueulard d'une chaudière, et la mine entière d'un qui sait gueuser et roublarder.

– La mère, attrape ! dit-il en lançant la couverture à une femme en fichu accroupie derrière la barricade. Et le fils, hein ? Encore dans tes jupes, au lieu d'être au combat avec son père ?

Elle désigna la porte ouverte de leur baraque, tout près. Un enfant de six ou sept ans apparut, un petit brun très pâle, les yeux rouges, qui frissonnait de haut en bas. Le père l'empoigna par le col, lui flanqua une rossée et le balança contre la bête mourante.

Le grand corps était encore à peine secoué de quelques spasmes. L'enfant tomba à genoux dans la flaque de sang.

– Faut que t'y goûtes, mon fils. Mets-y les mains dedans. Sans quoi, comment que tu seras un homme ? C'est pas avec ta mère, cette garce.

Paul retenait sa respiration, guettait l'arrivée de Dumas qui risquait de jaillir dans la ruelle d'un instant à l'autre, cherchait des yeux une autre issue. Les maisons lépreuses, couvertes de bâches, avaient l'air de caisses défoncées. Un hangar à demi ruiné, derrière la barricade, communiquait peut-être avec la ruelle d'à côté, où il avait laissé Alexandre. D'un œil inquiet, il continuait d'observer l'homme qui agitait maintenant le sabre du chasseur en tenant des discours devant ses compagnons prêts à lapider le soldat au premier geste. L'homme était un couard et un vantard. Il était en train de forcer son fils à déshabiller le chasseur qu'il tenait sous la menace du pistolet arraché à sa ceinture. Le bonnet de fourrure noire, la plume, les galons, toute la passementerie, les bottes : de la bonne marchandise à monnayer. Paul commençait à se morfondre. Dumas ne se montrait pas. Il pouvait aussi bien être à l'agonie qu'occupé à faire sa cour à la première venue en roulant des yeux.

Au-dessus d'eux, le ciel chamboulait ses nuages qui se coulaient dans l'air étouffant comme des taupes. Leurs corps noirâtres glissaient sur les toits avec des luisances brèves, brassaient, fouisseurs, les masses meubles du soir incertain, s'enfonçaient dans les venelles qu'ils bourraient d'obscurité funeste et poussaient leurs cylindres monstrueux jusqu'aux extrémités de la ville. Pressée, rompue sous le poids du ciel, elle grouillait d'hommes affolés serrés comme la vermine autour d'un roi qui gardait son sang-froid. Ce qui grondait, ce qui rampait ne l'atteignait pas. Il donnait ses ordres depuis la place Vendôme, devant M. Thiers et son état-major.

Pendant qu'il songeait aux représailles et voyait leur révolution s'embrumer, Paul aperçut soudain son Dumas embusqué dans le hangar, un fusil à la main, plaqué contre lui ; la silhouette disparut aussitôt derrière le chambranle du portail, happée par le trou noir qu'il découpait dans l'alignement morose de la rue. « Il a fallu qu'il vienne donner dans ce guêpier ! se dit Paul, outré. Alexandre, bon sang ! Tu ne vois pas que le type est fou ? »

L'homme avait renversé le chasseur contre la barricade, dans l'éboulement de légumes, et pointait son arme sur la poitrine du soldat qu'il abreuvait d'injures entrecoupées de railleries obscènes. Il appela son fils et lui mit de force le pistolet dans la main. L'enfant se tourna vers sa mère qui claquait des dents, terrorisée. Paul le voyait de profil, blafard mais calme, maintenant, très calme. Les yeux du gosse se posèrent sur ceux du père qui lui braillait de trucider ce chien de soldat, puis sur ceux du chasseur. Celui-ci regardait l'enfant à travers un voile de sang. La blessure suintait à sa tempe. Il ne montrait ni peur ni colère ; de la résignation, peut-être ? « Même pas, pensa Paul qui l'avait dans son champ de vision, entre le père et le fils. Non, non. Une sorte de détermination, au contraire, mais quoi ? Quelle espèce de foi ? Il s'en remet à un gosse que le père tyrannise ! » Il avait le cœur battant à lui ébranler les entrailles, il suait comme un malade. Le temps passait. Paul écarquillait les yeux avec l'impression d'être empêtré dans la glu, ankylosé, agacé par ses membres où folâtraient un million de fourmis, priant qu'un ange tire une langue visqueuse pour lui nettoyer la peau. Que faisait le gamin, à la fin ? Il maudissait les pères, les fils, Alexandre et la révolution. « Pauvre soldat, naturellement, pensait-il. Pauvre gars. On ne lui a pas laissé sa chance, à celui-là. Une exécution infâme, oui. Et qu'est-ce que j'y peux ? Je n'ai pas d'arme. »

Paul se retourna pour jeter un coup d'œil circulaire dans la boulangerie, à la recherche d'un outil quelconque, une pelle à enfourner, un balai, un écouvillon. Dehors, un coup de feu déchira l'air. Le gosse avait tiré. Le père tituba, les yeux idiots et la bouche ouverte pour une dernière injure, un trou dans la poitrine large comme un souillard. Il s'accrocha une seconde aux jambes de son fils figé là, stupide devant l'énormité de son geste, et s'affala sur le sol dans les sangs mêlés du chasseur et du cheval. L'enfant frémit, mâchoires contractées et dents serrées. Ses yeux agrandis filaient à droite et à gauche et menaçaient de rouler par-dessus bord. Des calots luisants ; on y voyait tanguer le corps du père. Sa main restait crispée sur le pistolet, les jointures blanches, prêtes à claquer. On eût dit qu'un peu plus, le gosse volait en éclats. Sale coup – le père, le fils... La sale mort, on n'avait pas idée. Il allait être mis en pièces, le gamin, broyé sur place. Ou alors il allait exploser de trouille.

Autour d'eux, les autres reculèrent lentement sans un mot, ébranlés par le sacrilège. Ils jetèrent leurs pierres un à un au pied de la barricade, les mines choquées, les bras comme des bûches.

– Hep là ! On ne touche pas à mon mort, clama une voix toni-truante.

Celle de Dumas debout sur la barricade et le fusil brandi, l'œil allumé, dans la pose du héros.

– Lâche ça, fils, continua-t-il en s'emparant du pistolet, tu vas faire peur à ta mère.

Et, le ton rogue, aux compagnons interloqués qu'il tenait en respect :

– Allons, allons, vous autres, rentrez chez vous. On n'exécute pas un soldat du roi en le coinçant dans un piège à rats. Ça vous ferait honte, pardi. Fichez le camp. Ouste !

Paul, ébahi, n'osait encore sortir de la boulangerie. Il secouait la tête, se demandant s'il était au spectacle. Dumas avait sauté au bas de la barricade ; il cajolait l'enfant et réconfortait sa mère : le mari était une brute et sa mort leur bonne fortune ; lui, Dumas, les aide-rait – elle n'aurait qu'à venir le voir chez lui, il lui trouverait un petit travail. « Il pense à l'atelier de couture de Laure, c'est à parier, se dit Paul. Alexandre ne s'embarrasse de rien ni des autres. »

Dumas continuait à parler, à les subjuguer de paroles, à tourner les choses à sa mode, tout en tirant sans manière le cadavre sur le côté.

— Ah ! Mes braves gens, la vie vous joue de ces tours... Une fichue drôlesse. Eh bien, Paul ! Te voilà. Qu'attends-tu pour t'occuper de celui-là ?

Le chasseur avait perdu connaissance. Ils l'adossèrent à la barricade pour examiner ses plaies. La femme vint un instant plus tard avec une bassine d'eau et un linge propre ; elle s'agenouilla près du blessé, lança des regards craintifs vers le corps de son mari et se mit à baigner le front du soldat.

Elle était jeune. La lumière effleurait à peine ses formes pleines et douces. La pénombre enveloppait déjà son corps ramassé dans les plis de la jupe de toile en l'attirant dans l'intimité silencieuse du soir. Celui-ci étouffait lentement les volumes qu'il pénétrait d'humilité, tout en exaltant à la faveur des premières nuances nocturnes la grâce presque religieuse des gestes les plus simples.

La femme lavait le visage du soldat, l'essuyait avec soin, le regardait sans curiosité et sans audace, avec un respect douloureux. Elle aimait la belle face de l'homme au service du roi. Une émotion imprévisible, toute nouvelle, l'invitait à risquer son âme dans une aventure interdite qui probablement l'empêcherait de vivre ses jours ordinaires, dans la ruelle, ainsi qu'elle l'avait toujours fait, d'une manière obtuse et sans éclat. Quelque lueur l'avait atteinte, qui ne s'éteindrait plus : elle accueillait l'abandon d'un homme qu'elle devinait brave et bon, et cet abandon l'enrichissait et l'embellissait pour toujours. L'uniforme gisait derrière la barricade, petit monceau merveilleux qui contenait un peu des gloires de France, dont elle rêvait de garder un galon comme talisman. Le visage du chasseur et son uniforme lui faisaient à elle, pauvre inconnue, leurs confidences. À travers eux, il lui remettait – oh ! bien involontairement, sans le savoir – sa dignité. D'elle dépendaient tout à coup l'honneur ou l'opprobre d'un être qu'elle n'aurait pas dû approcher, devant lequel s'agenouiller devenait un privilège immérité, et cependant, en ce jour de fureur, elle buvait à sa lumière comme elle aurait bu au ruisseau.

Alors le corps du père s'imposa de nouveau. Son reproche muet. Elle tourna le dos à ses accusations. Elle lui refusa l'accès au soldat blessé. Elle bomba les épaules et dégagea des forces insoupçonnées – si vastes qu'elles creusaient le soir autour d'elle, si exquises qu'elle sentit monter en elle, un instant, la joie à laquelle, peut-être, se reconnaît la sainteté, quand on a laissé au-dessous de soi les immondices de la Terre. Puis elle vit l'enfant, seul près du cheval mort, raidi, bouleversé, la bouche ouverte. Il lui parlait avec des hoquets, le corps ébranlé de saccades. Cette bouche d'enfant qui mangeait du vent lui fit peur. Le charme tomba. Elle se retrouva, méchante femme, méchante mère, lâcha le linge et la bassine et saisit l'enfant contre elle. Alors, elle entendit ce qu'il disait : ce n'était que « Maman... maman ». Elle leva la tête vers le ciel et étreignit son fils sur sa poitrine.

Dumas marcha vers eux. Il les rassura sur le sort du soldat et présenta ses excuses pour le mort. Enfin, il les salua avec une noblesse et une gravité qui laissèrent Paul pantois, et les reconduisit avec égard dans leur misérable maison.

*

Lorsqu'ils furent seuls, Paul interrogea Alexandre sur sa conduite. Non, il n'avait pas tué le père. Le fusil trouvé dans le hangar ne valait pas un clou. Une pétoire.

Dumas retroussa sa moustache et conclut sans façon :

– Le gosse était trop jeune, il n'allait pas endosser le meurtre. Le Ciel s'était trompé : j'ai corrigé ça tout de suite.

Il acheva en s'appuyant sur le bras de son ami avec un soupir de lassitude :

– Paul, mon vieux, je n'en peux plus. On rentre.

Le 6 juin à midi, le roi sortit des Tuileries accompagné de ses ministres et escorté par la Garde nationale à cheval. La place du Carrousel, celle de la Concorde, les Champs-Élysées, la place de la Bastille avaient retrouvé leur calme : les émeutiers étaient morts ou en prison. Il ne restait plus guère qu'une soixantaine d'insurgés dans le quartier Saint-Merri, un noyau dur qu'il fallait pulvériser coûte que coûte.

Le roi reçut Guizot à 14 heures. Guizot conseilla la répression sans pitié. L'opposition envoya aussitôt sa délégation ; Laffitte et Arago vinrent plaider la cause du peuple : ils évoquèrent la crise économique, les ouvriers sans travail, la misère noire. Laffitte resta convenable, presque guindé. L'astronome, violemment ému, passa plus d'une fois les bornes de la correction. Un instant, Louis-Philippe se représenta le tableau de ces gens crasseux aux logis nauséabonds, les petits gueux accroupis la main tendue, des sagouins aux pattes crochues qui avaient toujours l'air d'avoir dormi dans la soue avec les porcs. Le roi ne vit bientôt plus que des groins dans ces petites faces malheureuses qu'on voulait lui montrer. Sa force de caractère eut raison cependant de la passion d'Arago. Il demeura imperturbable. Arago revint à la charge, formidable de persuasion, exaspéré, touchant. Louis-Philippe lui sourit avec une espèce de patience qui laissa pointer dans le cœur de l'astronome un rien d'espérance, quand ils entendirent soudain une grosse détonation.

— Le canon, expliqua le roi sans broncher. Nous le faisons avancer pour prendre le cloître de Saint-Merri.

Les gens furent massacrés. L'église Saint-Merri, écornée par un boulet. Les théâtres avaient vaillamment joué tous les jours.

Sans doute Louis-Philippe déplaisait-il maintenant, parce qu'il avait donné au régime une orientation plus conservatrice que prévu, mais il n'avait jamais perdu le sourire courtois qui faisait son style.

*

Terrassé par la fièvre, Alexandre pria Paul d'aller chercher un médecin auquel il se remettait les yeux fermés,

— Un Haïtien, expliqua Dumas, comme mon père. En réalité, c'est mon cousin. J'ai profité d'une occasion favorable pour l'appuyer auprès du préfet... le préfet avait applaudi *Antony* – sous le charme de Mlle Mars, peu importe. Gisquet, à la Police, s'y est mis aussi. On avait fait des virées ensemble, tu comprends. J'ai le sens de la famille, Paul. Dis-moi que tu comprends ça. Et puis, Lodran est un homme bien.

Alexandre s'arrêta une seconde, le souffle coupé. Ses grands yeux cherchèrent en vain quelque chose au plafond ; ses paupières retombèrent alors lentement, mauves et fanées. Deux grands cercles foncés se formèrent au-dessus de ses joues frissonnantes. Alexandre n'était plus, au fond du lit, qu'un vieil enfant.

— Un coup de pouce, acheva-t-il avec difficulté. Rien de plus.

Paul crut qu'on l'assommait. Une pierre énorme. La pierre lui tombait sur la tête, sur les bras, sur le ventre. Il se contint pourtant.

— Lodran, répéta Dumas d'une voix haletante, à l'Hôtel-Dieu. Tu te souviendras ?

Paul laissa Alexandre aux bons soins de Belle, furieuse et bouleversée. Il faisait noir, dehors, mais moins que dans son âme. Cette âme n'était plus qu'un remous brassant mille choses humaines, dilatée et comprimée dans le grand corps cosmique comme sous l'effet d'un méchant muscle du destin.

« Le muscle du destin ! Pauvre de moi, se dit-il, ma raison flanche. Vais-je rechercher aujourd'hui le lien de ma parenté avec Dieu, parce que son hasard me contrarie, et que sa nécessité me ferait du bien ? Ah ! Ressembler à Lui ! Faire le voyage vers la Toute-Puissance, m'envoler loin de mon être fini et déchiré ! Trouver le remède d'une profonde indifférence ! Résister au moi infernal ! » Il levait sa tête rouquine qui flambait dans la nuit, la baissait aussitôt vers son ombre hirsute et voyait là ses pensées emmêlées, un fagot d'idées noires que les réverbères s'amusaient à étirer et se lançaient l'un à l'autre. « Mais non, pauvre sot, poursuivait Paul en lui-même. Ton chagrin te souille et te ballotte dans l'illusoire. »

Il avait quitté la Normandie dans l'intention de rencontrer son rival, et maintenant que l'occasion se présentait, il était désarmé. Paul s'était habitué à sa hantise : un Lodran en chair et en os allait le gêner – il serait imprévisible, il aurait des impulsions. Comment le faire coïncider avec le spectre qu'aimait Céleste, auquel, malgré lui, et au sein même de la jalousie, il s'était attaché ? Le spectre présentait l'avantage de n'avoir point de pensées. Paul projetait sur lui celles de son choix tandis que Céleste projetait les siennes et prêtait à son médecin une envergure de titan auprès duquel il passait pour un nain. C'était sa pente à elle : voir grand, aller toujours en grimpant, lâcher la Terre pour la lumière...

Paul savait que, pour plaire à sa nièce, il aurait fallu travailler à lui manquer. Pour susciter... comment dire ? Une espèce de tirage – Seigneur, comme l'image était grossière – entre le gouffre de désir qu'était Céleste et lui, Paul. Travailler à lui manquer, oui, jouer sur le ténu, sur l'infini. Quand il avait les deux pieds fichés dans la terre de son enfance, et quand l'oncle et la nièce étaient embobinés dans la même histoire depuis le début ! C'était trop injuste. Ses mérites ne s'imposaient pas à l'esprit de la jeune fille qui s'était accoutumée à leur éclat discret, qui était pour ainsi dire née dedans. Cette évidence l'obnubilait, il l'avait cent fois remâchée. Il fallait d'urgence faire redescendre ce médecin sur Terre et le ramener à des dimensions ordinaires. Et puis, et puis... Trouver le moyen de sevrer Céleste de son désir d'impossible et la forcer à se résigner à prendre le monde comme il était, voilà.

La forcer. Paul n'était pas fier de lui. La tête lui tournait, il donnait des signes de démence. L'amour n'était pas sans une facette spirituelle ; cette facette, chez Céleste, était merveilleuse et miroitante, elle plongeait Paul dans le ravissement. Il admirait sa nièce pour sa formidable puissance de vie, qu'il reliait directement à la plénitude divine. Il était fasciné par l'aptitude de la jeune fille à exister plus fort et plus haut que lui. Un instinct ou un courage, parfois âpre, parfois cru, une vaillance qui manquaient à sa propre résolution. Pour Céleste, vivre était crucial à chaque seconde. Les expériences provisoires étaient négligeables. Tout visait à l'absolu et s'ancrait dans l'éternel. Sa personne s'annihilait naturellement dans de telles perspectives : Céleste ne se souciait pas de maîtriser en elle ceci ou cela, Céleste ne tenait pas à elle. Paul éprouvait au contraire la malheureuse impression de n'aboutir toujours qu'à lui-même, quel que fût son élan ou la générosité de son amour. Il retombait toujours, il se retrouvait toujours, à peine grandi, à peine modifié. Oh ! Bondir et se fondre en Dieu – courir même le risque du vide ! Connaître cette prodigieuse extension et, neuf, libéré du poids de soi-même, faire alliance avec le Tout Autre... ! Il en rêvait à travers Céleste et souffrait en même temps qu'elle pût vivre sans lui cette exaltation extrême.

Il précipita le pas. Alexandre avait dû finir par l'attraper, le choléra. Quand Paul était parti, il était pris de vomissements. Cette maladie était une calamité, on n'avait pas réussi à en venir à bout.

Il longea la Seine un moment. Des odeurs putrides montaient du fleuve ; des cadavres remuaient dedans, que l'eau continuerait d'avarier, des corps lardés de coups de baïonnette, bêchés, serfouis, massacrés à la hache ou au couteau, aux plaies farcies de sangsues. Des chiens errants suivaient au bord leur danse macabre avec de grands yeux bons, la truffe vibrante et la langue par-dessus les dents, la gueule ourlée de salive chaude, brûlant de ramener sur la berge ce bétail tranquille au milieu duquel flottait le maître étripé la veille. Ursule avait un chien que Paul aimait bien. Il plaignit ceux-là, et passa son chemin. Au bout du pont des Arts, deux femmes s'affairaient autour d'un petit monticule, comme pour faire le tri dans leur trouvaille. Elles cherchaient leur mari ou leur fils, c'était un tas humain. On ramasserait tout ça au matin. Il ne fallait pas traîner pour le brin de toilette et l'ultime prière au défunt.

Dans un instant, Paul serait devant l'Hôtel-Dieu. Il examina son âme. « Je suis jaloux, affreusement jaloux, se dit-il, parce que Céleste et Dumas sont tous deux attachés à un homme qui est un inconnu pour moi. Pis : je suis vexé. De plus, j'ai l'imagination courte ; cela me fait suffisamment de tort, comme peintre. Comment est-il, ce voleur d'affection ? Je l'ai à peine vu. Un Haïtien, c'est tout. Ses traits sont quelconques, sûrement, je ne m'en souviens plus. » Il toussa et donna un coup de pied dans une gamelle à l'envers sur la chaussée. Le coup lui arracha un cri : un piège de gamin – il y avait une pierre dessous.

– Que m'importe sa figure ? dit-il en pestant bien fort. Seule compte la vie qui l'illumine. Comme Céleste, comme Dumas, il faut qu'il ait lui aussi, ce Lodran, le sens de la magnificence.

Il sentit qu'il allait ajouter dans son for intérieur « au point d'en oublier sa condition de mulâtre », mais il repoussa aussitôt cette pensée déplacée.

*

L'Hôtel-Dieu... Les deux bâtiments reliés par le pont au Double : deux monstres accroupis dans un espace moisi. Ils reniflaient un air aigre et cachaient dans leurs entrailles le pavillon des morts et les entrées charretières où les émanations des corps rencontraient celles des matières fécales et des égouts. « Le pire mouroir de France, pensa Paul... Au milieu de la ville, dans un quartier bien populeux. Un bubon en plein Paris qui regorge de ces indigents qu'on a vus hier s'enflammer. Il faudrait racler tout ça pour que Paris puisse se pavaner devant les cours d'Europe... La politique, jusque-là, n'a pas su nous guérir du paupérisme. »

Il marchait en pinçant les narines tout en s'interrogeant sur la manière de dénicher Lodran dans cet endroit lugubre.

– C'est fou ce que ça sent la crapule, murmura-t-il. La contamination de l'air se produit horizontalement, dit-on : levons la tête pour plonger le nez dans un air plus sain.

Il devait se trouver maintenant devant le local réservé à la chirurgie. « Disons plutôt l'écorcherie. Le dépôt mortuaire n'est pas loin. Non, je me trompe : ce sont les latrines. »

Un homme en blouse blanche en sortait justement. Paul lui demanda où travaillait Lodran. L'homme lui indiqua une cabane à l'angle d'une maison lépreuse.

– Non, monsieur, pas celle-ci. On y élève les poules pour nos pensionnaires. Je veux dire l'autre, là-bas.

Il montra l'endroit du doigt et ajouta, gêné :

– Le docteur Lodran a pris sous sa responsabilité un petit

groupe de femmes, des prostituées, oui, dont ses confrères ne voulaient plus avoir la charge. Des cholériques, plus ou moins. On lui a permis de les entasser là-dedans.

— Mon Dieu ! laissa échapper Paul.

Il commençait à mieux distinguer le visage de l'homme à la blouse. Rond, enfantin ; le crâne chauve, mais une petite barbe mousseuse. Des yeux tristes.

— C'est effrayant, n'est-ce pas, monsieur. Il faudrait ouvrir d'autres pavillons, nous le savons tous.

Venant à l'hospice, Paul aurait pu s'attendre au pire. Mais la réalité barbare lui sautait dessus, mettait ses idées en pagaille et lui plantait des crochets dans la poitrine. Que faisait l'amour de Céleste dans ce cauchemar ? Les vénériens, les dartreux, les cancéreux, les épileptiques, les galeux et les fous croupissaient ensemble à l'Hôtel-Dieu, et les prostituées formaient dans leur cabane l'échantillon le plus pitoyable des misérables auxquels le docteur Lodran avait choisi de consacrer sa vie.

— Le docteur Lodran est obstiné, poursuivit l'homme à la blouse d'une voix basse et monotone. Il soutient que la cabane n'est pas le plus mauvais endroit pour toutes ces femmes. « Je préfère pour mes malades une cabane où la diphtérie, l'infection purulente et toute la pourriture de l'hôpital n'ont pas eu le temps de s'installer. Dans les baraquements des abattoirs que vous avez utilisés en 1814 à Paris, si je suis bien informé, vous n'avez eu à déplorer rien de tel... » Voilà, monsieur, ce que prétend le docteur Lodran.

Paul leva les sourcils. L'homme continua de sa manière monocorde :

— À vrai dire, il n'y avait dans ce coin qu'un tas de planches. C'est le docteur qui a fait remonter la cabane.

— Oh... très bien, murmura Paul.

L'homme le salua pour se retirer. L'âme partagée, Paul le retint et demanda, gauchement :

— Dites-moi, s'il vous plaît... Le docteur Lodran... est-il bon médecin ?

L'homme sourit, l'œil plein d'aménité :

– Oh, monsieur, plus que cela, répondit-il en s'inclinant. Il est...

Il était parti, déjà. Paul n'avait pas entendu la fin de sa phrase. Il lui restait l'impression indéfinissable causée par le sourire de l'homme à la blouse.

Il franchit vivement les quelques mètres qui le séparaient de la cabane. Des voix de femmes filtraient entre les planches et par la porte à peine poussée. Trop graves ou trop aiguës, elles lui fripaient les oreilles avec leurs fluctuations et leur musique d'un mauvais genre. Des gammes bancales filaient sur des phrases distendues pour mourir dans une stridulation. Cela partait du fond de l'estomac, se divertissait dans le gosier et finissait, atroce, par la bouche ou par le nez. Ces femmes se querellaient-elles ? Impossible de le savoir. Les sons s'entrechoquaient, se chevauchaient, cavalaient d'un point à l'autre de la cabane, des ballots de sons truffés d'argot, percés de rires idiots. « Faut-il avoir le cœur rongé, songea Paul, pour émettre ce genre de bruits. Voilà de l'angoisse dans toute son acuité charnelle, ou je ne m'y connais pas. Combien sont-elles, là-dedans ? Dix, quinze ? Et sa voix à lui ? Je ne l'entends pas. »

Il s'approcha davantage et entrevit par l'étroite ouverture de la porte deux ou trois lits de fer sur lesquels des femmes étaient allongées. Une autre lui tournait le dos, une grande fille aux cheveux filasse, le poing sur la hanche et le jupon remonté, une jambe arrogante en appui sur un lit. « Ici, les certitudes me quittent, songea encore Paul, mon être religieux prend la fuite : j'aborde les ténèbres de la nature humaine. J'ai toujours voulu prôner l'égalité des humains : devant ce genre de femmes, est-ce équitable envers Céleste ? Allons, allons, ma pensée s'emballe, il y a trop de chair ici. Où est le médecin ? » La grande déhanchée retira sa jambe et disparut dans un angle de la cabane. D'autres filles se déplacèrent à quelques pouces de Paul, derrière les planches. Il reçut d'un seul coup le tumulte des couleurs, le mélange douteux des odeurs, les formes melonnées balancées sous ses yeux dans un frétillement de teintes criardes. « Quel ragoût », se dit-il en passant lentement une main sur sa gorge.

Quelque chose dut se produire à l'intérieur. Les filles se turent. La voix d'un homme se fit entendre enfin, marquée d'un accent inconnu, chaude et paisible.

— Le pire est passé, madame, disait Lodran.

La voix montait doucement, ferme sans brutalité, un peu chantante. Le silence dansait autour.

Alors, Paul le vit, penché sur l'un des lits où se débattait encore une femme enragée de douleur.

Il avait terminé sa consultation et s'apprêtait à partir. Il passa devant les planches derrière lesquelles on l'épiait. Paul vit le visage brun, la moustache semblable à la feuille de tabac, le grand front bombé déployé sans méfiance sous son regard inquisiteur et anxieux, les yeux sombres où il crut discerner un abîme de mélancolie. Paul n'avait pas prévu cette souffrance. Pris de court, il fut un instant submergé de sympathie pour le médecin qui s'éreintait au service des autres et appelait « madame » une fille déshonorée.

À l'intérieur, Lodran se tournait vers l'une et vers l'autre, adressant à chacune un mot particulier ; il se pencha une dernière fois sur la malade qui geignait encore. Un dos vint s'interposer, qui cacha le reste de la scène à Paul, fâché maintenant de faire le guet, confus et le cœur compliqué. « Il faut pourtant bien que je l'attende, quitte à supporter une honte passagère, se dit-il. Dois-je me justifier, quand il s'agit pour moi d'aborder un homme dangereux ? » Il rougit. « L'amour de Céleste pour cet homme la met en péril, j'en suis certain, corrigea-t-il en lui-même. D'ailleurs, dans quelle tonalité sentimentale cet amour se situe-t-il ? Qu'il soit démesuré n'apporte aucune indication : l'amour déborde, c'est sa nature. L'amour ne lésine pas. Le mien en fait autant : pour Céleste, j'irai au bout de tout. »

Une bousculade, dans la cabane, interrompit ce monologue. Les femmes plaisantaient avec Lodran et s'amusaient à se lancer sa redingote pour l'empêcher de partir. Le visage du médecin, de nouveau, fit face à Paul. Ce visage avait la modestie de ne pas opposer à ceux des femmes rieuses qui l'entouraient une sévérité ou une austérité plus proches de sa propre vérité. Était-ce absurde ? Lodran leur reconnaissait le droit de prospérer, en quelque sorte, aux dépens de sa sincérité. Ces faces étaient tout comme la sienne des formes prêtées au néant, qui seraient bientôt reconduites à une fatale résignation.

Le néant et la résignation luttaient dans son âme contre la force joyeuse. Le visage d'un médecin ne devait pas adhérer toujours à son âme : la marge d'un conflit personnel était chez lui un champ pour autrui et, plus qu'à lui-même, Lodran était fidèle à autrui. Son esprit écartait depuis longtemps la pureté et la bonne conscience pour le bonheur de trouver parfois en un vis-à-vis la confiance subite et intrépide qui venait d'un échange et qui faisait de l'un et de l'autre, au faîte du désarroi de vivre, des rescapés et des miraculés.

Les cris et les rires cessèrent. Il sortit sans voir Paul qui l'attendait dans l'obscurité. Paul poussa devant lui une silhouette empêtrée d'ombres, un accident de la nuit, une mouvance dans la continuité noire, et se détacha soudain des blocs de ténèbres de l'hôpital pour faire face à Lodran.

— Docteur Lodran ? demanda-t-il.

Sa voix le surprit et lui fit dépit. Il eut l'impression que son existence entière se concentrait dans cette petite misère, et c'était tout ce qu'il avait pour l'instant à opposer à son rival.

— Monsieur ? répondit Lodran. Puis-je quelque chose pour vous ?

« Quelle phrase ! songea Paul. Quelle noblesse ! *Puis-je quelque chose pour vous* ? Cela vous démonte. » Sans compter que pour parler à Lodran, il devait lever la tête. Confondu, il lança tout de go :

— Je viens à vous pour Céleste.

« Seigneur ! pensa-t-il aussitôt, ébranlé. Qu'ai-je dit ? » Il n'eut pas le temps de se corriger. Lodran lui prit le bras et le tira sous un réverbère à l'angle du bâtiment voisin.

— Vous êtes Paul, n'est-ce pas ? Paul Huet, dit Lodran. Qu'arrive-t-il à Mlle Céleste ?

Sa voix chaude et roulante était-elle altérée ? N'aurait-on pas dit au contraire que le médecin s'exprimait de sa manière naturelle parce que, habité lui-même par Céleste, il entendait prononcer son prénom sans sursauter ?

Leurs ombres migrèrent et allèrent se mêler sur le mur voisin pour former un seul homme éphémère, hôte et partenaire de lui-même.

— Je suis venu vous dire que Céleste, ma nièce, pensait à vous avec affection, répondit Paul sans s'en apercevoir.

Il n'avait pas mesuré ses paroles. Il parlerait d'Alexandre, bien sûr, tout à l'heure, tout de suite après. Alexandre, en train de râler sur son oreiller — mais celui-là pouvait mourir et ressusciter dix fois par jour, tandis que Paul avait l'intime conviction de remplir en ce moment précis une mission unique. Le choléra chez un Dumas était moins grave que chez un autre — Alexandre l'avait déjà guéri une fois en avalant un demi-verre d'éther : il raconterait cela à son cousin un de ces soirs pour l'amuser. Mais il était dans la vie des instants minuscules et propices à la vérité nue, parce que dans une certaine aire d'amour deux êtres s'ouvraient ensemble loin des mobiles de l'intérêt et de la peur, et cet instant était venu. Paul le devait à Céleste, à Lodran, à lui-même. Lodran et lui pouvaient être rivaux, ils ne pouvaient être ennemis : un amour supérieur les embrassait.

— Céleste vous aime, répéta Paul.

Les mots se détachèrent de lui sans qu'il en souffrît et retentirent entre les murs de l'Hôtel-Dieu comme des coups de cymbales.

III

Depuis la mort du notaire, Louise Cambel gardait ses volets clos. Elle sortait le moins possible, vaquait chez elle à de menues occupations, remuait des objets engoncés dans des silences pleins d'amertume et interrogeait longuement le miroir de sa coiffeuse, perplexe devant le corps, jeune encore, qui lui avait permis de se hisser au rang de la bourgeoisie en séduisant Cambel.

Louise n'était que la fille d'un ouvrier imprimeur ; de son père, elle gardait le souvenir d'un benêt et de sa mère celui d'une cousette insignifiante. Elle avait vécu une partie de sa jeunesse dans une bourgade du centre de la France ; elle craignait de sentir encore son Poitou. Soucieuse de se contrôler, elle parlait assez peu, et la réflexion, souvent, durcissait ses traits. La lèvre était sèche. Le nez biaisait légèrement mais, long et étroit, il donnait à la face une étrangeté dans laquelle le notaire avait vu de la distinction. Sa Louise avait de l'élégance. Et puis, elle avait beau venir du peuple, elle était si hautaine que personne ne pouvait s'en douter.

Quelques fronces entre les sourcils dénonçaient une autorité affermie et des refus bien creusés. Une sérénité mûrement travaillée défendait l'accès de cette femme distante au sourire impeccable qui avait su flatter l'ambition de Cambel pour le conduire à ouvrir son étude à Paris. Cambel s'en était remis sans difficulté à la volonté de Louise. Il voulut Paris à toute force et nulle autre ville : il avait su tout de suite que sa femme avait de la classe.

Cependant, hermétique et gracieuse, Louise accumulait les res-

151

sentiments derrière un front impassible auréolé d'une blondeur de bon goût. Un front de cette qualité n'avait pas d'âge. Les griefs de Louise étaient rangés là-dedans du plus personnel au plus universel. Ses premières rancunes étaient bibliques. Louise souffrait encore des préjudices causés à l'épouse d'Abraham, à celle de Moïse. Les regrets de l'Éternel d'avoir enfanté les humains (on lisait cela dans la Genèse, encore elle, tout partait de là, chapitre VI, l'épisode du Déluge), les regrets du Père, oui, ceux-là mêmes, elle les avait toujours sur le cœur. Ces regrets étaient nécessairement imputables à la créature mâle – la lâcheté d'Adam en Éden préfigurait celle du genre – et Louise les partageait en quelque sorte avec le Très-Haut.

Autant dire qu'avec une telle mémoire, elle n'avait pas digéré la fin honteuse du notaire, ni les patates de Madeleine, ni la présence d'un nègre dans sa maison.

Un nègre médecin, à Paris, dans sa rue, dans sa maison. L'imprévisible avait fondu sur Louise, assimilable à une impolitesse du destin – ou était-ce de la fatalité ? Que ces nuances de langage étaient donc vaines ! Mais le sort, pourtant. Le sort. Tombé sur l'arrangement convenable de sa vie à elle. Justes cieux, pourquoi ? La voie qu'elle s'était tracée dans la dignité avait-elle jamais fourché ?

La mort même de Cambel n'était pas en cause : l'heure avait sonné, voilà tout. Mais la forme que cette mort avait prise suscitait une interrogation. Le choléra n'aurait dû frapper que les pauvres ; or, il était entré chez eux, et avec lui une première humiliation. À la suite du choléra s'étaient engouffrées la créature noire et la deuxième humiliation. Enfin, la créature avait bousculé Louise sous le couvert de la sauver : troisième humiliation. L'épouse Cambel souffrait de ne pouvoir s'expliquer l'inadmissible. Une faille devait zigzaguer dans la grande logique qui avait gouverné sa vie jusqu'alors. Louise gardait la tête haute et le menton levé, mais elle offrait l'image désolée d'un beau marbre au port majestueux gâché par une fêlure sournoise.

Non, décidément non. Le choléra était trop vulgaire. Tout cela était parfaitement irrationnel. Il y avait une erreur quelque part. N'était la place vide du notaire à la table du dîner, Louise se fût persuadée qu'elle avait rêvé.

Ayant d'abord longtemps buté là-dessus, Louise renversa un jour le cours de ses pensées. « Soit, se dit-elle, c'est bien à moi qu'un tel malheur est arrivé. Il y a une raison à cela, il en faut une. Une raison particulière et à ma mesure. J'en déduis que je suis choisie en vue d'une certaine fin qu'il me reste à découvrir. Cela ne saurait tarder. »

Au fil du temps, l'interrogation continuelle se renforça : « J'ai été choisie, pensa Louise, ce ne peut être que pour un motif exceptionnel et en vue d'un grand but. Il me sera révélé, cela ne saurait tarder. » Elle réchauffait l'idée que sa valeur personnelle justifiait une telle élection et s'en grisa bientôt. Louise était une femme d'une certaine élévation. Il lui apparut que sa vie entière ne trouverait de sens que dans le rôle extraordinaire qui allait être le sien. Cette perspective conférait à son existence une tonalité tragique qui l'étourdit tout à fait.

Elle pensait à Cambel, le notaire médiocre, le mari décevant, avec une pitié amère. Certes, il l'avait juchée dans le monde du luxe et des élégances ; il l'avait vêtue avec goût, il l'avait menée au théâtre, elle avait brillé dans son sillage. Mais il y avait entre eux une honte secrète qui empêchait qu'elle lui accordât le sentiment d'allégeance qu'une épouse devait à son mari. Une plaie, qui pourrissait à l'abri des convenances. Dans les ténèbres de son cœur, Louise avait renié une union que Cambel eût définitivement polluée. Dans son for intérieur, elle s'était séparée de lui pour se porter, seule, vers les cimes spirituelles où se trouvait sa place et les Écritures lui donnaient raison.

Les faits étaient les suivants : Cambel avait l'âme concupiscente accrochée à un caractère assez veule. Il lisait en cachette des livres réprouvés : Louise avait mis la main un jour sur un exemplaire de *Thérèse philosophe*. Elle crut aussitôt voir son époux soulevé par une extase paillarde, l'impudicité peinte sur la figure et les cuisses impatientes. Elle eut un haut-le-cœur et vomit son mariage.

Elle avait refusé depuis sa couche au notaire, mais la honte diabolique continuait de souiller sa vertu opiniâtre. De là venait son amertume, et de cela il lui faudrait un jour tirer revanche.

– Mon Dieu, murmurait-t-elle à genoux, secourez-moi, car j'ai conscience de la fragilité de l'existence humaine. La chair s'affole, la volonté flotte et le corps trébuche. Cambel était un goret : auprès de lui, la vertu laborieuse risquait la débâcle, mais j'ai tenu bon, Seigneur, et ce n'est pas pour rien que vous m'avez désignée.

Louise avait coutume de lire la vie des saints dans une petite collection joliment illustrée. Une phrase lui revenait sans cesse à l'esprit : « Ce n'est pas pour rire, disait le Seigneur à sainte Catherine, que je t'ai aimée. » Le cœur de Louise se serrait. Elle se voulait prête à un dévouement total et terrible pour sauver le monde de la salissure. Elle en était convaincue : dans la mission qui lui était réservée, il serait question de pureté. Elle y pensait avec exaltation. La pureté... Oh, oui ! Déjà cette certitude lui faisait mal, son corps acquiesçait de toute son innocence, qui disait sa filiation divine sans dérive.

Elle sentit donc qu'elle avait fait vers le Ciel un grand pas, que ce progrès était irréversible et qu'elle serait fidèle au but qu'On lui assignerait jusqu'à toucher au paroxysme de la sainteté, fût-elle effrayante comme la mort.

À quelques rues de là, dans une mansarde louée à bon marché, Lodran pensait encore à la nuit singulière qu'il avait passée chez Dumas avec Paul Huet. Accoudé à une table de misère, il appuya son menton sur ses deux mains et sourit.

— Dumas se rétablira, murmura-t-il. Un homme d'ardeur et de joie... Un être ignorant des langueurs, en communion avec les espaces tourbillonnants du désir...

Il rêvait, les yeux dans le vague.

— En dépit des études suivies autrefois avec mon père missionnaire, j'assimile le divin au désir. Je ne puis l'envisager austère, je vais jusqu'à réprouver l'idée chrétienne de sacrifice. Le divin... Il faut songer à la vie même, émergée du premier silence, à la première pulsation du monde, aux présences prêtes à bondir sur l'ordre de la Voix dans le néant nocturne...

Lodran se balança sur sa chaise de fer, la repoussa soudain et se laissa choir sur sa couchette, harassé mais paisible.

— Déformation de médecin, ajouta-t-il tout haut : Dieu et la santé iront pour moi toujours ensemble.

Il retardait le moment de penser à Céleste. Il avait reçu l'autre soir les paroles de Paul Huet avec une réserve héroïque ; à l'Hôtel-Dieu, devant la baraque des prostituées, il avait retenu les tournoiements du cœur. Il n'avait pas posé de questions. (D'ailleurs, Paul Huet s'était tu aussitôt. Ils s'étaient repliés tous deux dans un mutisme qui les avaient sauvés d'une émotion insoutenable. Ils s'étaient protégés l'un et l'autre, assez lâchement.) Pas de questions, non... Il avait respiré plus lentement, et dans le chatoiement de l'air qui les soudait ensemble, Paul et lui, plein du secret merveilleux de Céleste, il lui avait semblé saisir quelques éclats de leurs deux enfances, celle de la jeune fille qui resplendissait encore et la sienne, si lointaine.

S'il avait interrogé Paul, sans doute aurait-il pu maintenant s'envelopper de confidences et réchauffer son imagination de leurs deux ferveurs – puisque Paul aimait sa nièce, il l'aurait juré. Mais non. Il avait préféré le dénuement d'un aveu bref, fiché là dans sa mémoire au risque de disjoindre les morceaux de son histoire d'homme et d'homme noir, de médecin et d'homme mûr, trop vieux pour Céleste et peut-être trop sage.

Il retardait ainsi les pensées précises, inévitablement assorties d'exigences, pour rester immobile au seuil de la plaie, recueilli autour de la belle blessure discrète à l'enchantement terrible.

Paul essuya consciencieusement son pinceau et referma sa boîte de couleurs. « C'est fini pour aujourd'hui, se dit-il. J'ai soupé de sous-bois et de ruisseaux inventés à Paris... Alexandre parle de se rendre sur le lac de Morat où il dit vouloir m'emmener avec l'ami Boulanger, mais je passerai plutôt l'été à Compiègne, en forêt. »

Il se posta devant la place occupée naguère par Céleste et proféra lentement :

— Voir sans ses amis, c'est ne voir que d'un œil... La formule est d'Alexandre, je l'adopte. Peut-être Ursule acceptera-t-elle de me confier ses filles deux ou trois semaines.

Il tournait autour des toiles éparses dans l'atelier, l'air préoccupé. Les bruns et les verts s'étiraient le long des murs et sur le plancher ; les arbres grimpaient jusqu'au plafond et se cognaient contre des nuages de plâtre, lançaient leurs branches à l'assaut de la fenêtre qui leur opposait ses carrés de ciel froid. Paul fronça les lèvres et lâcha d'un ton neutre :

— Décidément, mon travail ne vaut rien, ces temps-ci. Le jet, l'élan. Je faiblis, il faut voir les choses en face.

Il toisa le pinceau couché sur la table.

— Impuissant, va.

Dumas l'encourageait pourtant à sa façon, mais il exagérait tout. « Tu veux te faire connaître ? lui avait-il demandé la veille : tu n'as qu'à mettre tes tableaux sous les yeux de la reine. »

157

— Sous les yeux de la reine, répéta Paul en fulminant. Ah ! La morale ne t'embarrasse pas, toi.

Paul s'adressait à une grande ombre, sur le mur. L'ombre lui tenait tête, farceuse, entre la porte et l'armoire aux couleurs.

— Et la Liberté que nous chantions ensemble, dis ? La Liberté, Alexandre. Ta verve, ton brio... Au service de qui ? Tiens, ça me révulse. La reine, dit-il encore avec un soupir... Ah, non ! Heureusement que l'idée vient de toi. La reine... Oh ! Cela te va bien. De ta part, cela me fait à peu près l'effet d'un coup de trompette.

Puis, soudain, le visage voilé de tristesse, Paul se laissa aller contre le mur, comme pour s'appuyer contre l'épaule de l'ombre.

— Alexandre, je suis malheureux, dit-il d'une toute petite voix.

Revenu à lui, il se mit à chercher dans les cartons de Céleste le fameux paysage à l'envers duquel elle avait dessiné la silhouette de Lodran. Il le trouva bientôt. Céleste n'avait pas osé emporter chez elle le petit croquis, ou bien elle en avait fait d'autres. Paul posa la feuille sur la table et ferma les yeux. Des Lodran et des Lodran sortirent des cartons, des boîtes de peintures, de l'armoire, toute une foule silencieuse. Les petits hommes s'avancèrent vers lui, le saluèrent d'un coup de menton et répandirent dans la pièce leur multitude infernale.

— Tout de même, Céleste ! murmura Paul. Un homme qui ne porte pas de chapeau...

Il crut entendre Dumas, derrière son dos, se moquer de lui et le traiter de bourgeois. Son poing s'abattit sur la feuille.

— Sapristi ! s'exclama-t-il en ouvrant les yeux. J'aurais pu l'esquinter.

Il prit le dessin délicatement, attrapa un crayon et s'installa à son aise. Il se figurait qu'elle était là, qu'il lui prodiguait sa leçon.

— Céleste, Céleste, dit-il en fronçant les sourcils, les proportions ne sont pas bonnes. Les membres sont trop longs. Regarde-moi ces bras, on dirait ceux d'un...

Malheur... S'il ne s'était pas retenu, que n'eût-il pas dit. Il se dépêcha d'esquisser dans l'air un tracé vif à petits traits.

— La tête n'est pas mal. Non, je suis trop sévère... Le contour est flou, l'axe central... les yeux, la moustache ne sont pas à leur place, tout cela est mouvant, mais ici, justement, la vie a sa chance... Si, si... c'est vivant... Cette tête, ce visage... Très vivant. Bravo, Céleste. Eh bien ! Je n'en reviens pas. Moi qui voulais te faire peindre des cruches et des corbeilles de pain.

Il se leva, prit dans l'armoire une autre feuille de papier, débarrassa la table de ce qui le gênait et se mit à reprendre le tracé de la petite silhouette brune.

— D'abord, tu bâtis. Tu m'entends, Céleste ? Tu me diras que tu n'aimes pas prévoir, calculer, mais tout de même... Une construction schématique, légère. Pour éviter les grosses erreurs. À partir de là, tu es libre... Libre ! Nous y voilà. Libre. Ma Céleste veut être libre. Je devrais dire à ta mère : « Ursule, ta fille perd la tête ! »

Il poussait le crayon sans y penser, absorbé par la tâche familière.

— Allons, je ne dirai rien.

Quelques instants plus tard, il avait fini son dessin.

Il le compara à celui de Céleste en tenant les deux feuilles à distance devant lui.

— Le mien est plus juste, mais il est moins bon.

Il leva la tête et se frotta pensivement la tempe. La grande ombre était toujours là, sur le mur. L'atelier semblait envahi de présences invisibles et tenaces.

— C'est idiot, à la fin, ajouta Paul. Qu'est-ce que cela veut dire ? Mon Lodran est moins bon, cela crève les yeux. Il est juste, mais il est moins bon.

Il rapprochait les deux feuilles, les inversait, les regardait de plus loin.

— C'est trop fort... Le dessin de Céleste est maladroit, je dirais même ridicule, et cependant... Cette petite flaque sombre, en guise de visage...

Paul réfléchit, le menton entre le pouce et l'index.

— Oui, oui, la couleur prend parfois l'avantage sur le trait : mon trait fixe un contour, et le sujet est bêtement confiné là-dedans. Diable ! Comme s'il était possible de capturer une âme.

Il ferma de nouveau les yeux et se remémora une ancienne conversation avec la jeune fille, alors qu'il avait voulu, pour l'instruire, lui exposer les vues de Lavater : « Non ! s'était écriée Céleste. On ne peut réduire les hommes à leur physionomie ! »

Paul poussa un profond soupir. Ses mains tremblaient. À quoi bon noyer le trait fautif, sur son croquis, dans une goutte de couleur ? À quoi bon tenter de rattraper ce qu'il n'avait pas su rendre – à quoi bon feindre ? Elle était dans le vrai, pas lui. Elle avait saisi l'être même, autant dire son émanation, la réalité qui s'écoulait de lui, les exhalaisons mystérieuses d'un homme qu'elle aimait sans raison, de cette manière inconcevable. La peinture modeste de Céleste traduisait la rencontre ineffable et limpide dont l'éclair échappait à toute méditation.

Les objets de la pièce sombraient au loin, engloutis dans la somnolence d'un monde éteint. Les présences fantomatiques s'étaient effacées ; l'ombre s'était enfoncée dans le mur. Paul lui-même avait perdu en densité mais la petite silhouette peinte, éloquente et gaie, dégageait une chaleur qui mettait autour d'elle l'espace en poème.

Paul n'aurait dû s'en approcher qu'avec un tact infini. Céleste, à sa manière, lui avait confié son dessin, et à travers lui la fête de son cœur. Et lui, Paul, l'oncle Paul, n'avait pensé qu'à corriger, qu'à instruire, alors que Céleste était riche plus que lui de la connaissance émue de l'amour.

Il regarda une dernière fois les deux feuilles de papier posées sur la table, prit la sienne, la froissa, l'envoya rejoindre d'un geste impatient une pile de journaux qu'il destinait au feu et revint au dessin de Céleste. L'ayant remis doucement à sa place initiale parmi les cartons de la jeune fille, il fondit en larmes.

On cognait à sa porte depuis un moment. Paul colla à la fenêtre un œil égaré en fourrageant d'une main dans la botte de ses cheveux rouges.

— Mais oui, qu'il est là ! s'exclama Madeleine qui trépignait dehors. Qu'est-ce que je disais à monsieur le curé ?

Paul contint un mouvement d'humeur et alla ouvrir. Madeleine le conviait à dîner.

— Monsieur le curé dit que votre conversation lui manque, expliqua la vieille fille. Il prétend qu'il comprend mieux les choses en parlant avec vous. Notez que je n'étais pas favorable à l'invitation de ce soir, vu qu'il a demain deux baptêmes sur les bras et des relevailles.

— Des relevailles ? reprit Paul qui n'entendait sonner que la moitié de ce qu'elle lui disait.

— Une bénédiction, mon garçon. Vous demanderez à monsieur le curé qu'il vous explique, répondit Madeleine contrariée.

Il la fit asseoir un instant, se prépara rapidement et lui fit signe de sortir.

— Passez devant, Madeleine, je vous en prie.

Elle sortit dans la fraîcheur en tirant sur les pointes de son châle. Paul hésita sur le seuil et se retourna. D'un regard, il fit le tour de l'atelier. Il aimait beaucoup cette pièce. Peut-être même ce soir plus qu'avant.

Le prêtre accueillit Paul avec chaleur. L'émotion dilatait son visage pourtant amaigri par l'âge et la maladie. Paul crut voir les yeux de son vieil ami piqués de larmes. La douceur de ses traits surprenait, tant ils offraient avec ceux de Madeleine un contraste saillant. Passant d'elle à lui, le regard sortait d'une épreuve pour être cajolé. La faible lumière du presbytère chantait autour de celui qui manifestait pour sa sœur une bonté obstinée.

— Comment userai-je les nombreux pics de ton chagrin, ma chère sœur, si tu les aiguises à mesure ? avait-il coutume de lui dire. Ta souffrance est-elle insatiable ? Par quelle misérable vocation faut-il que tu congédies loin de toi l'innocence et la joie ?

Elle lui répondait par un dévouement implacable et une abnégation scrupuleuse qui lui agaçaient l'âme.

— Cesse, ma chère sœur, cesse donc ! disait-il alors. Ta vertu rocailleuse me fait mal.

Paul connaissait bien ce couple étrange. Il aimait le prêtre et ne méjugeait pas Madeleine. Elle portait quelque chose de la part frustrée du monde, déshéritée et spoliée. Elle comptait chez les hommes parmi les plus nécessiteux, elle dont le cœur se tordait comme une vieille racine.

— Ma chère sœur, je te dois tant, disait encore le prêtre avec affection.

Paul l'interrogea sur l'état de sa santé. Le prêtre loua celui qui l'avait guéri.

162

— Un bon médecin, Paul, croyez-moi, répondit-il avec un sourire ému : avec l'aide du Ciel, le docteur Lodran a ridiculisé les ténèbres.

Ainsi évita-t-il de parler plus ouvertement de miracle. Comment aurait-il cru en l'intervention du Ciel en faveur de sa seule personne ? Sa guérison était le fait d'un homme fervent au service d'un autre homme.

— La ferveur porte aussi témoignage, murmura-t-il. La compassion elle-même est prodigieuse. Elle nous rapproche du secret prodigieux de la vie. Nous communions alors avec autrui dans l'essentiel... Comment dire ? Les défenses tombent, l'orgueil et ses justifications, et la peur, aussi, oui, pour un appel venu des entrailles d'un autre, et nous rejoignons l'Unique. Par la compassion, nous revivons un peu de la Création — cela se joue entre tout et rien, et il arrive alors que la joie nous empoigne ensemble, béants, écarquillés d'amour indicible.

Paul s'inclina légèrement, honteux de sa propre étroitesse. Madeleine remuait la soupe dans son faitout.

— Restez tranquille, monsieur Huet, je me dépêche, je me dépêche, répondit-elle. J'y ai mis des pommes de terre, ça ira ? J'en ai toujours en réserve. Une chance, oui.

Elle pensa à feu son voisin.

— Façon de parler. J'ai cru que j'allais le sauver, le Cambel, avec mes patates, mais il y est passé quand même, et Madame me fait la tête.

Elle avait donné ce qu'elle avait. Ce n'était déjà pas mal. Un silence se fit.

— C'est que je ne suis pas prodigieuse, moi, déclara Madeleine sèchement.

Personne ne broncha.

— Madame va prier à la cathédrale, reprit Madeleine, c'est tant mieux, je ne lui en fais pas grief, mais je jurerais qu'elle aurait volontiers divorcé de son notaire, si elle l'avait pu.

Le prêtre, l'air peiné, s'occupait de son assiette.

— Le divorce n'a-t-il pas été supprimé... commença Paul.

— Il y a au moins quinze ans, c'est ce que je dis, coupa Madeleine, sans quoi madame Louise...

Elle leva les yeux au ciel.

— A-t-elle dû en déposer, des horreurs, dans l'armoire à confession ! Le bonhomme avait l'œil torve.

Le prêtre repoussa son assiette d'un geste vif.

— Nous nous égarons, Madeleine, dit-il assez froidement.

Madeleine rectifia le tombé de son col de dentelle.

— Bref, Mme Cambel me reproche probablement de m'être montrée trop familière.

Elle jeta vers son frère un regard en biais.

— Elle ne serait pas la première. Mais voilà : le choléra était chez elle, elle aurait préféré que cela ne se sache pas. Pas de ma faute, si elle sentait la maladie. Et puis, si cela se trouve, elle n'a pas aimé le docteur Lodran, parce qu'il est coloré. Sait-on, avec ces dames qui ont peur de se mettre au soleil ?

— Nous ne progressons pas Madeleine, dit doucement le prêtre. Savons-nous ce qu'éprouve Mme Cambel ? Il ne nous est pas donné de nous substituer à autrui. De le rencontrer parfois, seulement, à la faveur d'une coïncidence fragile...

Il s'interrompit, rêveur, puis grave de nouveau.

— Paul, je vous le dis, ce médecin m'a impressionné. Peut-être n'entre-t-il jamais à l'église, peut-être ignore-t-il tout des Saintes Écritures... Mais, je vous le confie avec une certaine mélancolie, fût-il mécréant, je le tiens pour plus proche de Dieu que moi.

Sa voix vibrait. Madeleine donna un coup de torchon sur la table, l'air renfrogné, en retard dans la conversation, obnubilée par le couple Cambel.

— La détresse est son domaine. Face à face avec la souffrance, il renonce à la protection pour lui-même, il s'oublie et s'expose, seul, libre aussi, devant la mort possible d'un autre. Il s'avance vers elle avec une responsabilité totale, non plus seulement celle du médecin, mais celle d'un homme envers un autre homme, d'une conscience envers une autre. Qui d'entre nous se risque à ce point, je veux dire au point d'aller rechercher la vie d'autrui au fond d'un corps qui lui crie sa putrescibilité ? Le médecin n'use ni de mots, ni d'images ; il participe à l'Œuvre en silence, enfoncé dans la matière, sans noblesse et sans illusion.

Paul l'approuva pensivement. Il n'avait jamais envisagé les choses sous cet angle.

— Je ne crois pas que l'on puisse parvenir à Dieu en faisant l'impasse de la matière, acheva le frère de Madeleine. C'est pourquoi nous, prêtres, devons beaucoup à ceux qui abordent le corps avec franchise. Le médecin vit la solidarité au fond du corps de l'autre. Il fait avec son patient l'expérience du lien intime qui n'a d'équivalent, je suppose, que dans l'amour entre un homme et une femme et une mère et son enfant – et lui se tient aux seuils de la mort. Elle est déjà dans les yeux de l'autre, dans la bouche de l'autre ; elle peut le happer n'importe quand, et...

— Comme le dragon de saint Michel, coupa Madeleine. L'histoire de la lance plantée dans le corps du Malin.

Le prêtre toussota et secoua la tête.

— Pardonnez-moi, mes amis, je suis trop long.

— Mon frère rêve, comme d'habitude, crut bon d'indiquer Madeleine à l'intention de Paul. Les saint Michel, ça ne court pas les rues. Monsieur le curé serait capable de les inventer pour me prouver qu'ils existent.

Paul sourit. Madeleine se leva, se posta devant le prêtre, appuya ses deux mains sur la table et reprit, l'œil brûlant :

— N'empêche que, mon frère, à propos de lames...

Elle laissa filer deux ou trois anges, narines pincées, commissures plongeantes, puis lança d'un jet :

— Il y a cette histoire du prêtre Jourdain, il y a quatre ans, qui a ouvert au rasoir le cadavre encore chaud d'une femme enceinte pour aller dans son ventre baptiser le petit. Comme je vous le dis. On n'est pas loin du médecin qui va chercher la santé au fond du malade.

Paul ignorait le fait divers.

— On en a causé dans toute la France, rétorqua Madeleine. Mon frère le sait bien.

Le vieil homme laissa échapper un petit soupir.

— Hélas, ma chère sœur... dit-il seulement.

Madeleine plissa le front et déclara qu'elle avait oublié de fermer les volets. Elle se leva brusquement, l'air sauvage, ouvrit la croisée qui donnait sur la rue et fit claquer les contrevents. Une deuxième fenêtre, minuscule, donnait sur la cour ; Madeleine fit d'un ton sec une observation à l'adresse des rosiers et se retira dans les ténèbres de la maison, une chandelle à la main, ses ombres plaquées aux joues et pendues aux paupières, sa clique servile, virevoltantes mais rusées, promptes à se couler sous une narine ou sous le lobe d'une oreille, accrochées à leurs maigres pitons de chair.

Paul et le prêtre restèrent un moment silencieux. La salle à manger était emplie des senteurs du dîner, bruissante des chuchotements du fourneau, de la respiration légère du pot-au-feu qui attendait son heure dans la marmite, bœuf, carottes et navets couchés ensemble sous un drap roussâtre scintillant comme un ciel d'hiver, les yeux à l'affût de la grosse louche en passe de crever son voile doré. Paul reprit doucement la parole. Le vieil homme l'espérait.

— Le lien tangible entre deux êtres dont vous parliez... commença-t-il, à chaque passage...

Il s'interrompit déjà, songeur.

— Dans la naissance et l'amour, et aux approches de la mort, notre conscience doit réintégrer la matière dont elle aurait cru pouvoir s'affranchir – sans quoi la progression ne se ferait pas, elle serait privée de devenir... L'humilité lui est ainsi imposée, n'est-ce pas ? Et cette humilité ne va pas sans la reconnaissance et le besoin d'autrui, puisque, à chaque étape, notre corps est visité par le corps d'un autre – oui, jusqu'au corps malade qui accepte l'intrusion du médecin dans son intimité où se joue son existence.

Son interlocuteur hochait la tête. Paul avançait tout seul, avec l'impression d'avoir la tête pleine de sottises. Gauche comme tout, il lança :

— Vous donnez ainsi, vous, le prêtre, n'est-ce pas curieux ? une version concrète de ce que Céleste ne cesse de dire...

Il s'arrêta une seconde pour reprendre son souffle.

— Céleste... répéta le vieil homme avec un sourire qui les éclaira tous deux. Oui, Paul, je vous en prie : parlez-moi de notre Céleste.

Paul se troubla. L'avoir convoquée ainsi à l'improviste au milieu d'eux, quelle imprudence. Il enchaîna tout de même, d'une voix altérée :

— Céleste prétend que nous n'existons qu'autorisés par autrui. Enfin... Elle dit comme vous : que le fondement de l'existence, c'est le lien en autrui.

Il baissa la tête pour cacher sa confusion.

— Céleste ne réfléchit pas beaucoup, vous savez. C'est une intuitive.

Le prêtre se pencha vers lui :

— ... Une bien belle personne, Paul. Dénuée de toute prétention, mais... elle est le désir même. Je veux dire la vie même. Elle a, tout à la fois, le plus grand respect des formes de la vie, et envers celle-ci, la plus haute exigence. Elle porte en elle le sens de l'absolu que je n'ai rencontré que chez des êtres d'une foi exceptionnelle. Céleste veut tout : elle veut le ravissement. Que le divin arrache son âme et l'emporte. Elle n'a que faire des soucis du monde, et face au divin, elle sait déjà que le mérite n'est pas de mise. C'est une fille de la Grâce. Elle se projette dans un essor sans retour vers la totalité de l'être, dans la pleine lumière. Et naturellement, elle n'a pas de mépris pour la matière.

Paul se frotta les joues de ses deux mains ouvertes, à plat, les doigts sages et serrés. Une attitude de la jeune fille quand elle l'écoutait, le visage dans les mains, la tête légèrement penchée.

— Oh ! répondit-il avec fougue, non, non, pas de mépris pour la matière... Céleste est gourmande, elle aime les animaux, ses chiens, les arbres – les grands arbres.

Le prêtre sourit.

– Elle planterait une forêt dans le jardin de sa mère, acheva Paul d'une petite voix.

– Céleste n'est pas une hérétique, continua le vieil homme avec bonne humeur : elle ne ferait pas injure à l'œuvre divine. Cependant...

– Cependant ? demanda Paul, inquiet soudain de découvrir quelque noirceur dans le cœur bien-aimé.

– Elle est très jeune. Il lui reste à apprendre la compassion. Le point de touche, Paul... Discret, mais lumineux. C'est alors que l'imprévisibilité divine explore les possibilités des moins fraternels d'entre nous.

Il se tut, les yeux levés. Ses lèvres frissonnèrent imperceptiblement. Paul n'osait bouger. Son corps l'embarrassait... ses bras, ses jambes, si pesants, à lui faire mal.

– Quand la Grâce opère, dit enfin le prêtre d'une voix sourde, il y a l'expérience du don suprême : la liberté de Dieu.

Le silence retomba dans la pièce. Paul crut pourtant entendre le prêtre lui dire : « Ne craignez pas le silence, Paul : en lui sont les germes du devenir, en lui nous communions avec le silence premier... Dieu, un instant, nous reprend dans sa matrice. » « Un Dieu féminin ! » répliquait-il, ou du moins le croyait-il. « Cela vous surprend-il ? » répondait le prêtre avec douceur. « Le silence est la première composante humaine, Paul : Adam était un être de silence et de sang. » Et Paul ne s'opposait pas aux ténèbres qui s'étendaient en lui. Il faisait l'expérience de sa dimension nocturne, à l'orée de la beauté du monde, sauvé de l'emprise de l'intelligence et du langage.

Cela dura ainsi un moment. Ils étaient saisis ensemble dans une pénombre dorée où miroitaient des ocres à l'allégresse légère, des bruns heureux qui ne mendiaient d'autres clartés que celles des cuivres disposés sur le vaisselier ou les reflets d'un pichet de verre. Puis des bruits réguliers rompirent cette paix, les pas de Madeleine dans l'escalier. Elle les débusqua tous deux, tapis dans l'obscurité d'eux-mêmes, et déchira d'un coup l'enveloppe sereine en ramenant le prêtre à ses obligations du lendemain : le mariage de petites gens qui avaient tout de même l'ambition de se hausser au-dessus de la mise en ménage ; qui avaient encore le cran de passer à l'église.

— Je ne vous chasse pas, Paul, mais monsieur le curé a-t-il seulement préparé son exhortation aux époux ? La sainteté du mariage, tout cela, vu qu'il change les mots tout le temps.

Elle pinça son cou maigre et rectifia sa dentelle, un petit crochet qu'elle avait confectionné vingt ans plus tôt. Madeleine faisait durer le linge.

— Avec ceux-là, monsieur le curé est tranquille : il n'y aura pas de ripailles après la messe. Mais moi, je n'aurai rien à mettre dans mon faitout.

Le vieil homme regarda Paul pensivement.

— Au-delà de l'aventure humaine, ajouta-t-il assez bas, le mariage est encore l'indice d'une aventure supérieure : l'élargissement des âmes jointes, et parfois leur percée dans l'au-delà. L'amour et la beauté sont nos passerelles... Céleste le sait, n'est-ce pas ?

Paul ne se sentait pas en mesure de deviser sur la beauté. D'entamer le chapitre de l'esthétique, quand sa peinture était une mirepoix. Il pensa aux transparences de certaines marines de Turner. Il avait en mémoire, comme un défi, le souvenir d'une petite œuvre parfaite du peintre anglais : trois langues de peinture sombre sur fond clair. La beauté flagrante, sobre et sans souffrance. Le génie l'avait cueillie comme par inadvertance à la faveur d'une heureuse conjonction des astres.

Les larmes lui vinrent aux yeux... Il était trop présent dans ses toiles. D'un tableau à l'autre, on pouvait suivre sa trace importune. Il pressurait son art, il ouvrageait sans relâche, oublieux du premier élan. Faussement modeste. Séquestré dans un mauvais orgueil. Et il récidivait. Et il se répétait. Pourquoi ne pouvait-il s'effacer ? Il aurait fallu qu'il purge son œuvre de lui-même. Une expiation eu égard au privilège de la création... À peine passer par là.

Turner l'avait fait. Devant son aquarelle, ses petites langues de chat sur fond clair, il avait dû sentir ses genoux ployer.

Comme il devinait sur lui le regard du prêtre, il répondit seulement, le cœur lourd :

– L'art... Oh ! Sait-on s'il est dans le dessin patient de la tresse de Céleste ou dans le mouvement aérien qu'elle décrit dans les airs à l'insu de Céleste ?

Le prêtre allait hocher la tête ; le bras de Madeleine traversa la table pour saisir une corbeille vide.

– Le pain, dites donc. Ah, si je n'étais pas là...

Le repas s'acheva bientôt. Paul remercia vivement ses hôtes et se retira épuisé.

Une fois dehors, il crut voir la nuit s'ouvrir devant lui. Les étoiles s'étaient concertées à son intention, elles dessinaient pour lui le visage de Céleste. Mais non, était-il bête ! Sur le mur d'en face... Une facétie des Jeune-France. Pour montrer au roi qu'ils s'élevaient au-dessus des chicanes politiques, ils avaient peint une sorte d'étendard dont les plis tombaient de travers, qui portait au centre une inscription bâclée... Paul la connaissait par cœur : « L'Art est notre drapeau. »

Cependant, la nuit s'emplissait de cris et de joyeuses bouscu-
lades. Paul n'eut pas le temps de rentrer chez lui : de jeunes élé-
gants vinrent à sa rencontre, tout secoués de rires, et le prièrent
de les suivre en formant des vers. L'un d'eux tira de sa cape un
violon, fixa sur lui un œil peint et brandit son archet.

— Écoute frémir pour toi ma viole d'amour, Paul, lui dit-il
d'une bouche cramoisie en rejetant sa cape d'un coup d'épaule.

Son cou jaillissait d'un bouillon de dentelles noires, où disparaissait une barbe maigre. Il tira deux ou trois notes de l'instrument et, l'air tragique :

> *Laissons frémir mon violon... Pompette-pon-pon*
> *Vive la révolution... La rirette, rions*
> *Polonais Polonettes pirouette-flonflon.*

— Allons, Paul, aide-moi. Que pouvons-nous pour Varsovie ?
Fais comme moi, crache sur la botte russe. Crache et crachons,
pourvu que ce soit en vers. Que se cache-t-il donc sous ta vilaine
mine ? On dirait Napoléon sans sa Joséphine.

Paul l'avait déjà rencontré, mais où ? Chez Louis, chez Achille ?
L'œil peint, la cape de soie... Un ami de Devéria : il disait des
poèmes tandis qu'Achille travaillait à un portrait de Liszt. Un portrait très doux, sensible. Liszt au visage délicat, appuyé sur l'un
des coussins du sofa...

— *Écoute frémir pour toi ma viole d'amour, Paul*, reprit l'autre en faisant voler sa cape autour d'eux.

Écoute-moi bien, le Diable ce soir enrôle
Les lutins, les ludions ont un mauvais sourire...

— *... Les elfes accourent, s'emparent des mortels...* continua l'un de ses compagnons en éclatant de rire,

Cette nuit le poison vaut le pain et la crème.

— Ah, non ! s'écria un troisième. Nous voulons une rime en ire. *Les lutins, les ludions ont un mauvais sourire, les elfes s'emparent des mortels et leur ire...* et cetera. Il faut faire sonner tout cela. Chercher du côté du pire et des vampires. Le pire, messieurs, le pire. C'est follement mode.

La joyeuse compagnie applaudit à tout rompre et lança cannes et chapeaux en l'air.

— Viens avec nous, Paul, reprit le jeune homme au violon. Fêtons ensemble une nuit carnavalesque.

— Certes, répondit Paul un peu abasourdi, mais où allez-vous ?

— Rejoindre Boulanger et Devéria au jardin de Tivoli. Ils nous y attendent autour d'un pichet de vin.

— Et... que fêtons-nous exactement ? demanda encore Paul, amusé tout de même.

— Nous fêtons... Nous fêtons...

Le dandy feignit d'interroger le ciel et fit gémir son violon.

— Que nous sommes aujourd'hui mardi. Dimanche et lundi sont des jours vulgaires. Nous avons décidé de danser le jeudi et de boire le mardi. Et puis, nous voulons voir les feux d'artifice et monter en ballon.

— En ballon... la nuit ? risqua Paul... Les patrouilles nous en empêcheront : depuis les dernières émeutes, le roi, je crois, inter-dit qu'on s'envole.

— La Lune nous consolera, rétorqua le jeune homme en saluant le ciel avec révérence. Nous grimperons dessus et nous aurons le vertige.

Ils l'entraînèrent avec eux et s'éloignèrent, escortés par un porte-falot qui balançait sa lanterne. Le violoniste fermait la marche en répétant, l'archet en l'air : « Méfions-nous de la politique ! », puis il disparut lui aussi, chauve-souris gigantesque, en déployant ses ailes.

La nuit se referma sur eux. Quelques cris fusèrent au loin, des notes aiguës qui éclatèrent dans le noir puis s'éteignirent. Un chien pie jailli de nulle part, la langue en gondole et le fouet court planté droit sur le train, s'élança soudain dans la rue à la suite d'un rat qui fila chez Madeleine. Il s'abattit contre la porte, se releva, tangua sur ses pattes et se mit à gratter le bois en jappant, l'œil joueur. À l'intérieur, on ne broncha pas. Le chien s'en retourna aussitôt et fonça de nouveau dans la rue, la truffe collée au sol.

La nuit faisait peur. Elle couvait la débauche et le crime, et Paris manquait de sergents de ville. Les truands pullulaient autour des maisons de plaisir. Ça poussait comme des champignons dans les impasses. La gaieté finissait souvent dans le sang : les assassins rôdaient sous les chapeaux à large bord, se cachaient à l'angle des portes cochères et traquaient les bourgeois. Cambel, naguère, s'était plaint plus d'une fois auprès du préfet de police : on lui avait sauté sur le poil, on l'avait menacé ; des chiffonniers à la mine patibulaire se coulaient dans les ténèbres pour le trucider ; des gamins en voulaient à sa bourse, de la graine de fripouille bonne pour la prison de la Petite Roquette, des drôles de dix ans qui maniaient le couteau.

Le notaire s'arrangeait toujours pour rentrer chez lui lors du dernier passage de l'omnibus, avant minuit. Généralement, Louise l'attendait en priant.

174

*

Elle avait gardé cette habitude. Ce soir-là – quelle heure était-il donc ? – elle n'avait pas encore entendu débouler l'engin infernal. Elle s'interrompit un instant pour regarder par la fenêtre, et aperçut au bout de la rue les deux lampions de l'omnibus. Allons, tout était normal. Ce serait ensuite au tour des fiacres et des cabriolets d'ébranler la chaussée, d'érafler les murs et de malmener le quartier.

Louise redoutait moins les dangers de Paris que ses vanités et ses délices. La nuit parisienne lui apparaissait comme un jardin où foisonnaient la digitale et la ciguë, le colchique et l'ellébore, tous les poisons de l'âme, où fleurissait le cynisme et où le mensonge et la perversion s'enroulaient autour des cœurs tendres pour les étouffer. Elle tira ses rideaux et reprit son livre de prières. Cambel ne lui manquait pas.

Elle pria longtemps, les yeux baissés, fermée aux forces démentes du monde, repliée sur sa dignité de femme et sur son exception de fidèle dans un univers hostile.

Bien qu'encore tout à fait éveillée, elle décida ensuite de se coucher. Elle se déshabilla lentement, enfila une grande chemise de coton, s'installa à sa table de toilette et se mit à coiffer ses longs cheveux, rêveuse ou pensive. Le sommeil ne lui venait toujours que très tard. Peut-être aurait-elle dû consulter un médecin ? Elle fronça les sourcils. Quel médecin ? Le bonhomme ridicule chaussé de casseroles ? Et puis, qui pourrait la comprendre ? À quelle amie confier ses chagrins ? La confiance était ici-bas chose trop rare. Hors de la sphère de la religion, tout lui paraissait maintenant dérisoire. Louise avait résolu de ne plus évoluer désormais dans la vie mondaine qu'avec circonspection et lésine.

Le bruit circulait dans le voisinage qu'elle n'avait plus, depuis la mort de Cambel, qu'un moignon de cœur, et que son âme était râpée. « Sans doute, pensait Louise en tirebouchonnant ses cheveux, un cœur amputé de l'inutile, car je vise pour lui à la purification, et une âme luisante à force de lutter contre la faiblesse, émaillée de souffrances que je m'applique à taire. » Elle vivait en effet dans une retraite silencieuse, tendue vers l'aire d'existence raréfiée où s'épanouissaient les mystiques dont elle aimait lire les textes obscurs. Peu lui importait d'en saisir le sens : le ton, du moins, tranchait avec celui de *La Gazette des tribunaux*.

Louise lisait en frémissant ces petits textes insignifiants (il y était souvent question d'un grand Rien tranquille) et avait découvert ainsi l'avantage, pour une sainte, d'être vierge.

— La bienheureuse espérance s'ouvre mieux aux vierges, murmura-t-elle à son reflet d'une voix blanche.

Dans le miroir, le visage s'assombrit. Malheureusement, pour elle, il était trop tard. Il y avait eu Cambel. Elle regrettait de n'avoir pas pensé plus tôt à se soustraire à la misère terrestre, de ne s'être pas arrachée à la matière à temps, de ne s'être pas rendue d'avance disponible à l'immortalité. Par bonheur, elle n'avait pas enfanté, en dépit des vœux du notaire. Louise pouvait se réjouir de n'avoir pas « fructifié pour la mort ». Elle avait relevé l'expression dans un traité ancien prêté par son confesseur, auquel elle avait confié qu'il lui arrivait d'envier Madeleine à la tête de poisson.

Elle attrapa sa chevelure d'une main leste, l'attacha avec un ruban et coiffa le tout d'une charlotte qu'elle noua sous son menton. Elle souffrait sincèrement de voir mendier à sa porte, le dimanche, des petits galeux ; leurs mères auraient dû les laisser au néant plutôt que de les jeter dans les rues. Pourquoi n'avaient-elles pas été frappées de stérilité, au lieu d'augmenter un monde vicieux et condamné ?

Le miroir lui renvoya l'image d'une vieille en bonnet, les yeux piégés par un filet de rides. Elle serra les lèvres, se leva mécontente de son tabouret à volants et grimpa dans son lit.

Une fois couchée, elle orienta ses pensées vers le Seigneur. Son visage se détendit et, très vite, un sourire l'éclaira.

Louise était traversée de temps à autre de traits radieux qui préludaient, à coup sûr, à l'éblouissement auquel elle se croyait destinée.

Cela lui était venu doucement, vers la quarantaine. Elle accédait alors à la béatitude et goûtait à la Lumière à petits coups, dans un univers tout à fait nettoyé d'humains. Cet univers lui paraissait si aimable qu'elle ne pouvait s'empêcher d'éprouver un dégoût profond pour ses semblables qu'elle apercevait par la fenêtre, quand l'envie lui prenait de regarder dehors. Et de la pitié, oui, peut-être aussi un peu de pitié. Au vrai, Louise souffrait d'être humaine, et elle souffrait de l'humanité grossière de ces gens qui passaient en bas, dans la rue.

De toute façon, le monde haïssable était condamné, il fallait s'y faire. Ceux qui chantaient tout à l'heure à tue-tête au son du violon avaient tort. Ceux qui riaient avaient tort. Même le violon avait tort.

Elle venait à peine de fermer les yeux qu'un bruit familier irrita son oreille : celui de la porte de devant. « Marion, vous n'avez pas encore huilé la porte de devant. » Sa servante était bonne fille, mais il fallait lui répéter dix fois les choses.

Les pensées de Louise s'étiraient et se mêlaient à ses rêves. Elle se félicitait d'avoir déniché Marion à la campagne. Dans le Poitou. Les filles de province gardaient leur candeur plus longtemps que celles de Paris.

Le bruit, de nouveau. Pourquoi cette porte grinçait-elle ? Louise ouvrit un œil et s'assit dans son lit. Ça y était : on l'agressait. On la savait veuve, on en profitait. On ne pouvait pas se douter que Cambel était un couard, que ce n'était pas lui qui aurait défendu la maison. Mieux eût valu un chien.

Elle bondit dans ses chaussons et se précipita à la fenêtre qu'elle entrouvrit prudemment. Marion était dehors en petit costume de ville. Elle tordait le cou comme si elle attendait quelqu'un. Elle avait soigné sa toilette, la pauvre fille. Elle devait avoir un amoureux. Marion la boulotte, au nez retroussé, à la taille épaisse... un amoureux.

– Un amoureux.

Louise scanda les syllabes, qui demeurèrent un moment au

bout de ses lèvres jointes comme pour un baiser. Sa servante avait une vie privée. Un corps qui songeait à autre chose qu'au ménage, et même des sentiments. Louise aurait dû prévoir qu'avec ces filles en bonne santé... Bref, il y avait eu manquement de son côté. Elle secoua la tête et battit des paupières. Était-ce bête, de la part de Marion, de lui avoir caché l'existence de son amoureux. Si elle lui en avait parlé, Louise lui aurait prêté une tenue, quelque chose d'un peu élégant. Cette fille avait besoin d'un corset ; un col de gaze aurait agrémenté la robe de gros drap : enfoui là-dedans, le cou passait avec le double menton – à la rigueur, Louise aurait serré le tout avec un ruban auquel elle aurait fixé une épingle ou une broche.

Elle ne quittait pas des yeux sa servante, la silhouette tassée, le costume étriqué. L'émotion, peu à peu, la gagnait. « Pardonne-moi, Marion, pensait-elle. Tu es laide, mais tu es touchante. Te voilà dehors à une heure pareille, seule au monde, prête à te donner à un sot qui te fait attendre, et c'est ma faute. »

Quelques minutes plus tard, elle se tordait les mains, le visage altéré, la poitrine oppressée, et reprenait son discours silencieux : « Marion, petite Marion, l'innocence t'embellit mais cet idiot va te polluer. J'aurais dû tout arranger, te fiancer à un cocher ou à un cuisinier de ma connaissance. Je suis une égoïste. Si Marion, si. Je suis coupable. »

Le temps passait, l'amoureux tardait toujours, et Louise perdait ses moyens. « Ciel, Marion ! Comme nous sommes émues. Quelque chose d'optimiste me soulève, quelque chose de glorieux me chamboule, moi qui étais sèche comme la main sèche de l'Évangile, et le crétin ne vient pas. Comme nous sommes émues, ma bonne fille... Dieu ! Comme il est bon d'être émue... ! Merci, mon Dieu, merci. »

Plusieurs minutes s'écoulèrent ainsi. Louise parlait maintenant tout haut, tantôt à Marion, tantôt à elle-même, tour à tour boule-versée et sévère, les yeux brûlants et les lèvres craintives, assaillie par l'évidence de l'amour qu'elle avait toute sa vie renfoncé dans son sein, éperdue et presque sauvage, submergée par une douceur puissante et affectée au-delà du supportable par le plaisir poignant de se sentir soudain vivre et palpiter. Elle arracha son bonnet, la sueur au front, et ouvrit la fenêtre davantage. Il était là.

Un homme grand au visage souriant sous des boucles brunes... Une moustache de belle taille, un manteau de vieux drap. Marion posa au sol la lampe qu'elle avait à la main et se jeta dans les bras de l'inconnu. Sous le choc, Louise recula d'un pas ; les rideaux de la fenêtre retinrent par bonheur son corps faible agité de frissons.

Louise avait aimé, avant Cambel. Un marchand d'étoffes aux longues mains blanches, qui portait à ravir l'habit à la française. Il allait d'une ville à l'autre et faisait parfois affaire avec sa mère ; la jeune Louise le regardait avec envie grimper dans la diligence d'un pied agile enveloppé d'une guêtre de cuir... Un garçon de qualité, certainement, qui s'était marié avec une autre.

Pour l'instant, le sang affluait violemment dans son cœur dont les portes battaient à la volée, gonflait ses veines, dévalait les pentes, tarabustait les organes, belliqueux, conquérant, et propulsait des orteils aux oreilles son feu liquide. Louise reprit sa respiration, attira à elle sans y penser le tabouret de sa coiffeuse et l'installa devant la fenêtre. Assise là comme une somnambule, elle voyait défiler les images de ses fiançailles avec Cambel, celles horribles de son mariage, et celles de ce qu'elle nommait en secret « la scène barbare », qui se trouvaient sans raison mêlées aux autres.

— Non, non... gémissait-elle en se représentant le médecin détestable en train de la coucher de force sur le bureau, je ne veux pas me marier avec le nègre.

Cependant, les visages de l'homme aperçu dehors, celui du marchand d'étoffes et celui de Lodran passaient de plus en plus vite dans son esprit confus ; les moustaches des trois hommes se superposèrent bientôt, leurs cheveux tombèrent d'accord sur la même teinte et leurs yeux ne formèrent plus qu'une seule paire.

Lodran prit alors la tête de cette conspiration : la moustache, les cheveux, les yeux furent les siens. Louise ne voyait plus que son seul visage. Celui de Lodran, exactement.

Pendant que les amoureux s'étreignaient en bas, Louise se débattait sur son tabouret contre le nègre odieux, les yeux clos et la mine ravagée. Elle le voyait tantôt noir et frémissait d'horreur, tantôt d'une blancheur de lait comme le marchand d'étoffes. Tantôt noir, elle souffrait, tantôt blanc, et elle croyait avoir le dessus dans la lutte, et un sourire indéfinissable se peignait sur sa face.

Cela dura ainsi quelque temps. La succession des visions s'accéléra, et il arriva alors que le visage noir s'imposa définitivement tandis que le sourire de Louise ne la quittait plus.

Hors d'elle, et entraînée par les événements d'en bas, elle tendit soudain une main tremblante vers un coffret caché dans le tiroir d'une commode, à proximité de la fenêtre, pour s'emparer du contenu interdit : l'exemplaire relié de *Thérèse philosophe* qui appartenait à Cambel.

Quand, à la fin, Marion dehors poussa un cri, Louise, tombée à genoux sur le plancher de sa chambre, serrait contre elle le livre maudit, hébétée, les yeux hagards mouillés de larmes.

Le matin vint enfin. Paul et ses amis rentraient tout juste chez eux. Louise s'était endormie aux petites heures du jour en remettant à Dieu son âme accablée ; elle se levait à peine. À la cuisine, Marion dressait la liste de ses courses pour le repas et l'entretien de la maison, ponctuelle, irréprochable.

Louise s'habilla sans son aide, soit qu'elle reportât sur sa servante la responsabilité de son propre égarement, autant dire de son avilissement, soit pour éprouver plus complètement le sentiment de sa solitude et pour tâter sans trop de dommage à la mortification : l'épreuve de la nuit précédente l'invitait à se charger seule d'un corps qui lui avait causé de la peine. Elle se vêtit donc simplement, comme pour rendre visite à ses pauvres : n'était-ce pas assez se punir ? « En effet, pensait-elle, je suis aujourd'hui cette pauvresse », et son humilité ne laissait de la rassurer.

Une fois la maison déserte, Louise erra quelque temps d'une pièce à l'autre, le front soucieux et la bouche amère, arpentant sans cesse la cuisine et la chambre, tourmentée par la fameuse épine plantée dans la chair de saint Paul dont il avait été question lors du sermon du dimanche précédent, à la cathédrale. Le style du discours avait amorti son sujet, mais Louise n'entendait pas l'esquiver. Elle avait la franchise en vigueur dans les Saintes Écritures, qui savaient au besoin dénoncer sans ambages l'impudicité et la luxure.

De même, Louise connaissait parfaitement les textes relatifs aux veuves : « Honore les veuves qui sont véritablement veuves », lisait-elle dans les épîtres. « Qu'une veuve n'ait pas moins de soixante ans, qu'elle ait été femme d'un seul mari... » et ainsi de suite. Non, Louise n'avait pas élevé d'enfants ; non, elle n'avait pas lavé les pieds des saints – cela ne s'était pas présenté. Mais elle avait pratiqué toute espèce d'œuvre charitable et n'avait point donné à Satan l'occasion de médire : elle était donc une bonne veuve. Mais à y regarder de plus près, elle n'avait pas atteint non plus l'âge respectable de soixante ans, n'accusant guère qu'une toute petite cinquantaine, s'il fallait en arriver à cet aveu. Bref, sa défaillance de la nuit passée était celle d'une femme encore jeune.

Tout cela lui assombrissait l'esprit. L'âme turlupinée, Louise finit par conclure, à propos de l'épine, qu'il serait judicieux de l'arracher. Elle réfléchit ; il lui fallait retrouver ce texte – c'était au mot près. Elle fouilla dans ses souvenirs, confondit les épîtres, mit les Galates à la place des Corinthiens, puis, l'air très grave, monta une dernière fois dans sa chambre chercher dans la commode son Nouveau Testament, rangé dans le grand tiroir du milieu. « Pour que je ne sois pas enflé d'orgueil, écrivait l'apôtre zélé, il m'a été mis une écharde dans la chair, un ange de Satan pour me souffleter... » Oui, oui. Mais cela s'adressait à saint Paul, qui venait d'avoir des révélations et risquait d'en tirer vanité. Louise avait-elle eu des révélations ? Avait-elle eu des visions du troisième, ou même du septième ciel ? Non. Rien de tel. Mais l'épine, elle, était bien réelle.

L'épine, c'était le nègre. À cause de lui, elle s'était avancée sur le chemin de l'impudicité – oh ! le mot était faible. À cause de lui, elle était devenue une bête.

Louise y pensa beaucoup. Se remémora dans le détail la scène du bureau, froidement et objectivement (elle n'avait qu'à tourner la tête : le meuble était là, dans l'angle de la pièce, témoin insensible de son humiliation). Ressassa l'affaire de la mort de Cambel. Revit le notaire, les jambes bleues, recroquevillé dans ses déjections, ridiculisé à jamais dans cette image finale. Revit le soi-disant

182

médecin, la belladone à la main. Le même en train de la jeter, elle, sur le bureau déjà cité. Revit Marion rincer la chambre à grande eau pendant qu'elle pleurait, à genoux, dans le corridor.

Quand tout fut considéré, avec un calme parfait, Louise tira deux conclusions :

1. Il était évident que le nègre avait empoisonné son mari ;
2. Il était évident que le nègre avait tenté de la violer.

Ces conclusions tiraient elles-mêmes à conséquence. Louise se dirigea alors vers le bureau avec un flegme exemplaire, prépara sa plume et, d'une main ferme, commença une lettre à l'intention de M. Henri-Joseph Gisquet, préfet de police.

La maison bourgeoise, près du presbytère, s'ouvrit de nouveau. La fenêtre du premier étage se garnit de fleurs d'une gaieté insolente. Marion y paraissait de temps à autre, l'arrosoir à la main. Parfois, c'était Madame.

Le temps passa. Cela faisait un mois que l'on avait enterré le général Lamarque. Une semaine que Louise avait envoyé la lettre accusatrice. Impatiente de recevoir sa réponse, elle manda un fiacre et se fit conduire chez Gisquet.

En chemin, pour quelque obscure raison, les forces lui manquèrent. Elle eut un petit malaise. Il fallut arrêter les chevaux dans un quartier infâme, devant la maison d'un marchand de vin. Des hommes et des femmes aux visages fuyants hantaient la rue malsaine ; les formes molles de leurs corps en haillons s'enlisaient dans la souillure des murs qui résorbaient leur épanchement à la faveur d'un quiproquo de taches et d'ombres véloces ; elles s'évanouissaient ainsi, bues par plus noir et plus louche qu'elles. Louise fit l'effort de se pencher par la portière – le cocher lui criait, si elle devait vomir, d'épargner la voiture, de ne pas cracher par terre. Dehors, tout lui parut gluant. Étaient-ce bien là des êtres comme elle, ces figures flasques et mouvantes ? Et ces maillures, des yeux, des bouches ? Ses paupières pesantes se fermèrent malgré elle. Savait-on au juste où l'on commençait, où l'on finissait ? Commençait-on au ras de la peau en allant vers l'intérieur, et dans ce cas, les humains découpés proprement se gardaient à l'abri chacun chez soi, chair, os, âme et pensées dans leur enclos... ou, au contraire, finissait-on au bout de son geste et de son regard, mélangé à d'autres êtres et empêtré d'autrui, impossible à délimiter et à séparer ?

Louise se tassa sur la banquette, le souffle court. Il fallait déjà plus ou moins partager l'air qu'on respirait, le ciel qui coiffait ensemble toutes les têtes. Quand le nègre l'avait touchée, elle avait battu le rappel de tous ses sens et s'était rengainée au plus profond d'elle-même. Il n'avait eu accès qu'à ses abords désertés. N'empêche... Elle ferma les yeux et se concentra sur les battements de son cœur. Elle savait se tenir. La tenue, cela sauvait, parfois. En guise d'honneur... Elle s'égarait. Quel effroi la gagnait ? Était-ce la scène passée, qui l'offensait toujours, ou celle qui se jouait maintenant, alors qu'elle se rendait chez Gisquet ?

— Suis-je malade, murmura-t-elle, une main sur la poitrine, pour dénoncer aujourd'hui un homme qui m'a fait du mal ?

Car les Saintes Écritures qu'elle avait sans cesse à l'esprit ne cessaient de lui répéter : « Ce qui sort de la bouche vient du cœur, et c'est ce qui souille l'homme : du cœur viennent les mauvaises pensées, les faux témoignages, les calomnies. »

Enfin, le ventre tordu de douleur, elle cogna contre la vitre pour faire signe au cocher d'attendre encore avant de repartir, et, sous les yeux des passants aux trognes hilares, elle descendit de voiture et vomit sur la chaussée.

On la fit attendre plus d'une heure. Elle resta debout dans l'antichambre, immobile, les yeux rivés sur la porte qui ne s'ouvrait pas. Monsieur le Préfet était occupé par les affaires en cours. Monsieur le Préfet ne recevait pas à l'improviste.

– Je l'attendrai, répondait Louise au secrétaire, un petit homme au profil de raton laveur qui furetait autour d'elle.

Louise était pâle, d'une beauté insolite qui devait beaucoup à sa vision singulière de la vérité. Louise ne travaillait pas à la soumettre à l'épreuve de la réalité, comme les esprits plus ordinaires, mais nourrissait pour elle un désir qui la portait aux lointains de l'âme. Selon Louise, la vérité évoluait aux confins de la lumière divine, à la lisière du grand Autre, substance mystérieuse, mi-céleste, mi-terrestre. Naturellement, le diable avait élu domicile dans ces merveilleux parages ; il guettait, tapi dans les épaisseurs claires-obscures, truffant de sa calamité la sphère des épousailles potentielles entre Terre et Ciel et frelatant la parole issue des deux côtés. Tout cela, Louise le savait. Elle priait donc en laissant un grand blanc entre le réel et la vérité toute divine ; elle enjambait la résille des voies serpentines, ignorait les traquenards du Malin, allait droit au Vrai, objet de sa foi, sans se perdre dans les vérifications ténébreuses et basses qui eussent fait flancher sa détermination.

À la porte de Gisquet, elle avait encore la possibilité du retrait et du renoncement. Mais non. Elle resta là, meurtrie, ayant abdiqué toute capacité de discernement.

186

*

Henri-Joseph Gisquet étudiait cependant les derniers documents qui venaient grossir le dossier déjà bien fourni de la prison de Sainte-Pélagie. Gisquet enfermait à tour de bras, bouclait ensemble légitimistes et républicains, crevait de satisfaction à chaque inscription sur le registre d'écrou. La main de fer, c'était son style. Plus puissante encore que celle de Vivien, la main. Du fer pur, et pas de gant. La poigne à broyer les récalcitrants. Il fallait que cela se sache. En avait-il coincé, du beau monde ! Raspail et Blanqui, en janvier. Il s'en félicitait chaque matin en se levant : « Raspail, mon vieux : tu as eu Raspail. L'ancien séminariste, l'ami du peuple, le chimiste – et puis quoi, encore ? Le jeune, le beau Raspail. Écroué, l'enfant de chœur. Coupée nette, l'envolée du peuple. » Là-dessus, il allait au bureau requinqué, le menton vengeur et l'œil espion percé d'un trou d'épingle, la pupille rétractée et l'iris orageux.

Il avait toujours su qu'il ne plairait pas. Les gens ne l'aimeraient pas, le peuple ne l'aimerait pas. L'amour, dont on faisait grand cas dans les milieux à la mode en cette époque échevelée, avait pour lui la consistance d'une bouillie. Il y avait un nom, pour cela : l'amour était un sentiment pultacé. « Pultacé » : le mot l'amusait. Il le prononçait par plaisir, projetait la première syllabe avec un contentement de gamin. Envoyait à la face de son interlocuteur la bulle de son qui lui claquait à la figure avec son mépris.

Le raton laveur lui rappela qu'on l'attendait dans l'antichambre : Mme Louise Cambel, veuve de feu son ami Cambel, notaire.

– Vous dites ? répondit Gisquet en émergeant de son dossier. Répétez donc. La parole vous suinte goutte à goutte, on n'y comprend rien.

Les sourcils du secrétaire s'affaissèrent de part et d'autre du nez pointu. Subitement à découvert, les yeux paresseux, dessous, toupinèrent une seconde. L'homme s'inclina, apeuré ou sournois.

– Mme Louise Cambel, répéta-t-il d'une voix molle.

Gisquet ne cilla pas.

— Vous avez les genoux floches, mon garçon. Il faudra me rai-dir tout ça. Faites entrer.

Le secrétaire ploya l'échine et s'effaça pour introduire la visi-teuse.

Gisquet ne la remit pas tout de suite, à cause du regard voilé de Louise, peut-être, de l'air qu'elle avait d'être en péril. Elle fleurait l'imminence d'un déchirement. L'exposition d'un drame interne insupportait Gisquet. Il prit les devants :

— Ainsi, nous avons perdu ce pauvre Cambel.

Les larmes ne vinrent pas à Louise. « Allons, pensa-t-il, elle est plus forte qu'il n'y paraît d'abord. Que me veut-elle ? »

— Mon mari a été empoisonné, Monsieur le Préfet, dit Louise simplement.

Gisquet joignit les mains sous son menton et allongea les lèvres. Le mari n'avait pas plus d'esprit qu'un cul-blanc.

— Je ne vois pas l'intérêt d'un tel crime, chère madame Cambel. Expliquez-vous, je vous prie.

— Avec de la belladone, Monsieur le Préfet, précisa Louise. J'ai ici la preuve.

Elle tira d'un sac minuscule des fragments de feuilles sèches, d'un ovale aigu.

— Hum, fit Gisquet. Une plante vénéneuse, mais qui a aussi ses vertus. Certains médecins de ma connaissance l'utilisent contre le choléra ; elle neutralise l'estomac, je crois bien. L'empêche de se crisper.

Il empoigna son gilet pour mimer le spasme. Louise imagina la bedaine et se redressa sur son siège, dans un mouvement de défense. La bedaine, dans le gilet... Oh, répulsion.

Gisquet poursuivit :

— Je sais que des bruits courent. De mauvais sujets accusent les médecins d'empoisonner le peuple sur ordre du roi. C'est surtout la vermine, qui meurt – je me trompe ?

Il affûta les yeux et lâcha d'une voix douce :

— Feu votre époux n'était pas une crapule, madame Cambel ? Et, naturellement, il aimait Louis-Philippe.

Elle s'empourpra, déconcertée. Il conclut avec un brin de lassitude :

— Alors, ma chère, je ne vois pas.

Gisquet posa ses mains à plat sur son bureau et laissa le silence s'installer. Les doigts en spatule collaient au bois ; il les souleva tous ensemble sans détacher ses paumes et tapota le bureau lentement, d'une manière pesante. Louise résistait. Elle attendait. Les feuilles de belladone craquaient entre ses mains, s'éparpillaient sur ses vêtements. Gisquet soupira :

— Rangez votre verdure, ma chère amie, dit-il tout de même. Dites-moi ce que vous avez sur le cœur.

Elle parla de jalousie, d'envie. Risqua ensemble Cham et Caïn. Il l'écouta un long moment, les yeux mi-clos.

— Vous me parlez d'un nègre médecin qui serait un imposteur, répondit Gisquet. Passons sur le nègre pour l'instant, si vous le voulez bien. Paris n'en est pas encore infesté, de nègres. Personnellement, ils ne me gênent pas. Tant qu'on ne les prend pas la main dans le sac, cela va sans dire.

Louise souffrait, tendue, en proie à des tumultes énormes et minuscules.

— Concentrons-nous sur les imposteurs, continua Gisquet qui prenait son temps, maintenant. À Londres aussi, on accuse les médecins... On prétend que le choléra est une de leurs inventions pour flanquer la frousse aux gens et faire marcher le commerce : voilà la trouvaille anglaise.

Il se pencha par-dessus son bureau, planta son regard dans les yeux de Louise et haussa le ton :

— Le choléra de Londres, une imposture, peut-être, mais celui de Paris, madame Cambel, c'est une réalité, et une réalité qui pue. Ménageons nos médecins, voulez-vous. Je n'envie pas leur place.

Elle se mordit les lèvres.

— Bref, votre mari a bien attrapé le choléra, acheva Gisquet sans

189

ménagement. Il courait le soir, m'a-t-on dit, dans les quartiers où les filles se vendent.

Louise chancela sur sa chaise et ferma les yeux. Il poursuivit froidement :

— Pardonnez-moi, chère madame, mais vous accusez aujourd'hui un homme de meurtre. Je ne suis pas sûr que vous mesuriez la gravité de votre acte. Les personnes délicates comme vous qui refusent de voir les choses en face, j'en ai connu d'autres. Le choléra vous dégoûte, je vous comprends. Vous ne supportez pas l'idée qu'il ait frappé chez vous. Mais figurez-vous que Casimir Périer non plus n'a pas dû trouver cela élégant, le choléra. Cela ne vous pose pas un homme. Alors, permettez que je résume : votre mari l'a attrapé parce qu'il fréquentait les bas quartiers où le mal aime faire son nid. Nos services les ont repérés depuis longtemps, les bons coins, si je puis dire. Le Louvre, le Palais-Royal... Vous pensez. L'ordure humaine. Cela fait un siècle que les filles grouillent là-dedans. Bref. On ne peut pas les empêcher de flâner après souper en aguichant le passant, pour se fourrer avec dans une maison de tolérance. Enfin...

Il s'interrompit, fit un bruit de langue, et ajouta, songeur :

— Ces rumeurs d'empoisonnement, c'est un air à la mode. Les accusations, les délations, si vous saviez combien... Même à Sainte-Pélagie, tenez, où les légitimistes et les républicains vont pourtant bras-dessus, bras-dessous, où tout le monde à l'air de s'entendre comme larrons en foire.

Il avait repris machinalement son dossier. Il parlait tout seul, oublieux de Louise, du notaire, du nègre assassin.

— C'est qu'on est jovial, à Sainte-Pélagie, dit-il tout bas en serrant les dents. Je voudrais y être martyr, moi, à Sainte-Pélagie. Quand je pense que les prisonniers d'opinion sont dispensés du travail obligatoire. Pourtant, hein ? Ils nous les feraient bien, eux aussi, les petites corbeilles de fleurs en perles. Elles font sensation, nos petites corbeilles, dans les salons de Saint-Germain.

Un rictus lui tordit la bouche. Son visage se figea une seconde.

Louise, l'air stupide, regardait le mur. Gisquet revint à lui, rassembla les pièces du dossier et ajusta vivement les feuilles qui dépassaient.

– Je disais : ma parole, on n'a plus qu'à accuser le gouvernement d'empoisonner l'eau des détenus pour les éliminer tous d'un coup. Mais permettez, je reprends le fil : le choléra, votre mari... Eh bien, oui, madame Cambel : le choléra est contagieux.

Il la regardait maintenant par en dessous.

– Vous-même, très chère, auriez pu...

Il joignit de nouveau les mains, pensif.

– Vous avez eu de la chance.

Le viol. Le moment d'en parler était venu. Le plus dur moment. Louise se contracta, hermétique, renfoncée en elle-même, dans les contrées les plus noires du cœur où l'ignominie régnait, matoise, où celle de l'un se confondait avec celle des autres, au lieu de rencontre de toutes les ignominies du monde, au lieu le plus bas de l'humaine condition et, pour une Mme Cambel, celui de la malédiction.

Louise n'avait pas l'habitude de la noirceur. Elle fit appel à celle qu'elle connaissait le mieux : dans son égarement, elle évoqua la Croix. La Croix de la malédiction resplendissait en même temps comme l'éclair, Louise avait relevé cette image dans *La Divine Comédie*. L'axe médian, la belle verticale, au centre de la Croix, reliait bien le bas et le haut : Louise devait s'abaisser bravement jusqu'à l'abjection parce que, de celle-ci à la gloire d'en haut, à peu de chose près et par un subtil effet de conversion, la voie était directe. Elle plongea donc au plus noir de son cœur et raconta à Gisquet « la scène barbare ». Elle décrivit la chambre, le bureau dans l'angle de la pièce, le visage du violeur. Narra tout. Comment l'homme la bouscula jusqu'à la chambre malgré son imploration farouche, le corps inanimé de Cambel, elle, précipitée contre l'armoire, lui, le violeur, la saisissant par l'épaule, elle, tremblante, furieuse, lui, la plaquant sur le bureau, la battant de toutes ses forces, elle, gémissant et sombrant dans une semi-inconscience... tout cela en souliers de bal.

Elle s'arrêta enfin, écarlate, le souffle court et les mains pendantes, ahurie d'avoir ainsi dévalé la pente d'elle-même.

Gisquet perçut son vertige, il le déplora. Néanmoins, il préférait la politique aux affaires de mœurs. Il regarda Louise longuement et lui parla de l'homme. La virilité, disait-il, s'accompagnait d'impondérables. Il y avait des exaltations, devant les grandes beautés... des exagérations pulsionnelles répréhensibles, évidemment. Mais enfin les mœurs, en période de turbulence historique (Gisquet appuya là-dessus), quand le régime devait craindre chaque jour quelque collusion entre les révolutionnaires et les carlistes, qu'il devait lui-même organiser la répression, faire le bien des Parisiens malgré eux...

Louise entendait mal ce qu'on lui disait, elle le fit répéter, d'une voix faible et douloureuse. Gisquet s'impatienta. Il prit soudain une profonde inspiration et déclara d'un trait :

— Et puis, madame Cambel, votre nègre, un mulâtre d'origine haïtienne, pour être précis, il se trouve que je le connais. Plus exactement, par ami interposé. Le docteur Lodran m'a été chaudement recommandé. Je l'ai même aidé à s'installer, il n'en sait d'ailleurs rien. Sans moi, il n'aurait pas eu sa place ici. A-t-il commis avec vous... un écart...

Louise se raidit. Ses paupières voletaient comme des papillons fous.

— Je ne veux pas le savoir, acheva Gisquet sur un ton sans réplique. Pardonnez-moi, je suis franc. Aujourd'hui, avec le choléra, Paris a besoin de ses médecins, un point, c'est tout.

La phrase à peine prononcée, il se mit à la regretter. Il était en train de défendre un homme dont il n'avait que faire. Et si Louise Cambel allait se plaindre en haut lieu ? « S'il lui prenait l'envie de l'accuser de négligence auprès de Thiers ? se dit-il, un pli au front. Eh, pourquoi pas ? Ce vieux coq de notaire a toujours aimé rôder dans les ministères, et je ne veux pas d'ennuis avec l'Intérieur. Et puis... L'amitié de Dumas compte-t-elle tant que cela ? Ce ne sont pas deux ou trois escapades ensemble, dont je me souviens à peine... »

Louise se reprenait lentement. Elle fit quelques pas chancelants vers la porte, comme si sa robe moirée s'enroulait autour d'elle et emprisonnait ses jambes. Gisquet la retint.

— Ne partez pas encore, chère amie, dit-il alors avec une feinte douceur tandis que sa tête s'échauffait. Vous voyez : je réfléchis, je cherche. Nous trouverons la manière de vous aider... Ce docteur Lodran... Il faut le punir, bien entendu. Veuillez vous rasseoir, je vous prie.

Il attrapa son bras avec grâce et la reconduisit vers son siège, le poignet souple et l'œil sucré, effilé comme une dragée à la liqueur.

— Ma chère Louise, laissez-moi le temps d'élaborer un plan, voulez-vous ? Votre belladone n'est pas une preuve suffisante pour le meurtre, et pour le reste... Mon Dieu, Louise... Je pense à votre époux.

Les idées défilaient à toute allure sous son crâne. « Maudite volaille, pensait-il en la regardant de biais, auprès de qui vas-tu glousser, si je ne te donne pas satisfaction ? Le nègre ne t'a pas crevé la paillasse, que je sache, je te vois là tout entière, sale bête, les morceaux à leur place. Que n'as-tu fait pour le séduire, avec tes airs de madone ? Fiche-moi la paix avec Thiers, ma carrière n'est pas finie. »

— Mon amie, je tourne les choses en tous sens, et je crois que l'idée vient. Oui, oui... Les funérailles de Lamarque, les fameuses journées de juin... Louise, je tiens notre plan.

Assez absente jusqu'alors, Louise fronça les sourcils. Elle ne connaissait que trop Lamarck pour le haïr.

— Un hérétique, répliqua-t-elle avec une dureté inattendue.

Elle saisit la main de Gisquet et la serra avec force.

— Les êtres vivants ont été créés tels quels, Monsieur le Préfet. Vous entendez ?

Gisquet poussa un soupir de soulagement. Lamarque et Lamarck : il ne s'agissait point du même. Il exposa enfin son idée. Le ton lui montait, le rouge lui venait aux joues. Il n'avait pas encore digéré l'histoire des funérailles. C'est que ce pou de Raspail avait dû tout manigancer de la prison... L'insurrection, Paris à feu et à sang. Et les républicains, qui croyaient que c'était arrivé ! À coup sûr, il avait tiré les ficelles, le maudit.

Gisquet frappa le sol d'un petit coup de talon bien sec, remballa sa colère et exposa son plan.

— Voilà, Louise, dit-il. L'ordonnance... « l'ordonnance Gisquet ». Voilà qui va vous tirer l'épine du pied. Je vous explique : j'ai donné ordre à tous les médecins, chirurgiens, officiers de santé et pharmaciens de dénoncer leurs blessés des jours d'émeute. Ils devaient faire leur déclaration à la police dans les vingt-quatre heures, sans quoi... Une amende, forcément. Trois cents francs. On m'a hué, ma chère Louise. On m'a détesté. Mais c'est une mesure qui a donné des résultats. Trop minces, je vous l'accorde, trop minces...

Le suivait-elle ? Son visage fermé ne l'indiquait guère.

— Je sens, Louise, que vous me devinez, continua pourtant Gisquet dont la patience s'émoussait sérieusement. Votre Lodran a soigné des blessés républicains, ne les a pas dénoncés, il est donc en faute vis-à-vis de la loi. Ceci, plus cela...

Louise se taisait, les paupières baissées.

— Je ne dis pas qu'il a commis ce délit, explosa Gisquet, mais je le lui impute, voilà. Ajoutons cela à votre viol, à un soupçon de meurtre, son compte est bon, je l'expédie en exil, le nègre retourne sur son île. Sommes-nous contente ?

Louise se leva, très droite, et posa sur lui un regard clair.

— L'exil, répéta-t-elle d'une voix limpide. L'exil. Très bien, Monsieur le Préfet.

Il la salua avec une certaine gaucherie, épuisé, soudain, maudissant à la fois les notaires et ces trousse-queues de lorettes, les nègres et les médecins, accablé par une nouvelle espèce de fatigue, empêtré dans une humanité qu'il avait l'habitude de tenir à distance, sur laquelle il avait hâte de reprendre le dessus, quitte à s'isoler, à s'enraciner dans l'exercice de sa médiocre tyrannie.

Louise s'éloigna d'un pas tranquille dans une auréole de soie et de mousseline. Il la suivit des yeux un moment puis la renvoya dans un coin de sa mémoire à la foule sans noms et sans visages des plaignants de tous bords qui lui réclamaient justice, ces animaux d'hommes et de femmes avec lesquels il fallait bien composer, si l'on voulait régner sur quelqu'un.

Le secrétaire aux genoux floches apparut dans l'entrebâillement de la porte pour rappeler à Monsieur le Préfet qu'il avait le soir même un dîner.

— Je le sais bien, répondit Gisquet avec humeur. Daguerre sera là, avec Dumas, probablement. Les artistes se frottent les uns aux autres... Ils se reniflent, ils s'épient, cajolent le génie de l'autre pour l'étouffer.

Il se moucha bruyamment et reprit :

— Dumas ? Ah, tiens, justement.

Là-dessus, il fit signe à son secrétaire de se retirer.

— Rompez, mon garçon.

L'autre quitta le bureau à pas lents, comme s'il craignait de déranger l'air de la pièce en la traversant. Gisquet resta seul une petite demi-heure pour remettre de l'ordre lui-même dans ses dossiers du jour, brassant les papiers avec les idées qui lui passaient par la tête. Ce dîner lui déplaisait d'avance. Il n'aurait pas dû se laisser embringuer par son épouse dans des futilités qui lui pesaient. Il poussa un soupir. « Je pourrai toujours régler l'affaire Lodran, pensa-t-il, faire comprendre à Dumas que *le foncé* doit plier bagage. Le type a eu de la chance jusque-là, maintenant, c'est fini. Et puis, foncé, il l'est trop, à ce que je sais. Bien plus que Dumas. Alors, un viol et un meurtre sur le dos... Même si la bourgeoise a menti, le mieux, pour *le foncé*, c'est encore la fuite. Il n'a qu'à retourner chez les singes.

— Et puis, quoi ! pesta Gisquet subitement. Dumas... Parlons-en, de Dumas : quel rôle a-t-il joué, celui-là aussi, pendant les funérailles ? Il peut bien enfiler n'importe quel uniforme, tout lui va, à lui. Mais il sent le républicain à plein nez. Quant à Daguerre...

Non, Gisquet ignorait la sensibilité politique de Daguerre.

— Le prénom, déjà ? Joseph ? Georges ? Non, non. Louis Mandé Daguerre... Louis Jacques Mandé. Quarante, quarante-cinq ans... Parisien, peintre et décorateur de théâtre... l'homme du diorama. Un arriviste-né. À surveiller.

Il rangea soigneusement les archives qu'il avait eu besoin de consulter dans la journée, les dernières communications du jour, dressa rapidement la liste des courriers à dicter le lendemain, et se retira enfin, à la nuit tombante, après avoir vérifié la fermeture de l'armoire où il enfermait les documents concernant Sainte-Pélagie.

— Raspail, Blanqui et tutti quanti, rompez, dit-il.

Il ouvrit la porte, se pinça le nez et jeta un dernier regard en arrière.

— Bref.

Lodran apprit les accusations qui pesaient sur lui quelques jours plus tard. Il n'avait pas oublié la maison Cambel, bien sûr que non. Il évoqua le visage tourmenté de Louise, la sécheresse de cette femme dont la désillusion avait rétracté la chair et refermé le cœur. Il ne la blâma pas. S'il devait défaillir, de toutes ses forces il refusait que ce fût du fait du monde hostile. Tel était son orgueil. Sa faiblesse, sa carence ne devaient procéder que de ses conflits intimes, de sa propre diversité et des contradictions qui déchiraient parfois la cohésion laborieusement conquise, l'harmonie qui permettait de croire, de temps à autre, à la liberté de l'âme, lancée comme un chant à travers l'épais treillis des intérêts du dehors.

Attentif, trop peut-être, à ses remous internes, souvent apte à les deviner en autrui, il s'armait de sang-froid à la première alerte, robuste contre la ronce cuisante de la haine. Un intérêt extérieur exigeait aujourd'hui son départ ; on avait extorqué à Paris le consentement à son exil, Paris ne voulait plus de lui – l'intérêt bourgeois l'emportait... Il se plierait au sort qu'on lui avait réservé.

« Ce qui m'échoit aujourd'hui, pensa-t-il en posant sur sa chambre modeste un regard circulaire, je le reçois sans rancune. De chaque malheur, je dois faire mon aventure. L'être insatiable mûrit lentement, ni joie ni souffrance ne le comblent jamais... D'autres aubes se lèvent, dans l'adversité. »

Le chagrin l'assaillit pourtant alors qu'il commençait à préparer son bagage, quelques chemises, les souliers qu'il n'avait pas fait

197

ressemeler, dont l'un bâillait par-devant. Il s'assit sur sa couche et pleura.

— On m'arrache à Paris, s'écria-t-il, mais on ne me prend pas ce que je suis ! On ne me prend pas mon humanité, l'amour indissociable de ma vie.

Il appuya ses coudes sur ses genoux et murmura les paroles de réconfort qu'avait prononcées pour lui un jour le prêtre voisin des Cambel :

— Pense à la grâce qui bondit et se donne et jamais ne se perd. Quoi qu'il t'advienne, retourne à la joie essentielle.

Lodran s'allongea alors, en paix, sur son lit, et ferma les yeux pour contempler Céleste.

Elle lui apparut au milieu d'une grande corolle blanche bruissante de rires. D'une voix légère, elle lui dit, le doigt levé :

— Il faut avoir déjà trouvé l'amour pour le chercher : atteignez donc ! Vous vous mettrez ensuite en chemin.

Lodran se voyait lui-même à deux pas du lis qui agitait doucement sa fleur comme une clochette de plus en plus volumineuse. « N'est-ce pas de bon augure, pensa-t-il, que Céleste porte vers moi sa campanule et m'invite à sa rencontre ? Elle m'aborde alors que je dois disparaître et m'effleure dans un lieu hors du monde, à l'embrasure d'un autre vers lequel l'enthousiasme nous soulève... Merveille ! Cette extase ne menace en rien notre existence, car notre joie se propage de cercle en cercle jusqu'à se fondre dans l'Immense, et d'onde en onde la passion qui nous éloigne du centre en même temps nous y ramène... Sans aiguillon ni souffrance, sans effroi ni pudeur, l'amour nous saisit et nous lance dans le tumulte rythmé d'un bonheur qui est une louange... Faveur inouïe, prodige ! L'intimité de nos cœurs creuse une béance pour une ultime offrande, et notre nature jaillit, pleine de fougue violente, pour accomplir notre merveilleux avènement... Les myriades de myriades en sont témoins et nous drapent de multiples aurores. »

Lodran remuait sur sa couche et la vision faisait frissonner ses paupières. Tantôt il courait vers Céleste et la soulevait dans ses bras, tantôt elle l'entraînait toujours plus haut en le prenant par la main.

— Chochana, mon cher lis, s'écriait-il pourtant, ne suis-je pas un vieil homme noir ?

Et Céleste riait si fort que sa corolle devenait rose et violette.

— Atteignez donc ! répétait-elle. Vous vous mettrez ensuite en chemin !

Et leur danse reprenait comme si elle était pour eux l'ultime possibilité de leur existence, aux abords de la mort et à l'orée de la Lumière.

— Sommes-nous libres, Céleste ? demandait Lodran dont la peau brune étincelait comme le miel.

— Nous le sommes, répondait-elle en riant. Où nous nous aimons, le temps est mort, le vrai donne naissance au Vrai dans un miracle tranquille.

La vision, soudain, s'obscurcit. Le sourire de la jeune fille se referma tandis que ses lèvres s'épanouirent en deux arcs pleins et tendres d'un brun foncé ; sa peau fine se colora d'ocre sombre mêlé d'une nuance nocturne, le bleu profond qui peignait parfois de mystère l'aile des oiseaux. Sa tête se couronna d'une épaisse chevelure crépue ; les amandes claires de ses yeux se muèrent en deux billes d'ébène. Puis, devant Lodran frappé de stupeur, l'ocre et le bleu s'en furent en chassant les dernières clartés du visage aimé : ce n'était plus Céleste, mais la face et la peau d'une négresse qui le regardait avec tristesse.

— Rose ! s'écria Lodran en lui tendant les mains. Rose, ma mère... Pourquoi m'apparais-tu ? Tu avais l'âge de Céleste... Rose, pourquoi ? Puis-je pour toi quelque chose ? Ton corps a disparu, comment aurais-je pu te rendre un culte ? Rose, pardonne-moi !

Son passé l'empoignait, l'île et ses esclaves, les nègres et leurs fers. Haïti le prenait à la gorge et le soûlait de gifles. Il titubait, les yeux égarés.

Rose s'approcha doucement de lui en soutenant sa tête de ses mains noires dehors, blanches dedans, deux étoiles de mer aux doigts fébriles qui s'étirèrent d'une manière effrayante.

— Étoiles menteuses, étoiles carnassières ! s'exclama encore Lodran. Sous quel ciel a-t-elle été assassinée ? Morte, elle crie vers moi !

L'atrocité de vivre ne s'éteignait donc pas. L'histoire d'un peuple passait sans que fussent écrasées les douleurs particulières, accrochées à jamais à quelque promesse d'éternité. L'âme de Rose voulait se hausser vers la frange surnaturelle où croisaient les anges et les dieux. Rose n'était plus assujettie à la chair, mais la souffrance persistait, sa souffrance têtue de jeune femme toujours grave d'amour et de désirs, qui transgressait les lois terrestres pour imposer sa réalité étonnante. Elle demeurait en attente, une attente passionnée, dévorante, qui avait usé le bord de la mort pour qu'elle puisse l'atteindre, lui, son fils, et formuler une demande longtemps contenue. Rose avait saisi l'opportunité d'une autre présence pour aborder Lodran et lui exprimer son exigence. Elle avait choisi Céleste. L'amour de Céleste lui avait ouvert la voie.

Lodran contemplait, bouleversé, le beau visage triste et souriant de Rose. Ses jambes vacillaient. Il tenta pourtant de s'avancer vers la vision qui resplendissait devant lui et s'effaçait tour à tour : les mains noires et blanches détachèrent alors la tête de Rose et la portèrent au-devant de lui. Il voulut s'approcher, l'embrasser, peut-être... La tête se mit à tourner sur elle-même à toute vitesse, et la bouche hurla, écarlate :

— Où sont Césette et Cupidon ? Où sont les enfants ? Mulâtres, mulâtresses, négrittes et négrillons, qu'a-t-on fait de vous ?

La plaie vomissait un sang noir. Abasourdi, Lodran joignit les mains. Les larmes lui troublaient la vue, son cœur lourd comme un battant de bronze cognait avec violence. Les étoiles lascives lui montrèrent alors leur blancheur avec arrogance. Elles se couvrirent de sang et renversèrent tout à coup la tête de Rose en arrière :

la tranche rouge de son cou apparut et un flot cramoisi déferla sur Lodran.

— Ma mère, s'écria-t-il, quel est ce sacrifice ? Ta plaie est en feu comme si un dieu mauvais en était cause. Quel dieu, ma mère ? Dis-moi ! Quel dieu ? Les mains du meurtre sont blanches, mais le dieu blanc que tu m'as appris à aimer est un dieu de compassion.

La bouche s'ouvrit pour un balbutiement incompréhensible tandis que la tête continuait sa ronde folle. Enfin, Lodran crut saisir les paroles qu'elle chuchotait :

— Demande au cochon noir, disait Rose d'une voix faible... Le cochon noir, sur la montagne du Morne-Rouge... Les éclairs tranchaient la nuit comme des couteaux, et la gamelle de bois écumait... Oh, mon Dieu... soupira la voix... Ils dansaient tous la danse de mort et burent ensemble le sang fumant.

— Seigneur ! s'exclama Lodran à bout de nerfs... ma mère me parle d'un rite vaudou. Une cérémonie entre insurgés, sûrement, peut-être celle de Bois-Caïman, dont on a tant parlé, pour se souder et se fortifier contre les Blancs...

La tête volante se couvrit d'un grand voile noir. Plongé dans une nuit complète, Lodran pensa qu'il devait s'adresser à la vision, la réconforter, et prononça en tremblant, à tout hasard :

— Oui, mère, oui... Rassure-toi, je suis là. Je veux t'écouter, je veux te comprendre... Ma chère mère, parle-moi encore. Le sacrifice du porc, oui. Une cérémonie vaudoue, en hommage au tout-puissant génie de la race noire... Mère, tes frères...

Sa voix se brisa :

— Tes frères esclaves t'ont-ils condamnée ?

Un sanglot lui répondit. Raidi d'effroi, Lodran reprit, très bas :

— Et l'un d'eux t'a égorgée.

À l'emplacement de la vision, devant lui, un halo rouge cernait la forme légèrement ondoyante de Rose qui dégageait une chaleur insupportable. Lodran ne percevait plus les objets familiers de sa chambre. Une opacité insolite avait absorbé les rondeurs et les angles ; les matières semblaient prisonnières d'une torpeur qui le gagnait peu à peu.

— Pourquoi, mère ? demanda-t-il encore avec effort. N'étais-tu pas noire, toi aussi, contrainte comme tant d'autres, comme Césette, à subir l'homme blanc jusque dans son lit ?

Rose ne dit mot. Lodran vit avec horreur les mains frénétiques sortir de l'obscurité pour enserrer ses membres. L'une d'elles glissa autour de son cou une tentacule élastique truffée de gros yeux tièdes sur lesquels se reflétait le porc hideux multiplié par dix et par cent, le ventre dépenaillé et les entrailles dehors. Lodran se débattit en suffoquant et s'arracha à son emprise : assise dans un friselis de viscères, la bête éventrée lui fit face. La chaleur de la chambre était devenue telle que la sueur qui lui coulait du front et lui tombait des sourcils l'empêchait de voir le porc ouvrir une bouche gigantesque. L'odeur de sang saturait l'air. Lodran sentait le plancher gonfler sous ses pas ; un fumet fétide s'élevait d'entre les lattes, attaquait ses narines et s'abîmait dans ses poumons. Quand il put s'approcher, il distingua sous le groin retroussé les mâchoires de la bête armées de lames coupantes ; les dents du porc trituraient une substance méconnaissable qu'une vapeur blanchâtre dissimulait à demi, tandis que l'animal disparaissait dans son lard qui fondait à toute allure.

Lodran se précipita pour voir ce qu'il cachait sous sa langue et poussa un cri :

— Mon père, broyé lui-même par ce qu'il a machiné ! Vision folle !

— Méfie-toi de ce que tu manges... geignit le porc en s'évanouissant dans l'obscurité.

Le poison. L'obsession des Blancs, là-bas. Lodran fronça les sourcils ; les suppositions lui venaient toutes à la fois, sa pensée tiraillée ruait en tous sens. Son père avait dû soupçonner Rose de vouloir l'empoisonner. Oui, oui... Il l'avait soupçonnée de s'être liguée avec les autres esclaves et d'avoir fomenté sa mort... Pour se débarrasser d'elle... Lodran réfléchit une seconde... Il transpirait à grosses gouttes : Rose s'était donnée au christianisme avec une foi farouche ; en temps de lutte, cela revenait à une prise de position en faveur des Blancs insupportable pour les insurgés les plus irréductibles, même si le vaudou avait su assimiler les rites de différentes ethnies au milieu desquels pointaient des éléments chrétiens. Il devait être facile de la faire accuser de collaboration avec l'ennemi commun. Maubielle avait dû reculer devant le meurtre et s'était arrangé pour que l'affaire soit réglée entre nègres. La tension montait dans la plantation : il devenait impossible que les esclaves gardent dans leurs rangs cette femme qui partageait de surcroît la couche du maître. Ils l'avaient sacrifiée. De toute façon, devenue suspecte dans les deux camps, Rose était perdue.

— Mon père est mort lui-même quelques mois avant l'Indépendance, murmura Lodran. Écharpé par l'un de ses esclaves. Ce n'est pas le poison, qui l'a tué, mais la machette... Mon père, haché par les mâchoires du porc. Tout le monde dit que l'insurrection des esclaves a été l'œuvre du vaudou.

Il tomba à genoux sur le plancher de sa chambre, rompu. Alors qu'il demeurait ainsi, prostré, la voix de Rose, presque imperceptible d'abord, s'éleva lentement à quelques pouces de lui. Ce furent de longues plaintes dont le chant léger semblait faire danser les ténèbres, puis des lamentations plus douloureuses et pesantes. Lorsqu'il ouvrit les yeux, il vit tournoyer le disque sanglant du cou de Rose qui s'approchait de lui à le frôler.

— Césette et Cupidon, soupira encore la voix exténuée, où êtes-vous ? Et toi, mon enfant... Mon enfant... Mon enfant... M'as-tu abandonnée ?

Le silence retomba dans la chambre. Le disque s'assombrit lentement. Le halo rouge fit une discrète réapparition – un scintillement faible. Rose se retirait. Lodran voulut tendre la main vers la forme évanescente. Un souffle froid hérissa sa peau. Il frémit et fit un pas en arrière.

— Mère ! s'écria-t-il en larmes, mère, écoute-moi !

Le noir, maintenant, était total. Lodran sentit le souffle l'envelopper. Il rassembla ses esprits et recueillit son âme au plus bas de lui-même, où s'échangent les forces suprêmes – peut-être pria-t-il. Alors il s'avança de nouveau et prononça avec calme :

– Ne crains ni pour toi, ni pour moi, mère. Je reviens dans notre île. Je t'offrirai une sépulture... Et si ton corps a été jeté à la mer, Rose, gentille Rose, j'ordonnerai pour lui une cérémonie, et tu seras en paix.

Quelques instants s'écoulèrent. Lodran attendit. La chambre s'emplit peu à peu de sa respiration profonde. Sans y penser, il ferma les yeux. Le visage de Rose apparut, souriant et doux, une seconde, puis son teint et ses yeux s'éclaircirent, ses prunelles retrouvèrent le bleu des plus beaux ciels d'hiver, et il s'effaça derrière le visage de Céleste.

Lodran poussa un petit soupir, rejeta la couverture au pied de son lit et se leva pour vérifier l'ouverture de sa lucarne. Il faisait terriblement chaud, cet été. Par le carreau de verre, il vit la lune filer derrière une bâtisse à la découpe disgracieuse. Les étoiles lui parurent plus grosses que d'habitude.

Il ne restait plus que quelques jours à Lodran pour saluer ses malades et ses rares amis. Ce matin-là, avant de se rendre à l'Hôtel-Dieu, il pensa qu'il devrait écrire aussi quelques lettres, et choisit d'abord d'en rédiger deux.

Destinée à Alexandre, la première exprimait sa joie de le savoir de nouveau sur pied, sa gratitude et son amour pour Paris.

Les derniers mois pouvaient faire douter de la grandeur de Louis-Philippe, écrivait-il (« Il me semble que son flegme n'est pas parisien »), mais on voyait maintenant les hommes du peuple, maçons, ouvriers ou cuisiniers, des livres à la main, loués à l'heure ou à la journée, parlant d'Hugo comme d'un ami, pris d'une fièvre près d'embraser toute la nation. Ces hommes sauraient s'unir un jour. Ils permettaient de croire le moment bientôt venu d'une république sociale.

Lodran était sensible aux thèses de Lamennais, qui tentait de ramener sur le terrain politique l'espérance religieuse de la liberté : « Trouve-t-on ailleurs qu'à Paris des prêtres députés, des romanciers journalistes et des poètes tribuns ? »

Sa lettre évoquait ensuite avec chaleur le général Dumas son cousin, fils de Césette et père d'Alexandre, surnommé « Monsieur de l'Humanité » par les sans-culottes parce qu'il haïssait la guillotine. On disait sous Bonaparte qu'il était « le seul homme de couleur auquel on pardonnait la peau », parce que sa bravoure était exceptionnelle. « Soyons donc braves jusqu'à ce que

Paris nous aime sans condition, écrivit Lodran, soyons meilleurs. C'est la seule voie, pour les mulâtres. Je n'en suis pas affligé : je sens comme toi, Alexandre, le privilège de cette solution particulière. »

Vint ensuite la question de la statue : les Haïtiens voulaient en élever une dans leur île à la gloire du général, et Alexandre avait chargé Lodran d'aider « leurs chers compatriotes, avec lesquels il était toujours resté en relation d'affection » à mener à bien leur projet. « J'y mettrai tout mon cœur, assura Lodran, par amour pour lui et pour toi, pour ma cousine aussi ; je te promets de passer la voir avant mon départ, puisque tu m'apprends qu'elle doit rester alitée. »

Il eut encore quelques mots touchants pour le petit Alexandre.

Sa lettre se poursuivait ainsi : « Partirai-je, écrivit-il, sans embrasser ton fils ? Quitter la France et vous quitter me brise le cœur. En réalité, je suis effondré. J'ai fait cette nuit un cauchemar. Ma mère m'est apparue dans les douleurs de la mort, pleurant toujours sa sœur Césette et les enfants de celle-ci vendus à Nantes, je crois bien, à l'exception de ton père... Rose était beaucoup plus jeune que ta grand-mère ; les violences de l'esclavage ont dû par trop l'affecter. Sa propre mort a été affreuse, c'est certain, et tu sais comme moi que notre île a des manières à elle d'accommoder la mort. Je ne puis te dire à quel point ce rêve m'a troublé. Il est sans doute nécessaire qu'ayant parcouru plus de la moitié de ma vie je fasse la paix avec mon passé. Les circonstances pénibles de mon départ m'y aident aujourd'hui. »

Lodran acheva enfin sa lettre à peu près en ces termes : « Je lis peu, Alexandre, mais je ne partirai pas sans une œuvre de toi. Ton succès me rend heureux. Sois protégé, mon cher frère et mon ami, toi et tous tes bien-aimés, qui sont fort nombreux. »

Il passa ensuite un petit quart d'heure à réfléchir avant d'entamer sa seconde lettre. Il la destinait à Paul. Enfin, il écrivit :

Cher Monsieur Huet,

Peut-être votre ami Alexandre vous a-t-il fait part de mon départ imminent pour Haïti, mon île natale, dans des circonstances offensantes et douloureuses. Ma peine est immense. Cependant, j'ai connu ici des bonheurs auxquels je n'aurais cru pouvoir prétendre. À peine nous sommes-nous rencontrés ; l'indignité dont on m'afflige aujourd'hui nous sépare, mon honneur est souillé. Pourtant je crois que votre amitié m'aurait été chère. Permettez-moi, s'il vous plaît, de vous faire mes adieux ainsi qu'à Mlle Céleste.

Alors, seul au monde, sec et coupant comme le verre, Lodran s'agenouilla. Une vague hurlante le dévastait et cherchait à l'inonder, à l'abreuver, à le noyer dans son désert, mais il contint le hourvari des sentiments qui réclamaient de se frayer une voie vers *elle*, l'innocence et la gaieté, la certitude et la foi, la jeunesse ignée, aussi lumineuse que si elle était ceinte d'une couronne d'or.

IV

Monsieur Richomme était tourmenté. Il aurait aimé donner à son tourment une tournure nette, le démarquer et le réduire à une délibération avec lui-même afin d'en venir mieux à bout, mais quelque chose d'insaisissable venait ensorceler sa réflexion qui prenait un petit air nostalgique et sombrait dans une dépression sans horizon. Au bout d'un moment, il ne savait plus quel tracas était à l'origine de sa rêverie mélancolique. Le rêve n'avait plus d'objet. Son esprit s'égarait dans une déambulation circulaire de plus en plus large au milieu d'un monde sans irruption, mol et inhabité.

De temps en temps, Ursule faisait un saut dans son paysage déserté. L'attention la plus anodine, la question la plus inoffensive ne manquaient pas, alors, de le blesser. Il s'avéra que c'était la féminité même, en Ursule, qui le meurtrissait.

— D'où vient ta patience, ma femme ? demanda-t-il une bonne fois.

— Une femme est toujours patiente, mon mari, répliqua-t-elle : son vase se creuse à mesure.

Là-dessus, il se renfonça dans le gris pour méditer sa réponse.

— Cette femme toujours patiente, reprit-il avec une pointe d'aigreur, n'est-elle pas acculée à elle-même, pour finir ? Et au fond, que trouve-t-elle ? Sa propre culpabilité, voilà. Je te le dis sans méchanceté, ma bonne Ursule, en pensant à Ève.

— Je ne sais pas, répondit Ursule gentiment, le front lisse et les pommettes roses.

Richomme poussa plus avant :

— Seulement je connais des femmes, moi, qui ne se sentent guère coupables, et pas plus loin qu'ici.

Il avait la face misérable de celui qui ne comprend pas sa propre maison et peine à vide.

— Veux-tu que je te dise, Ursule ? Ta fille.

Ursule ferma les paupières à demi et avança les lèvres, en attente du déluge qui allait lui tomber dessus.

— Caroline, mon mari ?

— Caroline file doux, maudite femme, rétorqua Richomme. Il ne s'agit pas de Caroline. Je parle de l'autre.

— Oh, fit Ursule sur la défensive... « L'autre » ?

— Ta fille Céleste, que tu laisses trop libre, et qui finira par te faire honte. Elle s'habille comme... comme...

Il leva les yeux au ciel pour le prendre à témoin d'un outrage de taille.

— Comme une artiste, compléta Ursule. La mode ne l'intéresse pas. Elle méprise les apparences.

— C'est bien dommage, ma chère femme : les apparences comptent, de nos jours. Et puis, nous avons un certain rang à tenir.

— À la campagne avec les vaches ?

— Mettons que je tienne à ce que Céleste plaise aux vaches, et tu lui achètes une robe avec des manches à gros bouillons qui ferme jusqu'en haut. Je ne peux plus la supporter dans les chemises de son oncle.

— Du coton blanc, mon mari, rien de méchant.

— Elle laisse le col ouvert. Deux boutons.

Ursule baissa les yeux. Il poursuivit, inflexible :

— Tu lui achètes une robe décolletée comme on en voit partout, avec une guimpe ou je ne sais quoi par-dessus, qui cache le cou. Après cela, ajoutez des plis, des volants et tout ce que vous voudrez...

Il laissa sa phrase en suspens et jeta un coup d'œil suspicieux à sa femme :

— Cela ne me regarde pas, mais je parierais que Céleste ne porte pas de corset.

Ursule fronça les lèvres, les yeux rivés au sol.

— Ma pauvre femme, lâcha Richomme.

Quelques secondes s'écoulèrent. Il reprit :

— Le corset... nous corrigerons cela. Maintenant... les cheveux, Ursule, franchement... Cette natte... Une corde pour mener l'âne, oui.

Ursule perdit son sang-froid :

— Tu veux qu'elle ressemble au roi ? Laisse-la tranquille avec sa natte, et viens-en au fait.

— D'accord, ma femme, répondit Richomme content de maîtriser la situation, parlons du reste. Ta fille a les idées de travers.

— Je suppose que c'est faute de les contenir dans un bonnet sur lequel on enfonce un chapeau, répliqua Ursule de mauvaise grâce. Les idées lui poussent en pagaille sur la tête.

Il lui fit son œil noir.

— Ursule, Céleste est une orgueilleuse. Une insoumise. Si on ne la redresse pas, la prochaine fois qu'elle va chez ton frère à Paris, je la trouve en train de faire la révolution. D'ailleurs, à propos de Paul...

Richomme rêva un instant.

— Quel âge a-t-elle, déjà ?... Hum... Nous y reviendrons.

Ursule attendait, le poing fermé devant sa bouche. Il croisa les bras, imposant, presque martial, et répéta :

— Céleste est une orgueilleuse, et cela peut mener loin.

Ursule poussa un petit soupir :

— Allons-y, mon mari. Je m'assois.

À partir de là, il avait besoin de sa collaboration. Il prit la main d'Ursule et la serra dans la sienne.

— Si tu veux, ma femme, si tu veux, asseyons-nous.

Cela se passait dans la salle à manger. Ils s'installèrent à la table ; elle offrit son plateau large de hêtre blondi et réchauffé à la cire, le souvenir des connivences familiales, des secrets chuchotés et des fous rires des enfants, la place du père, en tête, épanouie, du côté de la cheminée, l'opulence muette de son haut bout, que Monsieur le chef de bureau occupait fort bien. Richomme suivait d'un doigt les dessins fantastiques des quelques nœuds rasés qui tourbillonnaient sagement dans la cire. Ursule considérait sa table avec une satisfaction de ménagère avisée, qu'une tirade de son grand homme n'effrayait pas.

— Ma chère femme, commença celui-ci, notre fille a attrapé une maladie américaine.

— Où cela, mon ami ? demanda poliment Ursule.

— Dans un journal, pardi.

Il avait coutume de fulminer contre les journalistes. Cette fois, il était calme. Elle hocha la tête en attendant la suite.

— Une maladie américaine... ou plutôt britannique, précisa Richomme. Oui, une idée britannique qui germe chez Céleste. Une idiotie d'outre-Manche. L'auteur de la grosse sottise, un nommé Owen, est une moitié d'Écossais qui est allé faire des siennes de l'autre côté de l'Atlantique, et la grosse sottise a fait son chemin jusqu'en Normandie. Ne m'embrouille pas, Ursule.

— Ah, fit Ursule. Une maladie qui a voyagé.

— Oui ma femme, et qui s'est implantée chez nous, à Folembray.

Ursule arrondit les yeux et hocha de nouveau la tête.

— Je suis prête, mon ami.

— Très bien, ma chère femme. Voilà l'histoire. Céleste est venue m'interroger hier soir après dîner sur les dimensions de nos terres, autour de la maison.

— Tiens, demanda Ursule, et pourquoi donc ? Veut-elle devenir fermière ?

— Ce serait trop beau, mon Ursule. Non, non. C'est plus original.

Il prit son menton entre le pouce et l'index et, sur un ton mesuré :

— Notre fille a en tête un projet de société dont notre petit domaine servirait de base expérimentale.

214

Ursule, déconcertée, ne broncha pas. Il prit l'air menaçant :

— Elle veut élever sur notre terrain une cité égalitaire. Tu m'entends ?

Il étouffa une espèce de sanglot et continua, radouci :

— Ne réponds pas, mon Ursule, tu ne sais encore rien. Alors, en deux mots : dans notre enclos, soudain, la vie change. D'abord, des inconnus viennent se partager notre bien. Fini la propriété privée. Et ce n'est pas tout : fini le mariage, fini la religion chrétienne – et, tiens-toi bien : fini la justice, le tribunal, la prison et tout le reste, ce n'est plus la peine, tout le monde aime tout le monde. Chez nous, avec Céleste, c'est la paix universelle. Et là-dessous, Owen. Robert Owen, un homme aux idées larges, qui n'avait pas mal débuté dans la vie, pourtant, puisqu'il a fait fortune dans l'industrie. Mais il s'est mis à être sensible, à considérer le sort de ses ouvriers, qu'il a fini par préférer à la classe dirigeante. Le mal était fait : il a jugé la société corrompue, il s'est dit qu'il n'y avait qu'à l'imaginer autrement, et hop ! il a renversé la pyramide.

Ursule ne suivait plus.

— Pardon, mon ami ?

— Peu importe, ma femme. Donc, Owen est allé en Amérique et s'est acheté un village, qu'il a appelé Harmonie, pour y fonder sa « communauté d'égalité parfaite ». Je n'avais pas attendu Céleste pour découvrir la belle histoire, note bien. L'affaire Owen date d'il y a sept ou huit ans ; tu penses qu'on en a parlé au ministère ! J'ai même eu entre les mains la déclaration d'Owen.

Il émit un petit sifflement. Ursule le questionna prudemment.

— « La déclaration d'indépendance mentale », compléta Richomme, l'air sentencieux. Mot à mot, ma chère femme. Plus de propriété, plus de mariage, plus de religion. Retiens cela, Ursule. Ce qui a séduit notre fille. Une rebelle, je te le disais bien. Et il faut que tu te figures cela chez nous... Sans compter que tous les nègres rappliqueraient, parce que les esclaves pourraient racheter leur liberté en travaillant dans notre petit paradis avant de retourner dans leur Afrique.

Un sourire effleura le visage d'Ursule qui ne savait pas si elle devait saluer la fantaisie de sa fille ou se moquer de la gravité du père. Richomme haussa le ton.

— À moins que ce joli monde ne préfère rester à Folembray.

Ursule vit en un éclair sa maison peuplée d'Africains accroupis autour du feu, couchés par dix dans leur lit et jusque dans les pantoufles de Richomme. Elle pouffa de rire.

— Tu riras moins, maudite femme, pesta Richomme, quand je t'aurai dit avec quel sérieux Céleste m'a exposé son idée, et qu'elle a fondu en larmes quand je l'ai envoyée promener.

Perplexe, inquiète aussi tout de même, Ursule se tut. Il continua d'un jet :

— Si nous étions dans la misère, je l'expédierais en ville pour l'établir coloriste chez un patron, puisqu'elle a un petit talent. Mais comme ce n'est pas le cas, je suggère de la marier d'urgence. Ne réplique pas, ma femme. Avec qui ? Avec ton frère : il n'attend que cela. Ce n'est pas que ses opinions politiques me conviennent, pourtant, Dieu sait ! Mais en prenant de l'âge, il se calmera, comme les autres.

Ursule se rembrunit.

— Céleste est encore jeune, et même si Paul...

Richomme se leva d'un coup et se carra devant elle, brave d'épaules et l'estomac proéminent.

— La maladie communautaire, ma femme. L'utopie égalitaire. Rappelle-toi. Ta fille donnerait tous tes biens aux pauvres et aux nègres. Le résultat des idées sociales avancées, le voilà : on balance entre Babeuf et Jésus-Christ, et on retrouve des nègres dans ses souliers.

Il sortit, laissant Ursule dans un état de vacance étrange, entre l'euphorie et la désolation, effarée mais touchée par l'exaltation de Céleste. Ursule avait toujours su que leur fille portait de graves pensées d'amour, si profondes et si hautes que Richomme préférait les condamner sous le nom d'orgueil. Peut-être avait-elle aussi caressé furtivement quelque désir de liberté brutale, peut-être

216

avait-elle éprouvé parfois le besoin violent de s'affranchir de Richomme, qui menait leur mariage comme un attelage de bêtes de gros trait sans se demander s'il n'arrivait pas à une pouliche de souhaiter autre chose que la litière et le râtelier.

Elle resta ainsi, seule un long moment, assise à la table de hêtre qui ouvrait devant elle ses grands yeux blonds et attirait ses rêveries dans ses spirales, puis elle se leva et quitta la pièce à son tour, la tête pleine de murmures.

Céleste peignait dehors. Elle avait dressé son chevalet sous un tilleul, dans la cour ; sa sœur lisait, assise sur un banc, à côté d'elle. Ursule regarda ses filles, le tableau paisible qu'elles composaient. Au loin, la verdure déroulait ses aspects multiples, la douceur de ses beautés champêtres, à première vue sans embuscades. La forêt ne prenait naissance qu'à deux ou trois lieues de là, avec ses épaisseurs dangereuses et sensuelles, ses secrets enfouis dans la fraîcheur des mousses voilées de tendresse humide, son air chargé de senteurs puissantes, si tonique aux narines qu'il semblait lui-même une chair mystérieuse, translucide et féconde. Des chevreuils et des daims couraient là-bas à leur aise ; Richomme ne chassait pas. Ursule s'en réjouissait ; elle n'aurait pas aimé voir ses trophées pendre aux murs. Elle ne tenait pas à ce que des têtes velues aux yeux de verre la regardent en train de manger leur corps. Chez les Richomme, on aimait les bêtes.

Les chiens des filles dormaient près de Caroline. Tout était tranquille. Tout était trompeur.

Ursule fit quelques pas vers Céleste et s'arrêta, hésitante. Céleste posa vivement son pinceau.

— Viens, maman, dit-elle. Viens vite voir.

Ursule sourit à sa fille et se pencha sur son travail.

— Oh ! Céleste... s'exclama-t-elle. Comme c'est beau...

Un arbre imaginaire emplissait la toile d'un millier de rameaux couverts de fleurs blanches. C'était un frémissement, un bouillonnement... un embrasement blanc, oui, un brasier de fleurs blanches. L'arbre avait la magnificence d'un buisson d'étoiles et la splendeur énergique de l'amour vainqueur, comme s'il était le foyer merveilleux d'une étreinte cosmique.

— Et pourtant, mère, dit Caroline d'une voix fûtée, si tu regardes les fleurs de près, elles ont l'air de simples bouts de chiffon.

— Tiens, c'est vrai, répondit Ursule. Comment as-tu fait, Céleste ? Tu as tamponné la toile, au lieu de... Est-ce Paul, qui t'a appris à faire ainsi ? L'impression est étonnante... Tes fleurs tressaillent, elles étincellent.

Cela faisait dix ou vingt fois que Céleste peignait son arbre. Dix ou vingt fois que la scène se déroulait de la même façon. Céleste et Caroline, Ursule, le tableau. La paix tout autour et le brasier blanc. Pourtant, c'était chaque fois d'une importance capitale. Céleste voulait que Caroline et Ursule fussent témoins de son lien merveilleux avec l'arbre, pour qu'il soit vivant. Et leur étonnement n'était pas feint. La beauté de l'arbre dépassait celle de tous ceux du domaine des Richomme, et peut-être même celle de tous les arbres connus.

Ce fut Caroline qui trouva cette fois-là le mot juste :
— On dirait une robe de mariée.

*

Céleste avait ouvert depuis quelque temps un cahier sur lequel elle écrivait chaque jour, dans la chambre qu'elle occupait avec Caroline, le soir et le matin de bonne heure. Comme elle n'en disait pas un mot, sa sœur le prit d'abord pour un journal intime. Mais non, c'était tout autre chose. Le mystère s'épaissit quand Caroline vit Céleste s'entourer de livres et de brochures sortis de la bibliothèque de leur père ou de celle de Paul qui oubliait à Folembray beaucoup de ses affaires. Céleste travaillait pour de bon. Peut-être composait-elle un traité de philosophie. Caroline avait reconnu sur sa table un petit *Rousseau* que leur père avait relégué au grenier.

Céleste annotait ce soir-là un journal que Caroline avait vu dans les mains de leur oncle, *Le Phalanstère* ; elle ne remarqua pas que sa sœur se glissait dans son lit une ride au front, tarabustée par un nouveau secret qu'on refusait de partager avec elle.

Plongée dans la lecture du *Phalanstère*, elle s'appliquait à saisir les grandes lignes d'un article de Charles Fourier. L'auteur condamnait la société bourgeoise et exposait son projet d'un monde idéal fondé sur « l'attraction passionnée ». L'article était d'un intérêt exceptionnel. Le sujet convenait parfaitement à Céleste. L'attraction passionnée tapait dans le mille, Fourier tombait pile.

Cet homme de génie avait calqué son modèle de société sur celui de l'attraction universelle défendue par Newton dans le domaine de la physique. Certaines étapes de sa réflexion échappaient à Céleste, naturellement, mais la jeune fille faisait confiance à ce penseur d'envergure. Suivait l'exposé des applications concrètes de la théorie de Fourier : l'attraction formidable poussait les gens à se grouper en communautés au sein desquelles le travail était un bonheur. La société de Fourier se composait donc de coopératives artisanales et agricoles qu'il appelait « phalanges ».

Céleste nota tout cela scrupuleusement, et posa sa plume pour réfléchir. Tout lui plaisait chez Fourier, mais un petit rien la dérangeait. Le mot « phalange ». Elle n'hésita pas longtemps et alla trouver Caroline dans son lit pour l'interroger. Sa sœur valait mieux qu'elle dans l'étude des lettres grecques.

Caroline fit la maligne et geignit comme si on la tirait du sommeil. Céleste dut s'excuser.

– S'il te plaît, Caroline... Pardonne-moi, mais c'est trop grave. Le mot « phalange »... dis-moi, n'est-il pas un peu militaire ?

– Oui, oui, répondit Caroline, qui aimait se faire prier. Il désigne une formation de combat, mais je ne sais plus laquelle. Si c'est carré ou en rond, ou même...

— Merci Caroline, répondit Céleste désappointée. Je m'en doutais, je ne voulais pas le croire. « Phalange »... non, non. Cela ne va pas. Il faudra changer cela.

— Comme tu te casses la tête, ma sœur, dit encore Caroline. Viens dormir, va.

— Je ne peux pas. C'est trop grave, répéta Céleste.

— Mais qu'est-ce qui est si grave ? demanda Caroline intriguée, en cherchant le ton juste pour obtenir sa réponse, ni insistant, ni détaché.

Céleste soupira, les yeux ailleurs. Quelques secondes s'écoulèrent. Caroline attendait, cramponnée à son drap.

— Je travaille à un grand projet, dit Céleste d'une petite voix. Il s'agit d'abattre le régime actuel et de le remplacer par un autre, sous le signe de l'amour.

Caroline passa le menton sur sa couverture et plissa le nez :

— Tu veux tuer Louis-Philippe !

— Plus ou moins, répondit faiblement Céleste.

La modération de celle-ci en disait long sur le sérieux de l'entreprise. Caroline commençait à s'emballer pour l'aventure. Elle sortit toute sa tête et la cala sur ses genoux.

— ... Et comme tu as peur d'être enfermée à la Petite-Roquette, risqua-t-elle en frissonnant, tu puises des arguments dans des livres pour te justifier.

— Je n'ai pas encore décidé du sort de Louis-Philippe, répondit Céleste, que la question ennuyait. Pour l'instant, ajouta-t-elle vivement, je jette les bases de la société future, qui sera celle de l'amour universel. Je dois réunir à la fois les idées d'Owen, de Fourier et de Prosper Enfantin.

— Ciel ! s'écria Caroline en se redressant dans son lit. Mais qui sont ces gens-là ?

— Oh, Caroline... répondit Céleste, émue. Tu veux bien que je t'explique ?

De joie, elle bondit à côté d'elle pour l'embrasser. Caroline se défendit avec une petite moue :

— Pas trop longtemps, alors.

— Non, je te le promets. Tu vas comprendre tout de suite, et tu penseras comme moi, tu voudras la même chose que moi, parce que tu as bon cœur. Si, Caroline. Ton cœur est meilleur que le mien. Il est plus doux, il est plus tendre. Le mien est orgueilleux, et...

— Oui, oui, je sais, répondit Caroline en battant des paupières.

Céleste se ressaisit :

— Notre société est égoïste, Caroline. À vrai dire, elle n'est pas chrétienne.

Sa sœur l'interrompit, le doigt en l'air :

— Je t'arrête. Tu n'as pas l'air de respecter beaucoup la religion de nos parents, d'habitude.

— Tu as raison, Caroline, tu as raison. Mais j'aime le Christ de toutes mes forces, répondit Céleste avec un enthousiasme qui la démonta. Lui, c'est du feu, c'est la tempête, c'est une joie furieuse et une douceur magique. Franchement, parfois, je comprends les saintes. Le Christ, c'est mon ami pour la vie. Tu comprends, Caroline ? Tu vois l'écart, entre l'Église et lui ? La passion, de son côté, et de l'autre... Comme on s'est fourvoyé ? Non, n'insiste pas : la religion, c'est fini.

Devant l'envolée de Céleste, Caroline suffoquée s'avachit sur l'oreiller.

— Tu vas vite en besogne, protesta-t-elle. Et ce prêtre de Paris, dont tu m'as souvent parlé ?

— Pas pareil, rétorqua Céleste. Ce prêtre-là voit grand. C'est un vrai prêtre. Il sait parler d'amour, un amour large qui respire fort, qui ne sent pas le bénitier. Il adore le Ciel et il aime les humains. Naturellement, il est républicain.

Caroline, époustouflée, resta bouche bée.

— Et peut-être même... un peu saint-simonien, continua Céleste avec une assurance mitigée. Note qu'ici, je m'avance. Je regarderai cela de plus près. En tirant bien du côté du Christ, avec l'histoire de Marie-Madeleine et celle de la femme adultère, on doit pouvoir arranger ça. Le thème de la place de la femme dans la société, tu comprends. C'est à bûcher.

Caroline eut un geste de découragement.

— Ma sœur, tu me noies.

Céleste prit une grande respiration et se frotta les joues avec énergie.

— Moi aussi, tu sais, je suis perdue... J'essaie d'y voir clair. Ce que je retiens des lectures de Paul, c'est que l'idéal des saint-simoniens, comme celui d'Owen ou de Fourier, repose sur l'entraide. Et moi, je suis d'accord. On abat la société hypocrite, et on se met à travailler tous ensemble, les femmes comme les hommes.

— Les femmes aussi ? demanda Caroline ahurie.

— Évidemment. Tous pareils, tous égaux. La femme esclave de l'homme, c'est fini, cela aussi.

— Esclave... Tu emploies de ces mots...

— Réveille-toi, Caroline, répliqua Céleste. On nous empêche d'être nous-mêmes. On nous détruit. Même maman, tiens, quand j'y pense, devant père...

Elle rêva une seconde, et sourit soudain. Un grand sourire.

— Qu'est-ce qui te prend ? demanda Caroline contrariée d'avoir toujours une longueur de retard.

— Je pense au corset que père exige que je porte.

— Eh bien ? Jusque-là, cela te mettait en colère.

— Je souris, parce que j'ai une idée. Il faut que père comprenne, à la fin. Et comme ce n'est pas maman qui va le mettre au pas...

— Tu me fais peur, tu me fais très peur... murmura Caroline en se tassant dans son lit.

— Demain, Caroline. Tu verras demain.

— Alors, dit encore celle-ci d'une voix sourde, le visage déconfit... C'est la guerre ?

— La guerre, répondit Céleste, très droite, le regard au large. Inévitable.

Elle se retourna vers sa sœur :

— Pour la bonne cause. Et tu seras avec moi. Il nous faut, dès

223

maintenant, nous prononcer et nous engager pour une société égalitaire. Tous égaux, et vraiment. Hommes, femmes...

Elle regarda Caroline bien en face :

— ... et hommes et femmes de couleur.

C'était donc cela. Tout s'éclairait. Caroline reprit pied :

— Tu penses à ton médecin.

L'histoire d'amour qui pointait sous l'Histoire de France était davantage à sa portée. N'empêche que Céleste remuait beaucoup de choses, pour son monsieur de Haïti.

— Oui, Caroline, je pense à lui. Le sentiment que l'on éprouve pour un être en particulier étendu aux hommes en général, c'est l'idéal de l'amour. Le sens et la direction naturelle de l'amour.

— Tu veux dire que l'amour va toujours en s'élargissant ?

— Oui, je le crois, répondit Céleste, le visage lumineux. Je suis persuadée que nous ne tombons toutes et tous amoureux un jour ou l'autre que pour amorcer notre progrès vers l'amour universel.

Un petit silence se fit. Caroline le rompit tout doucement et dit d'une voix suave, malicieuse, soudain :

— Dis-moi, Céleste... En attendant que le modèle de notre communauté s'étende à toute la planète... Où l'implantons-nous ? Dans le jardin ?

Le jardin de monsieur le chef de bureau. Le fou rire les prit et les renversa toutes les deux sur le lit. Les larmes pétillèrent aux yeux de Céleste :

— Quand j'ai voulu en parler à père hier soir, il m'a envoyée me coucher.

— Tu penses ! s'exclama Caroline, rouge de rire. Sa bonne terre piétinée par des pieds étrangers ! Des pieds de basse condition ! Des bouches avec un accent de l'usine, qui lui mangeraient ses pommes ! Quelle secouée.

Cela dura un petit moment. Les deux sœurs s'esclaffaient, s'embrassaient, se tapaient dans les mains, lançaient les oreillers en l'air.

Ce bel entrain finit par retomber. Caroline poussa un gros soupir, et demanda encore, mi-figue, mi-raisin :

— Bon, père ne veut pas donner son jardin. Alors, qu'est-ce qu'on fait ?

— On continue de réfléchir, répondit Céleste d'une voix tranquille

Puis, avec une autorité qui en imposait, le front limpide et un regard de fer :

— L'important, c'est d'avoir l'esprit orienté dans la bonne direction. Moi, je parle à Paul et je le mets dans notre camp. Toi, tu maintiens le contact avec maman. Pour père, tant pis. À mon avis, il est perdu.

Tête de Caroline, la bouche de guingois.

— En attendant, acheva Céleste impassible, je dois travailler à ma déclaration.

Caroline se pencha vers elle en tremblant. La déclaration d'amour... oui, forcément. Au monsieur haïtien, tellement plus âgé que Céleste – presque aussi vieux que leur père. Une grande affaire. Peut-être Céleste lui ferait-elle lire son brouillon et lui permettrait-elle de tourner une phrase ou deux. Céleste était décidément une sœur palpitante. Une sœur extraordinaire. Caroline se mordit les lèvres, mûre pour l'admiration.

Céleste pencha la tête ; sa natte balaya l'espace, légère, fluide. Puis elle se redressa.

— Je dois définir, point par point, mon engagement personnel, poursuivit-elle d'une voix lointaine et solennelle. C'est essentiel. Cette déclaration, c'est mon socle. Comme Owen.

Caroline écarquilla les yeux et resta la bouche de travers. Et la lettre d'amour, alors ?

— Ma « déclaration d'indépendance mentale », acheva Céleste, inflexible. Ce sont les termes. Demain, tu écriras la tienne. Tu dois y réfléchir d'abord. Peser les mots. Envisager des sacrifices. Par exemple, père, s'il le faut. Du temps du Christ, c'était déjà comme cela : il fallait être capable de quitter sa famille pour le suivre, renoncer à être riche... Le chameau et le trou de l'aiguille, tu vois ce que je veux dire. S'en aller sur les chemins nue comme les lis des champs...

Elle rougit et enchaîna rapidement :

— Chacun des membres de notre société doit être sûr, parfaitement sûr.

Fortement impressionnée, Caroline acquiesça. Céleste l'embrassa sur les deux joues et, vaillamment, lui serra la main.

— Comme deux hommes, Caroline.

Le silence retomba dans la chambre, imprégné de désirs nouveaux et rayonnant d'énergies dangereuses. Céleste se coucha fort tard, avec le sentiment de ranger une flèche dans son étui. Bouleversée au-delà de ce qu'elle aurait pu imaginer, halée malgré elle vers des rivages inconnus, Caroline ne s'appartenait plus. Elle ne récita ni *Ave*, ni *Pater* cette nuit-là. Bien sûr, le sort de son père la préoccupait. Bien sûr. Mais avec la ferveur de Céleste, sa bonté brave, quelque chose de grand était entré dans la chambre sur un souffle de liberté qui se déposa en elle et lui tint lieu de prière.

Le lendemain, c'était la guerre. En plein cœur de l'été, dans la chaleur humide et douce d'une campagne qui s'ouvrait sans déchirement au centre de contrées indolentes sur un village innocent.

La nature poussait partout son vigoureux désir, ses mûrissements, ses floraisons et sa verdure jusqu'aux plus lointains promontoires, frémissante en altitude, caressante dans les plaines, cintrée, bandée, sauvage contre les buttes, ou jubilante et juchée, drossée drue et courtaude, ou coulante, ou lambine, odorante dans les douves entre les cuisses de terre grasse luisante de lierres, luminescente sur les ailes des libellules dont les nervures vibraient sous les pichenettes du soleil.

C'était la guerre, et les libellules n'en avaient pas le vol chiffonné, la terre ne serrait pas les genoux, les buttes ne rasaient pas le sol : la nature ne se doutait de rien.

Pareil à elle, Richomme se leva frais de corps et d'âme, la conscience ronde et tendue, ni gribouillée ni guillochée ; son ventre ne ballottait pas, il n'était pas barbouillé, et ses pieds marchaient droit. Il fit sa toilette à grande eau, revêtit des vêtements propres et s'installa à sa place habituelle pour le petit déjeuner, au haut bout de la table. Son bol était prêt, plein de lait fumant. Ursule tournait autour de lui, apportait le pain puis le miel, ouvrait une fenêtre, astiquait un chaudron qu'elle pendait dans la cheminée. Penchée au-dessus de l'âtre, elle fit la remarque qu'un morceau de brique manquait. Hormis ce petit rien, ce jour-là comme les autres, la maison tranquille et parfaitement tenue brillait à l'extrémité du village tel le fermoir d'un beau livre.

Richomme étendit les jambes sous la table et croisa les bras sur son estomac pour réfléchir. Il faisait ainsi chaque matin. Ursule le regarda un instant avec amour et s'en retourna fourrager à la cuisine dans un tombereau de pommes pour en retirer les plus mâchées ; elle avait promis une tarte pour le déjeuner. Les filles ne descendraient que dans une demi-heure afin de ne pas troubler le repos de leur père. Ce n'était que lorsqu'il quitterait la salle à manger pour aller au jardin qu'elles prendraient place à leur tour à la table. Richomme devait rester en Normandie quelques jours encore, avant de rejoindre son bureau à Paris. Il goûtait ces moments de bonheur simple.

Il allait somnoler. Un bruit, dans son dos, le fit sursauter. Une main se posa sur son épaule.

— Père, dit Céleste d'une voix claire. Je vous prie, regardez-moi.

Une voix claire, mais d'un aplomb terrible, qui crispa l'atmosphère de la salle à manger. Sur la table, dans le buffet, sur les étagères, une trépidation discrète des objets. Un trémolo du jour, dans l'évidement des bois sculptés. Et dans les chairs de Richomme, dans leur tissu, leur carnation, leur tiédeur même, un sursaut, puis le recul de tout son être interloqué. Il se rétracta sous l'effet de la surprise, le cœur encaissé dans le corps épais, comme si Céleste lui avait jeté de l'eau froide à la figure. Elle lui apparut à demi nue, en jupon de pilou. Elle serrait contre elle un corset dont les lacets flottaient en attendant qu'on les guidât vers leurs œillets.

Richomme crut qu'on le fendait en deux. D'une part, Céleste avait la beauté lactée d'un modèle d'Ingres, l'embonpoint en moins, et elle l'émerveillait jusqu'à l'indisposition ; de l'autre, elle était haïssable comme la trahison pour avoir fait chavirer l'ordre de la maison et le placer *ex abrupto* dans une situation qui choquait la décence.

— Fille scélérate ! s'exclama-t-il, hors de lui. Monte dans ta chambre.

Et aussitôt, vers la cuisine :

— Ursule ! Ta fille.

Ursule surgit de suite, les pommes dans le tablier.

— Que fais-tu ici dans cette tenue, ma petite Céleste ? demanda-t-elle ahurie. Que se passe-t-il ?

Immobile, Céleste attendit pour répondre qu'ils l'eussent tous deux bien vue et observée, les mains croisées sur la poitrine. Des morceaux du corset s'en échappaient, semblables aux ailes d'un oiseau blanc. La natte tranchait là-dessus ; une frise de lumière dorée parcourait son ruissellement sage et rehaussait d'un éclat précieux le visage serein de la jeune fille. Sous cette paix somptueuse couvait le serpent d'Ève, le mal glissant et fourmillant qui agaçait les sens. Satan était à l'œuvre sous la beauté ambiguë, derrière les rondes suavités et les paillettes maléfiques — les éclaboussures brillantes, à chaque nœud de la natte. Lucifer se dressait devant le père et la mère comme un ange de lumière.

— File, Céleste, dit Richomme durement.

— Non, père.

— Entends-tu cela, Ursule ? Misère de nous.

— N'as-tu pas honte, dit doucement Ursule, de montrer ta nature devant ton père ? Va t'habiller, ma pauvre fille. Caroline va te lacer.

— Non, mère. Pardonnez-moi, mais c'est à père que je demande de lacer mon corset.

— En voilà, une folie, sotte de fille ! s'exclama encore Richomme. Ta mère est là, elle va le faire, et tu te dépêcheras de filer. Je ne veux pas te voir pour le déjeuner, tu entends ?

Céleste ne bougea pas. Ses pieds nus dessinaient sur le sol des halos de buée.

— Tu vas attraper froid, murmura Ursule consternée.

— Je voudrais que père lace mon corset, répéta Céleste simplement. Il a exigé que je le porte, je lui demande seulement de l'attacher.

Richomme eut un mouvement d'humeur.

– Allons, tourne-toi et finissons-en.

Céleste se tourna. Son dos peignit dans la salle à manger une grande forme claire. Elle sentit contre lui le souffle de son père. Il attrapa les lacets et tira fermement.

– Bon. File, maintenant.

– Merci, père, dit alors Céleste, le visage illuminé. Oh, merci. Voilà un beau geste.

Lui, bourru, embarrassé, bouche et sourcils froncés, ramena bruyamment sa chaise vers la table. À partir de là, Céleste ne savait plus trop comment s'y prendre. Il fallait pourtant assener la leçon. Profiter de la scène pour proclamer l'égalité des sexes et sa volonté à elle, Céleste Richomme, d'entamer une marche vers le progrès sur la base de l'amour universel.

Elle répéta pour se donner du courage, la nuque raide et le regard fixe :

– Père, quel beau geste, vraiment.

Il secoua la tête, contrarié. Elle le regardait toujours, avec un sourire figé. Pourquoi insistait-elle ? Dehors, l'été faisait rouler le soleil par-dessus leurs têtes... Le soleil qui se levait pareillement sur les bons et les méchants, les hommes, les femmes, les Noirs et les Blancs.

Céleste se lança.

– Au fond, dit-elle brusquement avec l'impression de se jeter par la fenêtre, le corset n'est pas si détestable, quand on songe que les saints-simoniens portent une tunique qui ferme comme lui dans le dos...

Elle reprit sa respiration et força légèrement le ton :

– ... pour qu'elle soit attachée avec l'aide d'un camarade.

Et, tenant son jupon pour une révérence furtive :

– Merci, père, dit-elle encore, pour ce geste de camarade que vous venez d'accomplir.

Les époux Richomme se dévisagèrent, atterrés. Cramoisie, Céleste se retira lentement, en reculant, sans les quitter des yeux, des hélices dans les genoux mais le cœur énorme, brave jusqu'au bout.

Averti peut-être par le chant des arbres ou celui des oiseaux, Paul arriva à Folembray à point pour soustraire sa nièce à la colère paternelle. Elle explosa avec un peu de retard, quand Paul déclara qu'il emmenait les deux sœurs avec lui à Paris. Ils partirent en trombe le soir même et laissèrent la Normandie cul pardessus tête, les Richomme père et mère éberlués et les entrailles à sac.

Une fois dans la voiture, l'air extrêmement sombre, Paul prétendit devant les sœurs qu'il voulait d'urgence leur faire découvrir le diorama de Daguerre. Caroline ignorait ce que c'était ; elle crut qu'on les punissait. Il expliqua qu'au contraire le diorama réjouissait des milliers de visiteurs depuis son ouverture et qu'il s'en voulait d'avoir manqué à ses devoirs d'oncle en les privant d'un plaisir qu'il avait hâte, maintenant, de leur accorder. Daguerre avait imaginé un spectacle lumineux de qualité, une espèce de lanterne magique de grandes dimensions. Elles n'avaient pas besoin de comprendre ; ce serait merveilleux.

Paul disait cela la bouche descendue. Les sœurs se regardèrent, méfiantes, et ne montrèrent point leur joie. Céleste décréta qu'elle n'avait pas envie de connaître le diorama. Elle préférait que Paul l'inscrivît dans un cabinet de lecture. Elle savait parfaitement qu'il en existait un rue des Canettes, et un autre rue Saint-Jacques, chez Mme Gondar et Mme Cardinal ou l'inverse. Paul n'avait pas à faire tant d'histoires avec sa lanterne magique : elle n'était plus

231

une enfant, elle voulait lire des romans. Il pouvait bien la conduire rue Saint-Jacques. Paul remit le diorama sur le tapis. Céleste lui répondit. Caroline posait des questions à tort et à travers ; elle s'était mis dans la tête d'aller voir un éléphant. Paul serra les mâchoires et envoya promener l'éléphant. De toute façon, il faisait nuit, on en discuterait demain.

Les nerfs en pelote, il ordonna au cocher de filer droit rue de Seine, numéro 41, chez lui, et se boucla dans un mutisme complet jusqu'à la fin du voyage.

*

Rue de Seine, il remercia le cocher, renvoya la voiture et ouvrit la porte du jardin. Mais tandis que Caroline se précipitait sur le perron, contente de revoir la maison de son oncle, Céleste restait à l'écart, subitement émue et l'air bizarre. Elle allégua avec une certaine gêne qu'elle devait saluer un arbre du jardin. Paul l'attendit, surpris qu'elle attachât de l'importance à ce qui poussait chez lui, dans un espace ridiculement petit qu'on était bien bon d'appeler « jardin ».

Elle vit son arbre nu. Bouleversée, elle en appela aussitôt aux forces sublimes de la vie qui suscitent ici et là des signes naturels pour que les amoureux puissent suivre, du Ciel à eux, le sillage de l'amour. L'arbre ne remua pas les branches.

— Bien sûr, commença Paul, comparé à ceux de Folembray...

La jeune fille tourna vers lui un visage navré et gravit lentement les marches du perron. Blessé par un chagrin sur lequel il n'avait ni droit ni pouvoir, Paul voulut pourtant plaisanter pour la distraire et se plaignit des Jeune-France d'une voix aigre-douce.

— L'autre nuit, ils se sont amusés à pendre des drapeaux aux branches de ce malheureux arbre... Des drapeaux ! Je devrais dire des guenilles. J'ai passé un temps fou à l'en débarrasser. Des nœuds partout. Les Jeune-France... Ah ! C'est pittoresque. Mais avec cela, la monarchie n'est pas morte.

Céleste étouffa un sanglot et courut se cacher dans sa chambre.

Pendant ce temps-là, Caroline préparait le souper. Céleste descendit en retard dans la salle à manger, les yeux gonflés, incapable de réprimer les turbulences de son cœur. Elle oublia d'aider Caroline à servir, et elle oublia de remercier Paul, qui l'avait sauvée de Folembray.

Ils touchèrent à peine à leur dîner et évitèrent de se regarder. Ils se couchèrent enfin affreusement isolés, en proie l'un et l'autre à la voracité d'un désespoir impie.

Paul ne parvenait pas à s'endormir. Il se leva et tourna en rond un moment, puis il examina à la lueur d'une bougie son visage qui pendait à un clou sur le mur, coincé dans un miroir détesté.

— Tu me déformes, sapristi ! Je ne te demande rien de sorcier, pourtant. Je veux voir le vrai Paul. Tu m'entends ? Nous sommes au moins dix, cachés là-dedans. Paul Huet, le grand peintre, et le futur époux de Céleste... Montre-le-moi, bon sang !

Il colla son nez contre le miroir et s'en retira, triste et décou-ragé. Le miroir le versa hors du cadre et se jeta sur ce qui passait à sa portée, un morceau de chaise et un carreau de fenêtre. Le reste se perdait dans le noir. Paul s'approcha de la fenêtre et appuya son front contre la vitre pour contempler la nuit. Le miroir s'em-para de la bougie et attrapa l'épaule qui s'éloignait.

— J'épouserai Céleste cette année, murmura Paul soudain atten-dri. Elle ne peut plus rester à Folembray. Politiquement, cela ne colle plus. Avec la situation de son père... Non, non. Ce n'est plus possible. Céleste est une femme d'aujourd'hui ; elle peindra, elle écrira, comme George Sand, elle sera journaliste. Elle prendra parti. On la verra sur les barricades, ou bien...

Il sourit, tout à sa petite histoire, coloré de lueurs dansantes.

— ... elle sera espionne. On l'enverra en mission au ministère de la Guerre et elle tuera Richomme.

Paul se tança et recula d'un pas. Le miroir en profita pour l'agripper par les cheveux.

– Je plaisante. Nous n'en sommes pas là... Mais, Seigneur ! Comme je l'admire... Je n'en peux plus. Céleste n'a encore rien accompli, mais déjà, à mes yeux, elle est grande comme... comme...

Il prit sa tête dans ses mains, et continua d'une voix étouffée :

– Si je suis allé la chercher aujourd'hui d'urgence, ce n'est pas sans raison. Et la puissance de cette raison exige que j'abandonne tout sentiment personnel et tout préjugé. Que j'oublie pour un temps ma vocation, qui est d'aimer Céleste avec ardeur, et l'exaltation dans laquelle elle me jette dès que je songe à ses yeux véhéments, à son humeur fougueuse qui rend mon âme tour à tour effervescente et languide.

Le miroir jonglait maintenant, indifférent, avec les meubles et les objets qui se balançaient dans la pénombre, comme pour se moquer de l'intérieur désordonné d'un célibataire porté à s'éparpiller dans des passions divergentes, aussi intempérant que soupçonneux envers lui-même et trop sensible aux saisons de son cœur. Paul lui tourna le dos et revint à la fenêtre.

Croix blanche sur fond noir. Une image de chevalerie.

– On ne devient pas sans un exploit l'époux de Céleste, dit-il d'une voix claire.

Il en fut surpris. Avait-il un auditoire à convaincre ? « Peut-être, pensa-t-il, celui des fantômes de ma jeunesse. » Il répéta avec force :

– Un exploit. L'épreuve est choisie. Elle exigera de moi un ressort d'acier. Mais je maîtriserai la jalousie et, fût-ce à la frange de la domination criminelle, car j'en mourrai presque, je n'en serai pas brisé. Je ne montrerai rien de mon horreur intime, et je conduirai moi-même Céleste vers cet homme qu'elle aime.

Instinctivement, comme pour savoir s'il avait joué faux, il se retourna vers le miroir, qui lui renvoya son image coupée en deux. Il fit un pas pour se réconcilier avec elle.

– Pourquoi le ferai-je ? continua-t-il, soucieux de la correction de ses arguments. Pour Céleste, je dois pour l'instant passer mon amour sous silence. Cela ne durera pas, l'homme s'en va, ils se verront pour la dernière fois. Cela ne retire rien au risque que je cours : Céleste est capable de lui donner sa virginité pour l'aimer ensuite comme un ange, et si elle m'épouse tout de même par dépit, je serai un mari sot et ombrageux jusqu'à la fin de mes jours.

— Pourquoi le ferai-je ? répéta-t-il. Après la raison d'amour, le mobile républicain : le docteur Lodran est victime d'une machination honteuse. Alexandre m'a raconté toute l'histoire. Donc...

Il se regarda dans le blanc des yeux.

— Pour adoucir une injustice, je veux manifester un peu de bonté à cet homme de bien que l'on a humilié et que l'on chasse. Dans cette optique, mon acte est politique. Je me concentrerai sur cet aspect des choses quand je ne pourrai pas supporter l'autre.

Fatigué de lui-même, Paul retourna le miroir contre le mur et se pencha sous son lit à la recherche de quelque chose. Il en tira une boîte en carton dans laquelle se trouvaient une lettre et un rouleau de papier. La lettre était celle qu'il avait reçue de Lodran. Il l'ouvrit et la relut lentement.

— Je crois que votre amitié m'aurait été chère... répéta-t-il à mi-voix.

La phrase s'attachait à son esprit. Il ne pouvait l'en effacer. « Votre amitié m'aurait été chère... » « Comme si ce Lodran avait perçu, lui, le vrai Paul derrière l'enveloppe du peintre ami de Dumas et celle de l'oncle », pensa-t-il. « À peine nous sommes-nous rencontrés... » « Certes. Qu'a-t-il projeté sur moi, pour s'exprimer ainsi ? Quelle extension chaleureuse de lui-même ai-je donc suscité pour en arriver à pareille aimantation ? Si l'amour seul ouvre à la vérité, il faut que cet homme m'ait rencontré à travers Céleste ; il épanche sur moi un peu de l'allégresse de son sentiment pour elle. Cette phrase, "Votre amitié...", prend le caractère d'une louange dont je devrais avoir la prudence de m'écarter, mais elle exerce sur moi le pouvoir mystérieux d'une grâce que l'on m'accorde, que je reçois nécessairement comme étant de l'ordre du don mutuel, et dont je ne cherche pas à me dissocier. N'est-ce pas étrange ? »

Paul tournait la lettre entre ses mains, l'approchait de la bougie, la regardait à l'envers, par transparence et par en dessous. L'écriture harmonieuse de Lodran était ferme et souple. Sobre. Elle était belle, d'une intimidante beauté. Rare, certainement. L'écriture d'un homme rare, par conséquent.

Ursule avait toujours reproché à son frère d'être illisible et sans soin. Mieux valait s'éviter le désagrément d'une comparaison.

Il reprit son monologue à voix basse, le cœur serré.

— Ce qui m'arrive est inconcevable et m'épouvante, mais le nier serait vain. Je tiens à cet homme au point que désormais ma vision de la vérité se rend à celle de son visage. Je tiens à lui, qui concentre aujourd'hui d'une manière exceptionnelle nos trois existences. Céleste fusionne avec lui et m'englobe à leur insu dans un seul calice, et je bois à leur coupe, le plus malheureux et le plus étranger des trois. Aujourd'hui, ma vie est contenue dans la sienne. Il me dévore, il m'a aspiré sans le vouloir et mon souffle dépend du sien. Il m'écrit : « Permettez-moi », mais je suis le mendiant. Il a perdu, dit-il, son honneur, mais devant la société et non dans ce foyer d'amour intense où les âmes voient l'invisible des êtres avec un discernement sans confusion et sans égarement, à la Lumière du grand Être. Notre avenir à tous les trois prend naissance dans cette matrice commune, et curieusement cette naissance ne me paraît ni monstrueuse, ni absurde. J'y vois la révélation d'une excellence dont chaque homme est secrètement porteur, meilleur qu'il ne pensait, moins égoïste, plus profondément bienveillant. Je n'en avais pas idée jusque-là. Mon cœur trop étroit était fermé à pareille communion.

La bougie agitait près de lui sa flamme vacillante, tirait la langue vers le plafond et s'amusait à lécher à petits coups les parois de cire blanche. Peut-être la clarté du jour allait-elle dissiper les sentiments de la nuit.

Paul fit quelques pas dans la chambre la lettre à la main, ankylosé, les paupières lourdes. Céleste dormait près de sa sœur chez lui, dans sa maison. La jeune fille avait déposé pour un temps ses vouloirs et ses peurs, et laissait sans résistance le tiède enchantement de sa présence envahir la demeure. Lui, Paul, avait l'immense privilège de veiller pour protéger son abandon. Il se tenait entre le désir et la souffrance, déjà prêt pour Céleste à la consolation, aux égards empreints d'une ivresse contenue, sentinelle bardée de dignité qui retenait ses balbutiements de bonheur.

Il comprit cette nuit-là qu'il serait toujours auprès de Céleste le gardien émerveillé de sa force candide et fière. Qu'il la porterait devant le monde dans un douloureux triomphe, parce qu'elle nouerait avec d'autres des attaches toujours plus aériennes qu'avec lui. Qu'il resterait plus bas, qu'il resterait à terre, pour rendre à Céleste la terre plus douce et hospitalière, et qu'il se tiendrait ainsi désormais sans distraction, inapte jusqu'à l'imbécillité à se donner d'autres devoirs.

La flamme allait s'éteindre, folle sur sa tige minuscule. Il effleura du doigt une fronce de cire sur le bougeoir et rangea pensivement la lettre dans la boîte qui retrouva sa cachette, sous le lit. Puis il hésita. Au bout d'un temps très long, il entoura d'un ruban le rouleau de papier qu'il n'avait pas ouvert, nota une adresse sur un petit carton qu'il glissa sous le ruban et mit le tout près du bougeoir.

Ensuite malheureux et désœuvré, il jeta là-dessus un regard critique. Tout cela était trop sentimental. D'une mièvrerie à vomir. Il saisit vivement le rouleau et le lança en équilibre sur son chapeau planté sur le portemanteau où pendaient deux ou trois vêtements bien rustiques, maculés de peinture. Le rouleau heurta le mur et tomba sur le sol.

— Tant pis, maugréa Paul. Je n'aiderai pas les amoureux. Pourquoi serais-je bon ? Je sais, je sais... La considération due à l'homme de bien honteusement chassé de France, la fraternité républicaine... Et si j'en meurs de chagrin, moi ? Tant pis, j'ai dit. Qu'il aille au diable, je la tiens.

Le miroir n'avait rien vu de la scène. Paul se recoucha morose. Il ne trouva pas le sommeil, méchant et insatisfait.

— Bon, bon, c'est décidé, dit-il avec mauvaise humeur, la tête enfoncée dans l'oreiller et les yeux au plafond : j'envoie Céleste porter le rouleau demain au docteur Lodran, et n'en parlons plus. Pendant ce temps-là, j'emmènerai Caroline voir son éléphant. J'ai dit, et tant pis si j'en meurs. Céleste avec le docteur Lodran et Caroline avec l'éléphant, et n'en parlons plus.

Il ferma les yeux et haussa les sourcils en se traitant de nigaud. « Je le savais bien, pensa-t-il, que les filles d'Ursule me mèneraient par le nez. »

Comme le sommeil refusait toujours de venir, cédant à un emportement dont il était souvent victime, il se releva d'un seul coup, remit le miroir à l'endroit, ramassa le rouleau, le posa correctement sur le chapeau et rentra dans son lit à toute allure, tête enfoncée dans l'oreiller, yeux au plafond, raide dans ses draps.

Il s'endormit enfin sans s'en apercevoir. Sur le mur, à côté de lui, le miroir étincela dans le noir.

Le jour se leva le lendemain avec précaution, pan après pan, dans des teintes rose-orange assez ordinaires, mais d'une luminosité merveilleuse. Il étendit sur Paris ses voiles mouillés. Les rosiers du prêtre arrondirent leurs pétales et astiquèrent leurs épines. Madeleine se pencha à la fenêtre pour regarder dehors, nerveuse comme si elle avait eu la joue agacée par les vibrisses d'un chat.

C'était un petit jour délicat mais, déjà, certaines de ses nuances fugitives promettaient là-haut un spectacle glorieux, des jets verticaux de lumière dure comme fer, des riboulades dans les bleus et des arabesques chez les anges. Un petit jour d'été qu'il serait impossible de tamiser, Madeleine le pressentait. Un été divin et colossal aux ardeurs géniales, mûr pour des enjambements neufs et des transgressions formidables, qui n'avait plus que faire de la pureté. Une lumière de sang complexe et révolté, près de fuser dans une énergie triple et quadruple, exaspérée par des chastetés séculaires et confites, pressée par le désir monstrueux de tracer de haut en bas et de bas en haut des gerbes de fougères d'or brûlant, des arborescences magnifiques aux explosions terribles. Un petit jour à l'air inoffensif, mais une lumière, mais un été, d'une violence sans précédent. De l'air comme des caresses, et des caresses comme des parfums. Des accouplements dans les lointains à briser la raison. Des traversées complices d'une sphère à l'autre, des débordements énormes chahutant des volumes de rires inouïs,

240

des renflements jusqu'au malaise, et des assauts vainqueurs, des plaintes voluptueuses à hauteur d'hirondelle.

Le jour entra dans le jardin, prit les mesures de l'arbre de Céleste et déposa au creux de ses aisselles un peu de chaleur sucrée. À chacune de ses branches, les feuilles battaient doucement au vent, si bien qu'on eût dit qu'il était ailé.

Céleste se leva de bonne heure. Paul prenait déjà son lait chaud dans la cuisine. Il fallut tirer Caroline du lit. Ils se réunirent tous trois autour de la table du petit déjeuner, et Paul mit au point le programme de la journée.

— Caroline, dit-il en se tournant vers sa nièce, ma chère Caroline, tu ne viens pas si souvent à Paris, je veux faire un effort pour te plaire. Écoute-moi bien : ce matin, je t'emmène voir ton éléphant.

« Un éléphant en plâtre, pensa-t-il, vaut mieux que pas d'éléphant du tout. Encore faut-il le trouver, l'animal. Il y en avait un grand, place de la Bastille, au lieu de la colonne de Juillet qu'on a dressée là en souvenir de notre révolution manquée. Un beau plâtre. Où l'a-t-on fourré, maintenant, cet éléphant ? Des misérables l'auront cassé, je parie. Allons, je consolerai Caroline... Le principal, c'est de l'éloigner de sa sœur. J'en profiterai pour faire telle et telle visites du côté de la Bastille et je n'aurai pas perdu mon temps. »

Il embrassa vivement Caroline, qu'il sacrifiait la conscience presque tranquille. La victime battit des mains : elle avait toujours rêvé de caresser une trompe d'éléphant.

Paul devait maintenant aborder Céleste. Lui parler du médecin avec un détachement calculé, atténuer l'épisode de son opprobre, louer ses mérites avec conviction et annoncer d'une traite qu'il devait impérativement quitter la France pour sauver sa vie – tout cela sous le regard bleu de Céleste, poignante et muette. Enfin, accorder avec l'air de ne pas y toucher le bonheur minuscule mais sans prix d'une dernière rencontre, l'apporter à Céleste tout doucement, comme un joyau sur un coussin.

Il aurait fallu à Paul, pour mener à bien son discours, de l'innocence ou du doigté : il n'avait ni l'un ni l'autre, tarabusté par la chose préméditée autant que par la jalousie qui lui pilait le cœur, aussi rossé qu'un amer massepain.

Céleste avait revêtu une robe d'un rouge sombre qui le troubla beaucoup. Il y avait dans ce rouge quelque chose d'intransigeant et de décisif, à la pointe de la tragédie, qui faillit le faire reculer. Le rouge, cependant, avait-il des secrets pour Paul ? Il lança maladroitement :

– Comme tu es belle, Céleste ! Est-ce la robe de mariée d'Ursule, que tu portes là ?

Seigneur, quelle étourderie ! Une robe de mariée ! Fallait-il qu'il fût obnubilé par son idée fixe. Par bonheur, Caroline éclata de rire.

– Les robes de mariée sont blanches, aujourd'hui, oncle Paul.

Blanches. Oui, oui. La nouvelle mode. Mais Céleste resplendissait de beauté violente qui criait l'union des corps et le sang sacré. Elle lui évoqua aussitôt *L'Enfer* de Dante, Francesca de Rimini et les pécheurs de la chair. Ingres l'avait peinte en robe écarlate dans une pose alanguie et un livre à la main, tandis que son amant Paolo, dans la pose d'un troubadour, la faisait ployer sous les baisers. On pouvait discuter le génie d'Ingres, pas l'autorité impérieuse de la robe rouge. Devant elle, devant la puissance à la fois divine et démoniaque d'une éclatante vérité charnelle, Paul n'avait qu'à s'incliner. Il se sentait évincé de l'aire des géants, les amoureux farouches élevés ensemble au paroxysme de la passion jusqu'aux cieux où tonnait la Voix et rayonnait la Face. Il se sentait boutonneux et provincial.

Céleste sourit gentiment. L'épi de sa natte reposait sur sa poitrine, souple et sinueuse. « Seigneur ! gémit Paul en lui-même. Le

Haïtien verra ce rouge et saura qu'on l'aime. Ils se reconnaîtront, parce que sa peau, sous le brun, chatoie de même, et ils s'uniront dans un bouquet de braises. Seigneur, pourquoi suis-je témoin de cette alliance ? »

— Dis-moi, Céleste, commença Paul d'une voix sourde... Voudrais-tu me rendre un service ? Il s'agit d'apporter au docteur Lodran, que tu connais...

— Oui, mon oncle, répondit aussitôt Céleste alarmée.

— Un rouleau, celui-ci...

Il le lui tendit. Son naturel le surprit.

— L'un de tes dessins, Céleste. J'ai pensé que... Un petit geste, cela compte, parfois.

L'idée devait paraître saugrenue, mais qu'importait ? Il poursuivit rapidement.

— Le docteur Lodran a de graves ennuis. Il est accusé, à tort, d'une infamie, et doit quitter Paris.

Céleste pâlit.

— À tort, répéta Paul. La vérité, c'est qu'on lui reproche...

— Sa couleur, coupa Céleste.

— C'est une ignominie, murmura Paul désarmé. Une ignominie, je suis d'accord. Dumas est révulsé.

Glaciale, elle restait sur la défensive. Paul ne savait plus comment s'y prendre.

— Écoute, Céleste, commença-t-il... C'est injuste, à tous points de vue.

Il appuya :

— Injuste. Tu connais parfaitement mes idées là-dessus. Nous n'avons pas à chercher à nous convaincre, l'un et l'autre.

Elle ne lui montra rien, fermée, dure. Les poings serrés, les jointures blanches.

— Enfin, Céleste, tu connais ma position. Les droits de l'Homme... « Par pitié ! se dit-il, à bout de nerfs, pourquoi cette défiance ? Suis-je son ennemi ? Suis-je Richomme ? »

Il expédia la fin de son message :

— Voilà. Le docteur Lodran quitte la France. Il retourne en Haïti. Il m'a écrit pour nous faire ses adieux, à toi et à moi. Pendant que j'irai avec ta sœur voir l'éléphant, tu pourrais...

Pas de réaction. Il se pinça le nez, le regard au sol.

— Oui, mon oncle, répondit alors Céleste d'une voix sans timbre. Je porterai le rouleau.

— Appelle-moi Paul, murmura-t-il, tu me feras plaisir.

Céleste s'était éloignée. Son âme s'était retirée sur les rivages enténébrés de l'effroi, presque impersonnelle, dépouillée et livrée aux rigueurs d'un espace sans ciel.

— Et après le déjeuner, disons vers 3 heures, conclut Paul têtu tout de même : le diorama.

Céleste s'inclina, raide, cassante.

— Oui mon oncle. Le diorama.

Ils partirent. D'un côté, Paul et Caroline en robe verte, rubans et chapeau sur la tête, de l'autre Céleste, rouge, sanglante, fraîche et menue, bouton de rose au bord de la floraison, à l'étroit dans sa promesse d'éclosion magnifique et fatale. Ils durent se séparer à l'angle de la rue de Seine ; Paul arrêta du regard celle qu'il voyait déjà comme sa femme. Elle perçut qu'il l'aimait d'un amour croissant, ouvert sur une expression nouvelle, dans laquelle elle crut distinguer une forme d'appropriation insupportable.

Au lieu de s'anéantir dans le don, il eut la faiblesse de tendre la main vers elle. Qu'espérait-il ? Un sourire de reconnaissance, peut-être un baiser. Elle lui décocha un coup d'œil qui le cloua sur place. Mortifié, Paul comprit qu'on lui reprocherait toujours de vivre en deçà des exigences altières de l'amour et qu'il devait perdre l'illusion de réduire un jour Céleste à ses pauvres dimensions. Il avait lu dans son regard bleu le reniement d'un passé de confiance tranquille : la mort dans l'âme, il se plia devant l'intraitable volonté que toute la jeune personne de sa nièce clamait si fort, son désir fou de se brûler à la splendeur d'une autre lumière. Il recula imperceptiblement et s'effaça, meurtri par le scandale de la robe rouge qui éclatait maintenant dehors, en pleine ville, hors de l'enceinte protectrice de sa maison, hors de son emprise.

Caroline s'impatientait, innocente dans sa verdure et ses rubans, aussi pimpante qu'un bouquet des quatre-saisons. Paul la pria d'excuser sa distraction, fit un signe rapide à Céleste qui lui répondit en agitant le rouleau de papier, et ils s'en furent, eux par ici, elle par là.

*

La robe rouge entra dans le dédale des ruelles qui enserraient la rue de Seine, força l'obscurité des venelles, rompit les ombres, fléchit les murs, balaya les bornes, éclaira les impasses d'un feu bref qui les creusait et brûlait, féroce, leur dedans honteux. Le rouge impérieux nettoyait tout sur son passage et passait Paris entier à la flamme, chassait tous les obstacles, chevaux, charrettes et fiacres. La torche refoulait les humains, maçons, cousettes, chiffonniers et bourgeois. La colère rouge consumait la ville maudite qui refusait Lodran.

Céleste courait sans s'en apercevoir. Elle reprit son souffle auprès d'une borne-fontaine semblable à cent autres, mais qu'elle crut reconnaître. « N'es-tu pas celle de nos fiançailles ? lui dit-elle en l'effleurant de la main, n'est-ce pas ici que M. Lodran et moi avons ensemble lavé nos visages, sa peau noire et ma peau blanche, ensemble, dans le même linge ? » « La fontaine, et puis l'arbre, pensait-elle. L'arbre, et sa floraison, qu'il provoqua... N'est-ce pas ici ? N'était-ce pas ainsi ? » Oh ! Loyauté d'amour ! Fidélité tenace ! Paris avait le choléra, alors. S'il en était presque guéri, un chancre le dévorait maintenant : la haine rampait partout comme le chiendent, et l'intolérance outrageait le ciel.

Céleste se remit à courir pour fouler aux pieds le mal hypocrite, faire crever l'enflure et dénoncer le blasphème. Elle crut voir soudain le visage noir de Lodran, la mousse de ses cheveux, la moustache feuille de tabac, au-dessus de la vague molle des hommes et des femmes qu'elle étirait dans sa course. Tant qu'elle était forte, Lodran était grand, il était immense. Mais dès qu'elle ralentissait le pas, il lui semblait que la foule se ramassait autour de lui, l'enserrait de son corps infâme aux métamorphoses effrayantes, et collait à lui sa masse de bête louche aux yeux morts, aux gueules de crapauds qui puaient la charogne. Dès qu'elle s'arrêtait pour souffler, les maisons aiguisaient leurs angles, les ruelles se bouchaient comme des boyaux et la ville refermait sur eux ses mâchoires. Des morceaux crasseux habillés bien ou mal en giclaient sous la presse des autres, des langues venimeuses et des crocs, des cœurs fielleux encroûtés de haine.

— Est-ce là le peuple de France ? s'écria Céleste hors d'haleine, la voix tremblante, en s'adossant contre le mur d'une échoppe. Est-ce là Paris ? Intolérance laide et répugnante !

Quelques passants la dévisagèrent, offensés. Elle vit leurs faces pleines de reproches, les yeux furieux, les lèvres ouvertes pour l'accuser d'inconduite. Elle rejeta la tête en arrière.

— ... Mon amour ne supportera ni restriction ni raison sordide, dit-elle en frémissant. L'amour crie qu'il est libre !

Les gens passèrent leur chemin en la maudissant à mi-voix. Elle hurla :

— ... Libre ! Libre ! Entends-tu, ville ignoble, ville malade ? Les hommes naissent tous libres ! Tous libres, tous égaux ! L'inférieur n'existe pas ! Le supérieur n'existe pas ! Ton égoïsme et ton mensonge, je les vomis... Chaque homme vaut sa vie, et la liberté est son irrésistible vocation !

Personne ne répondit. La ville garda un moment dans son ventre les mots de Céleste et en rumina les échos jusqu'au silence. La jeune fille attrapa un pan de sa robe et reprit sa course, le cœur gonflé de colère et de foi. Le rouleau blanc volait dans sa main, le dessin fendait la grisaille, faisait éclater les entraves, mince oiseau de papier lancé à travers Paris, oiseau frêle au bout des doigts de Céleste, son oriflamme aux couleurs de l'amour souverain...

Elle parvint enfin à la maison où demeurait Lodran. Une brave femme était assise dehors sur le seuil, un ouvrage sur les genoux. Une dentellière... la propriétaire, sans doute.

— Que veut-elle, la petite demoiselle ? demanda la femme en levant le nez de son travail.

D'un seul coup, Céleste s'apaisa. Les maisons alentour, la rue, la ville retrouvèrent leur aplomb. Les passants déambulaient maintenant sans arrière-pensées, préoccupés seulement par leurs tâches de la journée ; un monsieur souleva son chapeau devant Céleste, une femme rieuse à son bras. Derrière une fenêtre ouverte, une nourrice allaitait un enfant tandis que deux autres jouaient à ses pieds. L'été pesait doucement sur les toitures. Un chat noir et blanc bâillait là-haut ; il s'étira et se rendormit, les pattes pendantes, le menton lumineux contre l'ardoise, blancheur veloutée où le jour parut se rassembler dans une tonalité voluptueuse.

— Que veut-elle, la petite demoiselle ? répéta la dentellière en se levant. Ce n'est pas une visite pour le docteur, au moins ? Il est parti ce matin.

Elle posa son ouvrage sur sa chaise, une parure de jupon au point de Venise.

— Parti... laissa échapper Céleste d'une voix étouffée. Oh ! Mon Dieu...

Elle crut qu'on lui prélevait un peu de sa substance. Elle baissa les yeux.

— Un docteur ne s'appartient pas, n'est-ce pas, continua la dentellière. Soigner, toujours soigner... Les uns et les autres. Tout le monde le réclame, les gens ne sont pas raisonnables. Ils ne le laisseraient ni manger, ni dormir, notre docteur. Même les vieux, qui ne veulent mourir que dans ses bras. Dire qu'au début, ils avaient peur de lui !

Céleste écoutait à peine, elle vacillait.

— La peau, petite demoiselle.

La dentellière se pinça le bras. Elle répéta en la regardant par en dessous :

— La peau. Sa peau de presque nègre. Ça faisait peur, au début. Bah, tiens. Pas confiance, vous voyez ce que je veux dire. Les histoires qu'on raconte autour. Le nègre, c'est coupable de tout.

Céleste hocha la tête, la gorge serrée.

— Heureusement, continua la dentellière, sa mallette rassurait.

Il avait les outils, et dedans, ça sentait la médecine comme chez les autres. Et puis, il n'avait qu'à parler, avec son petit accent de nulle part, les gens se seraient mis à ronronner.

Elle sourit, les mains croisées sur le ventre.

— Combien en a-t-il guéri, par ici, notre docteur ! Même des méchants, qu'il a guéris, et qu'il aurait pas dû. Je lui disais bien, moi : « Pas celle-là, c'est une carne. Pas celui-là, il vous plantera un couteau dans le dos dès que vous l'aurez remis sur pied. » Le docteur ne voulait pas le savoir. « Des carnes, je lui disais, ils vous méritent pas. » Et lui, il répondait en riant : « Tous égaux devant le médecin ! »

Elle considéra soudain d'un œil suspicieux la beauté de Céleste, l'élégance de sa mise, le tissu de bonne qualité, les bottines de cuir fin. Avec un rien de provocation, elle poussa plus loin :

— C'était-y pas républicain, ça ?

Céleste sourit à son tour gentiment. L'émotion la rendait plus touchante ; la dentellière en rajouta :

— Quand il me prenait par le bras et qu'il me complimentait sur ma dentelle, ça y était, je me mettais à ronronner moi aussi.

Elle se tut. Céleste tournait et retournait le rouleau entre ses mains, gênée, maintenant. Presque consternée. La robe rouge faisait vibrer la rue d'une manière étrange en ranimant partout, sur la pierre et le bois, des constellations endormies, des jaunes et des bleus tapis dans les ombres, des ors qui pointaient sur les grilles au milieu des rouilles. Le cœur de la jeune fille ne s'accordait plus avec cette effusion, avec ce chatoiement. Sous le regard de la dentellière, elle se sentit indigente et presque déchue. Cette femme simple connaissait bien Lodran. Elle le voyait chaque matin, elle pouvait lui adresser des phrases de sympathie ; sans doute lui préparait-elle son dîner. Il y avait entre eux l'histoire de chaque jour qui cousait les êtres ensemble sans que les mots fussent nécessaires. La dentellière aimait Lodran, elle le comprenait. Céleste l'envia. À elle, qui eût renversé pour lui la France et sa famille, il demeurait indéchiffrable. L'absurdité de son amour s'imposa

250

brutalement à son esprit. Sa naïveté lui fit honte, sa prétention l'écœura. L'emphase agressive de la robe rouge exposait dans la rue son ridicule – son hystérie. Sans le dessin qu'elle serrait encore contre elle, elle se fût déjà enfuie.

– J'ai apporté, balbutia-t-elle en montrant le rouleau avec un geste découragé, pour M. Lodran... Un cadeau d'adieu de la part de mon oncle.

– Bien, petite demoiselle, répondit la dentellière avec un clin d'œil. Donnez-le moi, votre papier. Je le donnerai au docteur Lodran tout à l'heure, au déjeuner.

Céleste sursauta.

– Il n'a donc pas quitté la France ? demanda-t-elle timidement.

Elle rougissait, soudain, elle rayonnait comme un soleil. La dentellière se pencha vers elle et, précautionneuse comme si l'éclat de Céleste faisait courir un risque supplémentaire à son protégé :

– Cette nuit, chuchota-t-elle, cette nuit seulement. N'est-ce pas malheureux, ces misères qu'on lui cause ? L'exiler pour un mensonge de bourgeoise. Une qui aurait mieux fait de regarder de plus près à son ménage, oui. Il faut être bonne avec lui, petite mademoiselle. Il faut lui montrer ce que c'est que les beaux sentiments, à notre docteur. Il a le cœur en morceaux, il ne le montrera pas. Vous êtes belle, ça compte. Je vous dis ça, c'est comme si j'étais sa mère. Un homme seul, forcément. Je suis maternelle, moi. Ajoutez-y donc un mot d'amitié, sur votre papier. Y aura rien de trop.

Elle laissa Céleste déconcertée et alla chez elle chercher une plume qu'elle lui tendit.

– Asseyez-vous là, sur ma chaise, dit-elle en attrapant son ouvrage. Je vous tiens l'encrier.

Comme Céleste, interdite, n'inscrivait encore rien, elle s'impatienta :

– Écrivez votre nom, au moins. Qu'il sache qui est venu.

Céleste prit le rouleau sur ses genoux et traça son nom dessus d'une main mal assurée.

– Ah, tout de même, dit la dentellière en plissant les yeux.

La brave femme allait remporter son encre et sa plume quand Céleste la retint :

– S'il vous plaît, madame, dit-elle, encore un mot.

Alors, à tout hasard, le cœur battant, elle écrivit en grosses lettres : DIORAMA.

Céleste rentra rue de Seine et attendit le retour de Paul et de Caroline. Ils arrivèrent longtemps après elle, l'air mécontent. Caroline regardait son oncle de travers ; il l'avait déçue. Le déjeuner s'annonçait mal. Céleste avait le cœur trop meurtri pour être capable de parler. Elle semblait résignée, presque détachée. Un sourire pâle, les yeux versés sur le côté, une douceur insolite étaient les indices d'une profonde désolation. Paul n'osait pas la questionner, mais la curiosité le dévorait, et il cherchait à suivre, sur le visage de sa nièce, le progrès de sa propre douleur. Tandis que Caroline lui lançait de temps à autre des phrases aigrelettes, il entendit enfin la voix de Céleste s'élever tristement, légère comme un flocon :

— Ah, mon oncle, j'oubliais de te dire : M. Lodran n'était pas chez lui. J'ai confié ton présent à sa logeuse. Elle le lui remettra tout à l'heure.

Paul fit un geste en l'air.

— Bon, très bien. Merci, Céleste. Ainsi, il n'était pas là ?

— Non, mon oncle, répondit la voix légère.

Terriblement ému par ce timbre étrange et transporté d'amour, Paul crut un instant à un enlèvement surnaturel, une assomption dont la jeune fille eût été l'héroïne dans sa salle à manger. Céleste était devant lui si extrêmement délicate et inaccessible... Au cours d'une orgie, dans l'embrassement de femmes bien en chair, il n'eût pas tressailli davantage que sous l'effet d'un tel désespoir dont il goûtait le caractère mortuaire et l'inévitable réverbération, les prolongements et les pénitences. Néanmoins, il redescendit sur terre.

— Bon, bon. C'est parfait, répondit-il. Le docteur Lodran n'était pas là, c'est parfait.

Il avait prononcé cette dernière phrase dans sa serviette, et se hâta de manger une bouchée de pain pour la faire passer.

Céleste souffla alors en regardant son assiette :

— Il part cette nuit.

— Hum ? fit Paul, si encombré de ses pensées qu'il n'avait pas saisi ce qu'elle disait.

— Il part cette nuit, répéta Céleste au bord des larmes.

Gêné comme tout, Paul s'embrouilla.

— C'est terrible, n'est-ce pas ? dit-il. Mon Dieu, que c'est terrible. Cet homme chassé, ce destin... Un cousin de Dumas, oui, un vrai cousin. Et... tu ne l'as pas vu.

— Non, mon oncle, répondit Céleste, le menton tremblant.

— Et voilà, répéta Paul incapable de mieux faire, tu ne l'as pas vu. Voilà.

Caroline l'observait en pinçant les lèvres, un coude sur la table. Il ajouta :

— C'est comme cela. Eh oui, mes pauvres enfants. Un homme brisé. D'un seul coup, pour lui, il n'y a plus rien d'autre. En France, veux-je dire... Son corps s'en va là-bas, tandis que sa tête...

À force de tâtonner, il perdit patience :

— Autrefois, au moindre soupçon, on l'aurait guillotiné. Son affaire était faite.

— Il peut donc s'estimer heureux, compléta Caroline d'une voix blasée, l'œil perçant comme une aiguille.

Céleste se redressa, distante et froide, presque méchante. Elle avait réintégré son enveloppe de jeune fille blessée par la bassesse et la sottise des humains, des Richomme et peut-être des Paul. Pour le punir d'être si gauche, elle poursuivit, avec une pointe de cruauté :

— Est-il vrai, mon oncle, qu'on utilisait la peau des décapités, les plus belles peaux, cela va de soi, pour en faire des sous-vêtements ? Il paraît que Saint-Just en portait.

— Ma foi, répondit Paul assez bêtement, des sous-vêtements noirs, je ne sais pas si...

Impassible, elle garda ses yeux fichés dans les siens. Un petit rire fusa du côté de Caroline. Piqué, Paul se fâcha.

— À la fin, Céleste ! s'exclama-t-il, hors de lui. À quoi joues-tu ? Tais-toi, maintenant. Taisez-vous toutes les deux.

*

Caroline respecta la souffrance de sa sœur et ne chercha pas à l'en distraire. Elle décida de changer de toilette pour l'après-midi tandis que Céleste, immobile dans sa robe rouge, regardait droit devant elle, par la fenêtre, le ciel et ses vapeurs suspendues. Son calme apparent cachait un affolement si grand que la nudité de son âme eût choqué, si on avait pu la déceler. À travers l'horizon déchiré de ses pensées, la certitude et le doute effectuaient leur va-et-vient usant. Céleste croyait voir Lodran dans sa rue, sur le seuil de sa maison, en train de converser avec la dentellière. Celle-ci lui donnait le rouleau, et dessus, il lisait : « Céleste. » Le nom oscillait dans l'esprit de la jeune fille qui aurait voulu l'essayer dans sa nouveauté pour juger de son effet brut, mais il adhérait à sa personne depuis toujours ; elle n'y parvint pas. Toutefois, elle allait envahir le cœur de Lodran de manière progressive, et ne laissait de répéter un processus dont elle examinait soigneusement chaque étape.

Le nom reconnu, son visage apparaîtrait à Lodran, peut-être même son image entière. Il la verrait en chemise de peintre, pour l'avoir rencontrée deux fois vêtue ainsi. « Deux fois seulement ! pensa-t-elle avec inquiétude... Deux petites fois sont-elles suffisantes pour tomber amoureux ? Le docteur Lodran n'est-il pas un homme trop sérieux ? N'est-il pas trop vieux ? » Non, Lodran n'était pas trop vieux : l'amour projetait les êtres dans le flux divin originel où le temps était aboli ; il avait par essence la merveilleuse faculté d'engendrement, quel que soit l'âge et perpétuellement.

Cependant, ce jaillissement n'empêchait pas l'existence supposée d'êtres menaçants – épouse cachée avec enfants, maîtresses à l'Hôtel-Dieu ou disséminées n'importe où sur la planète. Céleste n'avait que sa sincérité à opposer au monde décevant par bien des aspects, mais tout comme l'amour, la sincérité était, selon elle, reliée au divin à l'instar d'un principe actif qui participait directement de la définition du monde – le Logos, oui, oui, le Logos. De la sorte, l'amour et la sincérité de Céleste triomphaient de tous les obstacles et quelles que fussent les perspectives. Encore fallait-il que Lodran les accueillît. « Si le Ciel le veut, pensa Céleste, notre grâce le touchera. » Elle confondait en effet en une seule la grâce divine et la sienne, qui était d'amour pur.

Elle joignit un instant les mains sous son menton et continua de s'interroger. Donc, Lodran la voyait en blanc. La chemise, le lis, Chochana... Du blanc. « Quelle est la puissance du blanc ? se demanda Céleste. Le blanc est-il un rêve, le blanc est-il froid, est-il étincelant ? N'est-il pas transparent ? Il me semble qu'il est tranquille et plat, tandis que le rouge tourbillonne en brûlant, sourd et déborde. Est-il opportun, par conséquent, de porter aujourd'hui une robe rouge ? »

La réponse ne tarda pas : « Le rouge est judicieux, conclut Céleste avec franchise, parce que le rouge dit le baiser. J'en rêve désormais d'un rêve urgent qui n'est cette fois ni plat ni transparent, parce que je suis en danger. » Elle s'arrêta là-dessus une seconde, concentrée à l'extrême, les sourcils froncés. Le bleu de ses yeux était à l'orage ; il s'approfondit jusqu'au violet. « Je suis en danger de mort, poursuivit Céleste en elle-même. On veut me marier avec Paul : je ne le supporterai jamais. » Elle ferma les yeux : « Mon premier baiser sera un baiser d'amour. Le reste... »

– Jamais je ne céderai là-dessus, dit-elle à voix haute. Jamais.

Non loin d'elle, Caroline hésitait toujours devant ses tenues, jetées en désordre sur son lit. Elle leva la tête, surprise.

— Et quand je parle d'un baiser, poursuivit Céleste bravement, je pense au corps entier.

— Tu dis ? demanda Caroline, intriguée.

— Je dis que jamais je ne supporterai que Paul me touche le premier. Ce serait une violation de l'amour sacré. J'en mourrais.

Les yeux agrandis, gauche dans ses pantalons de coton, un corsage fleuri à la main, Caroline reprit d'une petite voix :

— Tu vas mourir ? Mais père...

— J'aurai l'air vivante, peut-être, rétorqua Céleste le visage grave, mais je serai morte.

Le silence tomba dans la chambre. Les vêtements épars de Caroline jonchaient le lit. Soudain, c'était l'automne. Céleste s'approcha de sa sœur. Elles se mirent à rassembler sans un mot les jupes et les bonnets, les guimpes brodées. Caroline n'avait plus le cœur à s'habiller.

— Ma vie commence ou finit tout à l'heure, si le Ciel le veut, dit alors faiblement Céleste. Je t'en prie, ma chère sœur, ne me mets pas en retard pour des falbalas.

*

Il faisait beau. Paul jugea inutile de louer un fiacre ; ils marcheraient jusqu'à la rue Sanson, près du boulevard Saint-Martin, où se trouvait le diorama.

— Extérieurement, le bâtiment n'a rien d'exceptionnel, dit-il aux deux sœurs. Une cinquantaine de mètres de long sur une petite trentaine de large et, disons quinze ou seize mètres de haut. L'architecte n'a pas travaillé sa façade : moellons et pans de bois, rien de plus. C'est l'intérieur qui compte, évidemment. Attendez-vous à une rotonde, dans le genre de celle des panoramas... On raconte que la salle peut contenir quatre ou cinq cents personnes : mettons trois cents, et ce sera déjà bien. Il paraît que cela tourne.

En réalité, Paul boudait la fameuse invention de Daguerre depuis son ouverture, en 1822. Le succès du diorama l'horripilait. Tout le monde y courait, Balzac et George Sand eux-mêmes avaient suivi comme des moutons. Au prix des places ! Trois francs au balcon, deux francs dans l'amphithéâtre... Daguerre leur tondait la laine sur le dos. Les travaux avaient bien dépassé les cent cinquante mille francs ; ce roué de Daguerre devait rentrer dans ses frais et pendant ce temps-là, il écrasait l'art véritable avec ses effets de sublime. Paul attendait depuis dix ans de le voir fermer boutique. En 1832, le diorama se portait encore assez bien, mais il accusait une baisse de fréquentation sensible depuis la révolution de Juillet : on reconnaissait en lui un fruit de l'Ancien Régime. Ce fruit ne tarderait pas à pourrir et à tomber ; Paul pouvait désormais emmener ses nièces au diorama sans trahir le grand art, qui ne serait détrôné ni par cette mode, ni par aucune autre.

Il marchait d'un pas vif, l'humeur échauffée, les nerfs agacés par une horde de démons qui lui chantaient les louanges de Daguerre à lui rompre la tête. Pour faire taire la serinette, il s'adressait de temps à autre à ses nièces avec des phrases lourdes d'allusions aux génies méconnus dont Paris regorgeait.

— Daguerre peint en grand, voilà tout. Mais ses toiles sur chevalet sont médiocres, tout le monde le sait.

— Qu'appelles-tu « génie », oncle Paul ? demanda Caroline en lui prenant le bras.

Gêné, tout à coup, de se prendre au sérieux à ce point, Paul eut la modestie de répondre :

— On dit que le génie est une longue patience.

— Pour toi, peut-être, répondit cette écervelée de Caroline, parce que tu ne connais pas autre chose.

— Dans le génie, la vie et la mort s'empoignent et s'unissent, murmura Céleste, l'être meurt pour que Dieu s'épanche en lui.

— Je préfère cela ! répliqua Caroline avec entrain. Te moques-tu de nous, Paul, avec ta patience ?

« Ces filles sont sans cœur, pensa Paul, et je suis sot de les aimer. Dieu ! Puisqu'elle T'invoque... Dieu ! veuille donc que j'épouse Céleste. Elle voit si haut et si loin... Sans elle, mon ardeur est distendue et mon talent est sec. »

Sa bonté découragée suivait un chemin d'amertume. Il fila un mauvais coton de pensées et sombra malgré lui dans des sentiments peu honorables : « Mon œuvre ne progresse plus, se dit-il encore. Il me faut la ferveur de Céleste et son élévation. Que j'y puise, que je m'en nourrisse. Que je m'en repaisse. L'autorité de mon art en dépend. »

Pour s'approprier son mystère, il l'eût maintenant dévorée cœur et foie.

Il avait pressé l'allure et entraînait ses nièces dans des ruelles nauséabondes. Leurs jupes balayaient l'ordure. Des prostituées crachèrent sur leur passage. Des bossus, des borgnes ricanèrent en les voyant, des ivrognes à la jubilation mauvaise, des trousseurs de femmes. Caroline commença à avoir peur. Paul fit mine de ne pas s'en apercevoir et marcha plus vite. De temps en temps, comme pour lui seul, il disait :

– Le peuple est culturellement déshérité. Le peuple est un enfant.

Ou bien :

– Comment les ouvriers entendraient-ils les poèmes de Boulanger, quand ils ont les oreilles fracassées par le bruit des machines ?

Et d'évoquer la responsabilité de l'artiste dans un monde désenchanté. Caroline et Céleste le suivaient sans un mot, malheureuses et inquiètes. Dans les venelles poissées d'angoisse où les masures suintaient la douleur et le crime, elles avaient l'air d'aventurer leur clarté par perversion.

Paul les exposait à l'incurable et à l'infect pour les pousser à la défaillance. Pour leur faire saisir la brève réalité d'une existence absurde, devant tel ou tel spectacle pitoyable, il disait pensivement :

– Ce qui n'est pas meurt-il ?

Et sa cruauté le réjouissait.

— Tu le fais exprès, Paul, balbutia enfin Caroline, les yeux épouvantés, le souffle court. Nous promener à travers cette horreur, tu le fais exprès.

— C'est notre chemin, répondit Paul avec aigreur, dans l'humaine condition. Le boulevard Saint-Martin n'est plus très loin. Nous arrivons.

Obscurément, il voulait les souiller. Livrer ses nièces à la misère vorace de la ville pour qu'elles lui fussent abandonnées, dépouillées et vulnérables. Non plus angéliques et glorieuses, filles insolentes et gaies, mais abaissées et niées, pour qu'il pût les restaurer dans leur féminité à son gré.

— Le peuple, un jour, se lèvera, Paul. Tu le crois, n'est-ce pas, dit seulement Céleste, le cœur lourd.

Il trouva qu'elle était plus forte qu'il ne pensait et acquiesça d'un mouvement de tête. Céleste ralentit un peu le pas. Elle marcha derrière Paul jusqu'à la rue Sanson sans détacher les yeux des cheveux roux qui lui tombaient sur la nuque en mèches grasses, de sa chemise froissée qui lui sortait du gilet en pendant sur sa culotte, et une tristesse irrépressible la submergea. « Je mourrai, pensa-t-elle. Ma vie commence et finit tout à l'heure, car le Ciel le veut. Le docteur Lodran viendra à moi parce que la Providence qui a permis que son visage illumine le mien veut l'embrasement d'amour où se devine la majesté divine, puis il partira. Paul, aussitôt, demandera ma main. Elle lui sera accordée par conspiration familiale, et je mourrai. La vie se retirera de moi à mesure que Paul voudra la goûter. Je ne mettrai dans ce reflux ni rancœur ni colère, mes forces se retireront seulement vers les aires invisibles où se déploient les évidences musicales et légères. »

Tandis qu'elle se laissait envahir par la mélancolie et faisait alliance avec les puissances célestes, inquiète devant sa mine désolée, sa sœur lui chuchota :

— À quoi penses-tu ? Crois-tu qu'on va nous assassiner ?

Les ombres malignes et les silhouettes accusatrices se raréfièrent pourtant peu à peu, chassées par les éclats du boulevard.

– Nous y sommes, déclara Paul, la voix fausse et le cœur dévasté : regardez, dans cette rue... la grande maison, là-bas.

Une petite foule attendait à la porte. Paul observa que la peinture du panneau « Diorama » s'écaillait. Le temps avait écorné le D. « Le D comme Daguerre, pensa Paul. Son règne est fini. L'art véritable va triompher. » Et cependant, il se maudissait, suppliant son âme de déposer ses rancunes.

— Notre oncle est tourmenté, observa Céleste. Il souffre d'avoir le cœur morcelé et non d'une seule pièce.

— Que veux-tu dire ? lui demanda Caroline.

— Je disais : Heureux le cœur qui connaît sa vocation, souffla Céleste.

Elle vit en un éclair Paul âgé, un vieillard. Son regard lui pendait en lambeaux des paupières, sa peau filait à son cou en ruisseaux et ses lèvres sèches se détachaient de sa face comme deux pétales fanés tandis que le puits noir de sa gorge régurgitait une voix fétide. Elle eut un mouvement de recul.

— Tu n'aimes pas assez Paul, lui dit Caroline avec reproche. Comme tu es dure !

— J'ai un autre destin, répondit Céleste le cœur chagrin.

Paul attendait devant le guichet du diorama pour retirer leurs billets d'entrée. Caroline bouda sa sœur et alla s'asseoir sur un banc, relaça ses bottines, rajusta son chapeau et s'amusa à dévisager les visiteurs. Silencieuse et discrète, Céleste s'effaçait dans la foule qui agitait comme des grelots les têtes rieuses des femmes et des enfants sous les couleurs gaies de l'été, pluches de rose et de bleu, de vert, de jaune, balayées par les regards distraits des passants. Le temps s'étirait dans la chaleur de l'après-midi, longue poche d'heures et de secondes, niche illimitée où se lovait pour en sourdre l'histoire des hommes. Céleste disparaissait doucement dans ce grand néant fertile au volume mystérieux sans contour ni couture, petit point vivant voltigeant au gré des trajectoires secrètes des fatalités, au sein des puissances d'espérance et des métamorphoses. Elle se frayait un chemin vers les épaisseurs divines et traversait insensiblement les ténèbres derrière lesquelles, disaient les textes, campait l'Éternel, âme minuscule mais d'une audace folle, habitée de Vrai et de Juste et enveloppée d'un halo de Beauté.

La jeune fille ferma les yeux et se vit soudain noire comme la nuit.

— Rose, ma chère, venez donc, je vous prie, ou nous serons en retard.

Céleste sursauta. Un homme en haut-de-forme appelait sa compagne qui bavardait à quelques pas près d'une fontaine.

— Céleste, Caroline ! Êtes-vous prêtes ?

La voix de Paul. Le spectacle allait commencer.

*

Ils accédèrent par l'escalier à la rotonde maintenue dans une semi-pénombre et prirent place au balcon. Céleste laissa sa sœur s'asseoir devant avec Paul, prétextant que plus en arrière, l'on recueillait bien mieux les impressions venues du fond, et qu'elle se chargeait de remplir le rôle de ce qu'on appelait en perspective le point originel ou point de l'œil. Caroline la trouva compliquée et se contenta de répondre avec un brin d'irritation que l'on changerait de place à l'entracte.

— L'avant-scène nous donne l'illusion d'être au théâtre, chuchota Paul d'un air entendu. À mon avis, Daguerre va faire monter là-dessus des comédiens ou, pourquoi pas, des bêtes, comme au cirque, pour compléter ses tableaux. À mon avis.

— La salle est pleine, murmura Caroline... Il y a un monde fou.

Céleste pensa à *L'Isolement* de Lamartine et baissa les yeux. Elle n'avait pas vu Lodran à l'extérieur. Peut-être arriverait-il trop tard, et on lui refuserait l'accès du diorama ; ou bien n'était-il pas encore rentré chez lui. Ou alors si, il était rentré, mais la dentellière avait oublié de lui remettre le rouleau et son message. Ou encore, il avait bien reçu le rouleau, mais il avait haussé les épaules et avait plié bagage. Tout cela tempêtait dans la tête de la jeune fille. L'idée lui vint qu'elle manquait peut-être d'innocence, elle aussi, et que des sentiments contradictoires devaient la morceler.

— L'amour ne saurait échoir qu'aux âmes d'une seule pièce, murmura-t-elle en regardant Paul pensivement.

L'instant d'après, elle était persuadée du contraire : « L'amour est médecin, pensa-t-elle : lui seul réconcilie avec l'Unité. »

— C'est l'architecte Chatelain qui a conçu l'édifice, commenta Paul à mi-voix, séduit malgré lui, à l'adresse de Caroline. Magloire Chatelain... Un as. Regarde bien l'ouverture qu'on a pratiquée là, dans la paroi... Sept à huit mètres de côté, au moins. Un as, Magloire, je te dis. Regarde donc, Caroline : la salle va tourner. Un mécanisme à pivot, galets et manivelle... Élémentaire, évidemment. C'est ce qui marche le mieux. Élémentaire...

« Hélas, pensa Céleste tassée dans son fauteuil, faut-il qu'en plus il se répète ? »

— La salle tourne, reprit Paul, et hop ! l'ouverture vient se placer exactement sur l'un des tableaux de Bouton.

— Bouton ? demanda Caroline qui n'en avait jamais entendu parler.

— L'associé de Daguerre. Ils font les peintures à deux. Doué, Bouton. Très doué. Précis. D'un réalisme... Daguerre a besoin de lui, il sait qui a le talent.

Un moment plus tard, tout le monde était en place. On éteignit les lustres et on masqua l'ouverture des châssis du toit ; la salle chavira dans le noir. Le spectacle débutait par un effet de nuit. Un paysage champêtre sous la lune apparut lentement sur la toile de percale gigantesque du diorama : fermes au creux d'un vallon, petit bois et chaumière au premier plan. Un ruisseau serpentait entre des bouleaux à la frondaison délicate ; un éclat de lumière suivit le filet d'eau.

Paul se pencha vers Caroline :

— L'éclairage vient de derrière.

— Et le brouillard, Paul ? chuchota sa nièce à grand bruit. Comment ont-ils fait le brouillard ?

— Ils ont dû s'arranger avec des transparents colorés.

— Et ça tient tout seul ?

— Avec des cordes et des contrepoids, j'imagine, expliqua Paul toujours chuchotant. Astuces de théâtre.

Derrière eux, Céleste joignit les mains. La lumière s'élargit soudain sur la toile : la nuit fondit dans le jour. Le ciel, à travers les châssis, éclairait maintenant la vue diurne de la même scène champêtre, vallon, fermes et petit bois. Des applaudissements fusèrent de toutes parts. Paul se retourna vers Céleste :

— La toile est peinte des deux côtés. Il suffit de jouer avec les éclairages.

— Oui, mon oncle, répondit Céleste, meurtrie.

« Et l'enthousiasme, Paul, suppliait-elle intérieurement... L'enthousiasme, je t'en prie. » Pourquoi s'en privait-il ? Pourquoi plutôt le doute, pourquoi la critique ? Pourquoi vouloir tant maîtriser les choses ? La maîtrise, le pouvoir... Mais dans la petitesse. Avec l'enthousiasme s'élevaient les affirmations héroïques et les indignations qui contredisaient l'existence modique imposée à tous et la poussaient à bout, rompaient ses expériences ordinaires pour que soient révélées les possibilités surnaturelles d'un univers que Céleste devinait serein au-delà des frénésies et des déchirements, dont elle percevait, après les tensions et les excès, la douce excellence.

Le mariage avec Paul serait pour elle une séquestration. Ce mariage impliquerait sa reconnaissance d'une réalité sans altitude, maintenue et reconduite sans allégresse dans un monde massif et technique qui lui causait, à elle, une souffrance profonde.

265

Elle se raidit, suivit encore assez distraitement quelques minutes du spectacle et prévint sa sœur à l'oreille qu'elle avait besoin de sortir un moment. Sa robe lança quelques feux de soie rouge ; ses mains, son visage illuminèrent la pénombre – ses mains, son visage... des colombes, une pièce d'argent – et elle disparut loin de Paul et des artifices du diorama.

Préoccupé par les tours de Daguerre, Paul n'avait rien vu. Elle sortit de la rotonde, le cœur plein de désir et de crainte à l'approche d'une célébration dont la puissance poétique ouvrait sur des espaces inconnus.

Elle laissait derrière elle la petite Céleste Richomme, fille d'Ursule, pour porter son être endeuillé mais resplendissant vers une vérité non encore aperçue, à laquelle néanmoins, déjà, elle appartenait. « Le sage dit que l'amour a vu l'aimé avant que ne le voie l'amant, pensa-t-elle. Je ne fais qu'approcher ce que j'ai atteint depuis longtemps. »

Ses pas se précipitèrent dans le corridor qui longeait la rotonde. D'autres pas résonnèrent alors derrière elle, qui s'accordèrent aux siens. Lodran la rejoignit et lui prit la main.

Il avait trouvé en lui la force de venir à elle. Après une longue errance – tant d'années de rigoureux labeur, de solitude sans attente dans la rumeur des fêtes et des chagrins d'autrui –, les menaces qui fondaient sur les hommes de couleur l'avaient reconduit vers lui-même ; singulier, douloureux, il avait conservé pourtant la grâce du bond propre à la foi, la précaire certitude de l'acrobate auquel le plus mince appui suffit pour une irruption dans un autre espace. Déshérité et condamné, il semblait se soumettre, mais abaissé ici, il se levait là-bas ; on le croyait prisonnier, il s'élançait dans d'imprévisibles délivrances. Lodran disait : « L'exilé conquiert son avenir ; la liberté est sa seule patrie, son suc et son soleil. » Sa trajectoire noble contrastait avec le désordre des mondes qu'il franchissait. Il survolait leur théâtre où s'entrechoquaient les volontés individuelles pour suivre la voie aérienne de l'ultime espérance.

– Céleste, répétait-il en chemin, Céleste ! Avec toi, l'indicible s'affirme et prend corps.

Ainsi se rendait-il à des ordres surnaturels, confondus dans ceux d'une toute jeune fille.

– Céleste ! s'exclama-t-il en serrant sa main dans la sienne, ma joie et ma consolation... Es-tu vivante ? Es-tu vision ?

Céleste flamboyait devant lui, et son corsage de satin resplendissait comme la grenade. Il crut voir l'âme de sa mère telle qu'elle lui était apparue dans un halo lumineux, aux abords de la mort. Céleste lui sourit et ne répondit pas.

— Sommes-nous libres, Céleste ? demanda-t-il encore, avec le sentiment que ce sourire l'engageait dans une sphère onirique où se jouait pourtant l'œuvre de sa vie.

— Nous le serons, répondit-elle en l'entraînant au bout du couloir, mais cachons-nous pour l'instant. Tenez-moi par la natte, qui vaut la corde à trois brins du roi Salomon.

Elle poussa une porte au hasard et le pressa d'entrer.

— Où m'emmènes-tu ?

— Je ne sais pas, il fait trop noir.

Ils se glissèrent à l'intérieur d'une sorte de vaisseau dont ils tâtèrent avec précaution la carène, la mâture et les gréements.

— Nous sommes dans les coulisses du diorama, chuchota Céleste. Nous verrons ce que les autres ne verront pas.

— Attention ! dit soudain Lodran. Baisse la tête ! Il pleut des cordes, des drisses, des palans !

— Que me font vos drisses et vos palans, monsieur Lodran ? répliqua-t-elle en riant : hissez donc la voile !

— Où m'emmènes-tu ? répéta-t-il.

— Dans un autre monde ! répondit Céleste. Détachez-vous des croyances : traverser d'abord ce qui est propice et ce qui est néfaste, c'est la règle. Laissez-moi effleurer votre front.

Il se pencha et approcha son visage.

— Hum, fit Céleste, presque aussi grand que celui de Victor Hugo.

Elle souffla dessus.

— ... Le golfe de Gonaïves sous le Canal au Vent, dit-elle. Vous partez donc ? Mais nous devons vivre avant d'autres effrois pour que la joie nous saisisse à l'improviste et presque par mégarde.

— D'autres effrois ? Que veux-tu dire ? demanda Lodran.

— Chut... murmura Céleste, l'air très grave, tout à coup. Souvenez-vous du cochon noir. Je suis venue pour vous de...

Il n'entendit pas la fin de sa phrase. Or, elle ne comprenait pas ce qu'elle disait. Une autre parlait par ses lèvres, et derrière sa voix s'exprimait une voix plus ancienne. Et c'était son corps, mais une autre présence la tenait par les épaules. Il la voyait à peine ; une lanterne, pendue à un décor qui représentait une auberge, les éclairait de loin de faibles lueurs. Il s'aperçut qu'elle tremblait et comprit que leur passion sans âge rompait les cadres du monde sensible et creusait sa voie dans l'aire interdite de la mort. Une seconde, il eut l'impression très vive que Rose, la mère assassinée, s'arrimait à Céleste et prenait possession d'elle. On disait en Haïti que les dieux, parfois, chevauchaient les humains ; Lodran préférait croire que les esprits pouvaient voyager sur les courants d'amour d'une force exceptionnelle et tressaient leurs vestiges vivaces avec les passions des hommes, que l'amour outrepassait la mort et qu'il était le havre unique des âmes inquiètes, l'issue bénie de l'exil.

Céleste lui sourit, vulnérable, les yeux illuminés. Lodran la regarda avec une ardente affection. Elle avait posé une main sur sa poitrine. Il la serra contre lui et sentit se propager entre eux cette crainte pudique de l'amour en chemin vers les lointains de l'Être.

Au milieu des décors de carton et des silhouettes pâles ou noires entre lesquelles l'œil errait et se trompait, dans les coulisses où le plâtre se prenait pour le marbre, où la nuit était feinte et le jour fabriqué, le Vrai, pourtant, cognait dans leurs cœurs.

— Nous ne nous appartenons pas, monsieur Lodran, murmura alors Céleste. Ni vous à moi, ni moi à vous.

Elle avait prononcé ces mots avec un tel sérieux qu'il la souleva en riant dans ses bras.

— Bien sûr, amie Céleste, chuchota-t-il en la juchant sur une caisse, près de la lanterne : nous appartenons à Erzulie.

Il prit ses mains dans les siennes et répéta doucement, l'air malicieux :

— Erzulie, Erzulie... La déesse de l'amour, dans mon pays.

Par jeu ou par folie, Céleste le regarda droit dans les yeux et répondit, l'index levé :

— Si vous lui appartenez, montrez-moi son signe secret.

Lodran s'inclina devant elle et ouvrit sa chemise. Céleste eut un mouvement de recul : un cœur surmonté d'une étoile, d'une crosse et de deux croissants de lune apparut, tatoué sur la poitrine du médecin. Ce cœur était divisé en carrés marqués d'un point ; des volutes, de part et d'autre, équilibraient le dessin terminé par des cornes de bélier inversées et une nouvelle étoile.

— Bien que chrétienne, expliqua Lodran, amusé ou rêveur, en frisant sa moustache, ma mère m'a voué dès ma naissance à la déesse de l'amour.

Céleste hocha la tête, emplie de respect. Cependant, elle s'assombrit bientôt :

— Avez-vous connu le mariage mystique ? demanda-t-elle avec angoisse. Je veux dire... la déesse vous a-t-elle...

La voix n'était plus la sienne. Familière à Lodran, néanmoins, connue depuis toujours.

— La déesse condamne à mort celle qui la bafoue, poursuivit-elle. Celui sur lequel se pose son désir ne doit pas se donner à une autre avant elle.

Il pensa : « La voix d'une négresse. Je deviens fou. » Mais le beau visage de Céleste s'appuya contre son épaule, et une immense tendresse l'envahit. Il referma sa chemise et prit Céleste dans ses bras.

— Je ne pratique pas le vaudou, murmura-t-il en l'embrassant.

Il avait bousculé la lanterne ; la lumière vacilla, entraînant avec elle le décor de l'auberge, la porte entrouverte sur une salle pleine d'hommes et de femmes rieuses qui parurent le saluer. Un chien roux, couché sur le seuil, poussa un soupir et se rendormit. Lodran remarqua alors, derrière une fenêtre brossée à la hâte, le visage mince d'une jeune fille brune dont la main appuyée contre la vitre formait une espèce d'étoile de mer.

Céleste descendit de sa caisse en se pendant à son cou. Sa robe les enveloppa tous deux dans son rougeoiement tandis qu'il l'embrassait dix et cent fois. Elle lui souriait et posait des baisers sur sa poitrine pour effacer de ses lèvres le signe d'Erzulie. Son front contre le sien, Lodran prononçait dans sa langue des paroles d'enfance, des comptines, de petits poèmes sans suite. L'obscurité s'épaissit peu à peu autour d'eux en avalant une à une les silhouettes de carton, pantins fantastiques aux ombres multiples emmanchées dans de monstrueuses étreintes. Matelots et capitaines mirent leur navire à flot ; le grand vaisseau disparut dans les dernières lueurs de la lanterne. Quelques vagues de faible lumière, et le théâtre s'éteignit. Absorbés dans la fascination de l'Ailleurs sans heurts et sans méandres au firmament des délivrances, Céleste et Lodran entrèrent sans y penser dans l'aire du chant divin auquel ils unirent leurs souffles.

Des éclats de voix retentirent alors dans les coulisses. Les hommes qui actionnaient les décors venaient vers eux en fulminant contre un effet de soleil manqué.

— Le nouveau s'est encore trompé d'éclairage. Va nous attirer des ennuis, ce gars-là, faut qu'on nous le fiche à la porte. Sacré bon sang de chien : mettre le soleil de midi à la place du crépuscule !

— Les spectateurs ne comprennent rien, de toute façon. Heureusement qu'on a eu l'idée de rallonger la scène. Ils auront le crépuscule dans un quart d'heure, c'est tout. Ils y gagnent. Vont pas se plaindre, non ?

— Ouais. Et nous, hein ? Quand est-ce qu'on ferme la boutique. J'aime pas ça, moi, les rallonges.

Cachés derrière un cheval de papier, Céleste et Lodran s'esclaffèrent.

— Marions-nous vite, chuchota-t-elle.

Les hommes s'avancèrent encore. Le premier avait accroché une lampe à son cou pour avoir les mains libres. Ils tiraient de ce côté des coulisses une grande toile peinte qu'ils devaient adosser à la paroi de la rotonde. La toile glissa et se déroula à demi, laissant voir une Notre-Dame de face, bien campée sur ses tours, fière de ses trois portes, de sa pierre ajourée, de ses petites colonnes, de ses niches bourrées de prophètes.

— Dommage qu'elle soit si lourde, chuchota Lodran depuis leur cachette. Quelle masse !

— Des flèches étaient prévues sur les tours, répondit tout bas Céleste, mais elles n'ont jamais été réalisées. Il y a trop d'horizontales, maintenant. Le souffle est barré. Il faudrait une ouverture.

Tout près d'eux, les deux hommes tentaient de redresser la toile, qui leur échappa des mains une nouvelle fois.

— Rallume la loupiote, dit le deuxième, on est comme dans un four.

La lanterne éclaira la toile dont un grand morceau pendait à terre. Notre-Dame abattue, couchée sur le flanc.

— Redresse-toi, sapristi ! pesta l'un des hommes. Et que veut-il faire de toi, M. Daguerre, bon sang de bois ? Il t'a dit qu'il voulait retoucher quoi ? Nom d'un chien, c'est du beau travail, pourtant.

— Il a oublié de peindre un vitraux, répondit l'autre. Dans la rosace, tiens, là. En plein milieu.

— Où ça ? Ah, oui. Ça fait comme un trou. Avoir tout fignolé comme ça, et laisser un trou...

Il fit la lippe. L'autre haussa les épaules et, subitement :

— Dis donc, ça doit être l'heure du crépuscule. Faut pas se mettre en retard, on verra ça demain. Tant pis, je te dis, on n'a plus le temps. Encore dix minutes de spectacle, et on boucle.

Ils s'éloignèrent rapidement. Le silence retomba dans les coulisses. Sentinelle bienveillante, la lanterne cligna de l'œil.

— On se marie là, dit Céleste à Lodran, en désignant du doigt la rosace de la cathédrale.

*

Si le temps passait, ils ne le sentirent pas. Ils n'entendirent pas non plus les explosions sonores venues de la rotonde où les spectateurs applaudissaient la fin du spectacle et poussaient des hourras.

Leur brève union fut un séjour au ciel des félicités. Leurs corps étaient semblables à des rouleaux descellés, et leur joie courait de l'intime profondeur à l'allégresse avec la grâce d'un arc inachevé.

Elle vit sa beauté d'homme noir, et il connut ses transparences. Ils connurent ensemble les chemins fluides et la danse du Vivant. Leur amour délivrait les espaces et coulait en mers lumineuses où se pressaient des milliers d'âmes, la teneur même du ciel à la suspension majestueuse, et il leur versait à boire. Il était l'extase où le divin inventait ses voies et confectionnait ses couronnes. Ses impulsions causaient celles de l'univers en travail et rythmaient l'ordre spirituel. Il était Vérité, et le portier du monde. La loi universelle traversait son portique sous les acclamations des peuples translucides. En haut et en bas, le bonheur faisait voile.

Au bout d'un temps nonpareil, Céleste et Lodran se recueillirent et se séparèrent enfin avec l'accord des esprits et des lunes.
Dehors, Paul cherchait Céleste.

Durant les jours qui suivirent, il ne fut pas question entre eux du diorama.

Pendant le spectacle, Paul s'était retourné pour interroger sa nièce du regard, pour partager avec elle l'émotion naïve que lui avait procuré telle ou telle image saisissante du spectacle. Une phrase énigmatique lui était revenue tout à coup, qu'il avait lue chez un auteur juif et qui semblait s'être imposée à lui sans raison : « La *voix* de Dieu est visible, en vérité. » Cette phrase simple, il avait voulu l'offrir à Céleste sur-le-champ. Il s'était retourné : la jeune femme n'était plus là. Elle lui avait faussé compagnie. Oui, elle avait été fausse, elle l'avait trahi. Il restait spectateur ; elle avait préféré vivre ce qu'il voyait de loin et aurait voulu tendre vers elle, avec tout le respect et la délicatesse de son cœur.

Il savait que Lodran avait définitivement quitté Paris, et qu'il demanderait Céleste en mariage. Il l'épouserait, sans quoi il serait condamné à l'errance. Il lui faudrait se forer un passage à travers l'éboulis de leur passé commun et, plus affligeant encore, malgré Céleste, à travers sa jeunesse de cristal, pour un élusif espoir, car l'essentiel de l'amour entre eux était perdu : le cri poussé ensemble vers l'Éternel, le feu des voix jointes.

L e mariage fut célébré en 1834. Céleste n'avait pas tout à fait dix-sept ans ; une dispense royale dut lui être accordée.

Paul figura au catalogue du Salon ouvert le 1er mars. On lui rendit hommage. À propos d'une *Vue de Rouen*, le critique Gustave Planche évoqua Turner. Paul reçut une médaille qui ne le consola qu'à peine de ses chagrins. Il décida un jour de quitter Paris quelque temps et de partir pour l'Auvergne, laissant Céleste seule rue de Seine. La jeune femme était devenue d'une étrange docilité. On lui voyait souvent la tête penchée, comme appuyée sur une épaule invisible. Son regard retenait l'attention par son inquiétante profondeur, ses acuités bientôt noyées dans la torpeur. Puis on pensa que c'était la fièvre qui la transformait ainsi ; on parla de consomption. Paul pensa alors remettre son voyage, mais Céleste prétendit qu'en son absence, elle se rendrait en Normandie pour revoir Caroline. Il partit, elle resta à Paris.

Un soir, n'y tenant plus, elle alla frapper à la porte de Madeleine.

*

— Notre mademoiselle Céleste ! s'exclama la vieille fille. Non... mais, c'est « Madame », maintenant. Et mariée avec votre oncle, mademoiselle Céleste. Cela se fait-il, ces choses-là ? Asseyez-vous donc, que j'appelle mon frère.

« Madeleine à la tête de poisson, pensa Céleste. Non, plutôt mi-poisson, mi-oiseau. Billes de tanche et barbillons, nez aux ailes battantes, oiseau triste. » Madeleine s'était dirigée vers la chambre du prêtre. « Et l'odeur ? » Celle du choléra. « L'odeur manque. » La jeune femme croisa ses mains sous sa gorge et regarda autour d'elle, à la recherche de signes d'une lutte ancienne entre vie et mort. Elle avait besoin de se plonger dans les soupirs et les silences de leur échange où la responsabilité humaine n'était plus impliquée, où l'âme, au contraire, se laissait aspirer et reprendre dans la matrice divine. Céleste percevait déjà cette puissance presque charnelle, dont elle avait hâte de revêtir la gaine fantastique. Sans doute les poètes célébraient-ils avec désinvolture les nuits irrationnelles et les démons funèbres ; à la lisière obscure, loin du chaos des sensations confuses, Céleste éprouvait la douceur de la réconciliation dans un voyage au déploiement paisible, étonnée mais certaine d'avoir déjà vécu non pas la tristesse, mais l'euphorie des âmes vivantes lorsqu'elles s'éteignent sur la Terre.

Le prêtre avait oublié sur la table de petites lunettes rondes. La jeune femme vit sur leurs verres filer des nuages. Elle aimait, enfant, ces reflets que Paul avait tant de mal à peindre. Il avait voulu reprendre les études de Turner — les phénomènes de réflexion et de réfraction de la lumière sur les corps sphériques... « C'est mal, Paul, de vouloir attraper le ciel », pensa-t-elle. Elle souffla sur les verres et crut voir se dessiner le visage de Lodran dans la buée légère.

— Mon amant... implora Céleste.

— Fille de l'estran... murmura de nulle part la voix de Lodran.

Combien de temps s'était donc écoulé ? Feulement des souliers, mouvements des ombres : Madeleine poussait le vieux prêtre devant elle.

— Madame Céleste, dit-elle, solennelle. Eh oui, Madame de M. Huet, notre voisin. Il nous l'emprisonne, cet homme-là.

Autoritaire mais bonne fille, elle tendit ses lunettes au prêtre :

— ... Pour mieux voir comme elle est belle.

*

Céleste sortit bien longtemps plus tard. La nuit était tombée. Elle vit pourtant que les volets de la maison voisine étaient cloués. Louise Cambel s'était retirée dans le Poitou.

Elle marcha rapidement jusqu'à la rue de Seine. Elle avait dû attraper froid ; une quinte de toux l'ébranla, puis une autre. Elle dut s'appuyer à la rampe du perron. Une fois chez elle, elle alla chercher dans une malle l'une de ses vieilles chemises de peintre, l'enfila et se coucha, fébrile. Son regard vacillait. Elle toussa encore, se releva et voulut refaire sa natte :

— Deux valent mieux qu'un, et deux résistent mieux qu'un seul, récita-t-elle avec lenteur, mais la corde à trois brins...

Elle s'arrêta une seconde :

— Un brin pour l'amant, et un brin pour l'amante, et le troisième, c'est l'espérance : la corde à trois brins ne rompt pas facilement...

Elle se recoucha et s'endormit enfin, forme petite et douce dans la nuit poudrée de lumières.

*L*a toux ne la quitta plus. Paul écourta son voyage et dépensa auprès d'elle tout son amour désolé. Céleste mourut de phtisie quelque temps plus tard, disant qu'elle voyait dans le loin-près une porte lumineuse. Personne ne comprit ce que signifiait le loin-près mais Paul vit en rêve le visage de Céleste la nuit précédant sa mort : les yeux de la jeune femme changeaient de couleur ; ils devenaient or.

Lodran suivit en Haïti les consignes de Dumas et fit ériger là-bas la statue du général. On ne sait dans quelles conditions exactement il périt en mer peu de temps après. On retrouva dans son manteau, roulé avec soin, le dessin de Céleste.

L'art de Paul s'affirma. Nombreux furent les critiques qui saluèrent chez lui à cette époque une amorce nouvelle ; Gustave Planche écrivit que le peintre s'était familiarisé avec la lumière.

Paul rencontra Daguerre. Ils devinrent amis. Daguerre multipliait à la suite de Niépce les travaux photographiques ; il voulut tenter l'expérience difficile du portrait et trouva dans le visage de Paul toutes les nuances possibles ; Paul donnait selon lui une image assez belle de la complexité de l'âme humaine.

Des années et des vies passèrent. Mystérieusement, à travers les âges et les ombres, Céleste et Lodran restèrent toujours amants.

Mes remerciements chaleureux vont
à Marc Alléaume, Sylvie Boyer, Chantal et Michèle Millo, Pierre Miquel, Roger Montel,
à Ange-Pierre Leca, dont l'ouvrage remarquable m'a tant apporté,
à J.-F. Grégoire, pour sa lecture généreuse,
à J.-P. Bertrand et à toute l'équipe des Éditions du Rocher,
à Thomas pour son grand soutien et à Églantine.

PRINCIPAUX OUVRAGES CONSULTÉS

S. Borca et C.-R. Michel, *La Vie quotidienne des hôpitaux en France au XIXᵉ siècle*, Hachette, 1985.

Le Code noir, L'Esprit frappeur n° 27, 1998.

Philippe Darriulat, « Les Prisonniers de Sainte-Pélagie », *L'Histoire* n° 167, juin 1993.

Simone Delattre, *Les Douze Heures noires, la nuit de Paris au XIXᵉ siècle*, Albin Michel, 2000.

Jean Giono, *Le Hussard sur le toit*, Gallimard, Folio, 1995.

Gilles Henry, *Les Dumas*, France-Empire, 1999.

Laënnec Hurbon, *L'Insurrection des esclaves de Saint-Domingue*, Karthala, 2000.

Ange-Pierre Leca, *Et le choléra s'abattit sur Paris*, Albin Michel, 1982.

Laurent Mannoni, *Le Grand Art de la lumière et de l'ombre*, archéologie du cinéma, Nathan.

Anne Martin-Fugier, *Les Romantiques*, 1820-1848, Hachette, 1998.

Alfred Métraux, *Le Vaudou haïtien*, Gallimard, 1958.

Pierre Miquel, *Paul Huet, de l'aube romantique à l'aube impressionniste*, La Martinelle, 1962.

J.-C. Petitfils, *La Vie quotidienne des communautés utopistes au XIXᵉ siècle*, Hachette, 1982.

Pierre Pierrard, *La Vie quotidienne du prêtre français au XIXᵉ siècle*, Hachette, 1986.

J.-P. Richard, *Études sur le romantisme*, Le Seuil, 1971.

*Impression réalisée sur CAMERON
par BRODARD ET TAUPIN
La Flèche
en novembre 2001*

Imprimé en France
Dépôt légal : novembre 2001
N° d'impression : 10249